리고베르토씨의
비밀노트 2

Los Cuadernos de Don Rigoberto ⓒ MARIO VARGAS LLOSA, 1997
Korean Translation Copyright ⓒ Saemulgyul Publishing House, 2004

옮긴이 김현철
1961년 생으로 한국외국어대학교 스페인어과 대학원 박사 과정을 수료했다.
중남미 소설 전공. 번역한 책으로는 『중남미 현대 단편 소설집』과
호세 호아킨 페르난데스 데 리사르디의 『페리키요 사르니엔토』,
마리오 바르가스 요사의 『세상 종말 전쟁1,2』 등이 있다.

리고베르토씨의 비밀노트

지은이 마리오 바르가스 요사 | 옮긴이 김현철
펴낸이 홍미옥 | 펴낸곳 새물결출판사
1판 1쇄 2004년 12월 20일 | 등록 서울 제15-52호(1989.11.9)
주소 서울특별시 마포구 연남동 481-18 1층 우편번호 121-868
전화 (편집부) 3141-8696 (영업부) 3141-8697 | 팩스 3141-1778
E-mail sm3141@kornet.net
ISBN 89-5559-139-x(세트)
ISBN 89-5559-141-1

이 책의 한국어판 저작권은 Agencia Literaria Carmen Balcells, Barcelona를 통해 저작권자와 독점 계약한 새물결출판사에 있습니다. 신저작권법에 의해 한국 내에서 보호를 받는 저작물이므로 무단전재와 복제를 금합니다.

리고베르토씨의 비밀노트

Los Cuadernos de Don Rigoberto

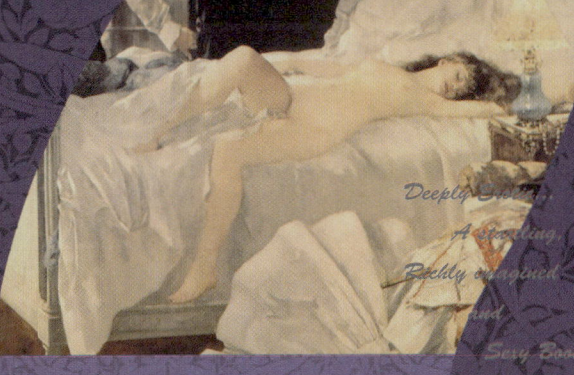

마리오 바르가스 요사 장편소설 | 김현철 옮김

차례

1_ 돌아온 폰치토 9

2_ 에곤 실레 33

3_ 그림 장난 87

4_ 눈물 짜는 폰치토 133

5_ 폰치토와 여자아이들 177

6_ 익명의 편지 231

7_ 에곤 실레의 엄지손가락 276

8_ 거울 속의 맹수 324

9_ 쉐라톤호텔에서의 약속 371

에필로그: 행복한 가족 422

수록된 그림 목록 455

여교수의 팬티

리고베르토씨는 눈을 떴다. 층계 세번째 계단과 네번째 계단 사이에 여교수의 팬티가 떨어져 있었다. 푸르스름한 빛이 반짝이는, 끝단에 레이스가 달린 팬티. 도발적이고도 시적이었다. 리고베르토씨는 귀신에 홀린 듯 몸을 떨었다. 침대에 누워 여러 시간 눈을 감고 있었지만 잠을 이룰 수는 없었다. 웅얼거리는 바다소리를 들으며 종잡을 수 없는 허깨비를 쫓고 있었다. 그날 밤 느닷없이 전화벨이 울렸다. 리고베르토는 잠에서 깜짝 놀라 깨어났다.

"여보세요? 여보세요?"

"리고베르토? 자넨가?"

손으로 수화기를 막고 목소리를 낮춰 겨우겨우 내는 속삭임이었지만 노교수의 음성을 알아들을 수 있었다. 지금 두 사람이 있는 곳은? 전통 있는 대학 도시. 어느 나라? 미합중국. 어느 주? 버지니아주. 대학은? 주립대학교. 하얀색 기둥으로 신고전주의 양식으로 지은 아름다운 대학교, 토마스 제퍼슨이 설계한 학교.

"교수님? 교수님이세요?"

"그래, 그래, 리고베르토. 좀 천천히 말하게. 잠을 깨워 미안하네."

"괜찮습니다, 교수님. 루크레시아 교수와의 식사는 어땠습니까? 벌써 끝났나요?"

덕망 있는 법률가요 철학자인 네포무세노 리가 교수의 목소리는 알아들을 수 없을 정도로 토막토막 들렸다. 리고베르토는 옛 스승에게 심각한 일이 벌어졌음을 알 수 있었다. 리마 가톨릭 대학에서 법철학을 가르쳤던 스승은 버지니아 주립대에서 열린 심포지엄에 참석하기 위해 왔다. 이 대학교에서 석사 과정(법학과 보험학)을 밟고 있던 리고베르토는 스승을 위해 안내인 겸 운전사 노릇을 했다. 리고베르토는 스승을 모시고 몬티첼로를 방문했고, 박물관으로 사용하는 제퍼슨의 생가도 방문했고, 마나사스 전투 유적지도 돌아보았다.

"저 말이지, 리고베르토, 성가시게 해서 미안하네만, 여기서 내가 믿을 수 있는 사람은 자네뿐이라서 말야. 자넨 내 학생이기도 했고, 내 또 자네 가족을 알고 지내고, 지난 며칠간 내게 친절하게 대해주기도 했고 해서 말이네만……."

"더 말씀 않으셔도 됩니다, 네포무세노 선생님." 청년 리고베르토가 스승을 안심시켰다. "무슨 일이세요?"

리고베르토씨는 침대에 앉았다. 몸을 흔들어대며 웃었다. 어느 순간 욕실 문이 열리고 루크레시아 부인의 그린 듯한 모습이 문지방에 나타날지 알 수 없었다. 루크레시아 부인은 환상적으로 섹시한 팬티를 입고 나타나 그를 깜짝 놀라게 할 것이다. 검은색, 하얀색, 수를 놓은 것, 가운데가 갈라진 것, 가장자리에 비단을 댄 것, 무늬가 있는 것 혹은 없는 것 중의 하나를 입고 나타날 것이다. 불룩한 비너스 산봉우리를 강조하기 위해 몸에 꼭 끼는 것을 입을 것이다. 그리고 팬티 가장자리로 사타구니 털 — 간사스럽고 요사스러운 — 이 삐죽 튀어나와 그의 애간장을 녹일 것이다. 그때 거만하게 누워있던 팬티도 바로 그런 팬티와 같은 것이었다. 카탈루냐 출신 요안 폰스 혹은 루마니아 출신 빅토르 브라우너와 같은 초현실주의 화가들의 그림에서나 볼 수 있는 도발적인 소재 중 하나였다. 그런 팬티가, 저 착하고 순진무구한 네포무세노 리가 선생이 침실로 가기 위해서는 반드시 지나가야 하는 층계에 놓여 있었던 것이다. 지난 시절 수업 시간을 생각해보았다. 지겨운 법률 공부를 7년 동안이나 했지만 기억에 남아 있는 고상한 추억은 수업 시간이 고작이었다. 네포무세노 리가 교수는 칠판을 넥타이로 지우는 버릇이 있었다.

"그게 말이야, 어떻게 해야 할지 모르겠네, 리고베르토. 난처한 꼴을 당했거든. 이 나이 먹도록 이런 황당한 경우는 전혀 경험이 없어서 말야."

"황당한 경우라니요, 교수님. 말씀해보세요. 부끄러워하실 것 없어요."

도대체 무슨 이유로 네포무세노 선생을 다른 심포지엄 참가자들처럼 홀리데이 인이나 힐튼에 모시지 않고, 국제법 제2과정을 담당하는 여교수의 집에 모셨단 말인가? 물론 선생을 존경했기 때문이었다. 어쩌면 이 넓은 세상천지에서 두 사람 공히 법을 전공한다는 것으로, 국제회의니, 강연회의니, 원탁회의니 하는 곳에서 만나다보니, 혹은 두 사람이 손을 맞잡고 위대한 업적(풍부한 라틴어 어휘, 넘쳐나는 주석, 주눅 들게 하는 참고 문헌을 곁들인 논문을 부에노스아이레스나 튀빙겐이나 헬싱키의 전문 잡지에 발표)을 이루어내는 바람에 두 사람 사이에 우정이 싹튼 것은 아니었을까? 사실, 존경하는 네포무세노 선생은 홀리데이 인의 그 유리창만 달랑 달린 비인간적인 네모 칸에 잠자리를 정하지 않고, 루크레시아 교수의 편안한 가정집 — 시골 냄새가 나는 현대식 건물 — 에서 며칠째 보내고 있었다. 루크레시아 교수라면 리고베르토도 잘 아는 사람이었다. 이번 학기에 국제법 제2과정에서 함께 세미나도 가졌던 것이다. 과제물을 제출한다거나, 여교수가 친절하게 빌려준 두툼한 판례집을 돌려준다거나 해서 여러 차례 여교수의 연구실을 찾아가기도 했다. 리고베르토씨는 눈을 감았다. 진저리가 쳐졌다. 멀어져 가는 여성 법률학자의 당당한 뒷모습, 균형 잡힌 엉덩이가 하늘거리는 모습이 다시 한 번 눈을 스쳤다.

"괜찮으세요, 교수님?"

"그래, 그래, 리고베르토. 실은 말이야, 좀 어처구니없는 일이야. 자네가 날 비웃을지도 모르네. 하지만, 다시 하는 얘기네만, 난 전혀 경험이 없다네. 이보게, 당혹스럽고 정신이 없다네."

말할 필요도 없었다. 벙어리가 되어버린 듯 목소리가 떨렸고, 한마디 한마디를 핀셋으로 끄집어내는 것 같았다. 식은땀을 흘리고 있을 것이다. 무슨 일이 있었는지 과연 털어놓을 수 있을까?

"좋아. 자네도 알겠지만, 이제 막 우릴 위해 마련해준 칵테일파티에서 돌아왔다네. 루크레시아 박사가 여기 집에서 간단한 저녁을 준비했네. 그래, 단지 우리 두 사람이 먹자고 말이네. 얼마나 친절한 분인가. 화기애애한 저녁이었네. 저녁을 먹으며 우리 둘이서 포도주 한 병을 마셨다네. 내가 술에 약하지 않은가. 그래서, 어쨌든, 술이 올라 이렇게 당황하는 거라네. 보기에는 캘리포니아 포도주 같았는데, 좋아, 더 센 것이었을 수도 있네."

"교수님, 말을 돌리지 마시고, 무슨 일이 있었는지 말씀하세요."

"잠깐만, 잠깐만. 그게 말이야, 저녁을 먹고 술도 마시고 난 다음에, 박사께서 코냑을 한 잔씩 더 마셔야 한다고 고집을 피우시는 거야. 물론 난 거절할 수가 없었네. 그렇게 배웠거든. 그런데, 이보게, 눈앞에 별이 뱅뱅 돌더군. 말 그대로 화주였네. 기침이 터지고, 이러다 장님이 되겠다 하는 생각까지 들더군. 그런데, 어처구니없는 일이 벌어진 거야. 이보게, 내가 잠이 들어버렸단 말이야. 그래, 그래. 바로 의자에서, 서재 겸 거실에서 말일세. 그리고, 잠에서 깨보니, 얼마나 시간이 흘렀는지, 10분이 지났는지, 15분이 지났는지도 모르겠는데, 교수께서 안 계신 거야. 잠자리에 들었겠거니 생각했지. 나도 침실로 가려고 했네. 그런데, 그런데 말이네, 내가 층계를 오르려는데 말이네, 벌러덩, 글쎄 뭔가에 걸려 넘어진 거야. 뭐에 걸려 넘어졌는지 상상도 못 할 걸세. 글쎄 팬티였다네. 그게 놓여 있었어. 이보게, 웃지 말게. 아무리 웃기는 일이라 해도 말이네, 난 말이야 지금, 제정신이 아니란 말이네. 다시 말하지만, 어찌해야 할지 모르겠네."

"절대 웃지 않습니다, 네포무세노 선생님. 선생님께서는 그 속옷이 순전히 우연히 그곳에 있다고 생각하세요?"

"우연이 아니라 해도 뭘 어쩌란 말인가. 경험이 없다니까. 아직 말도 제대로 안 나온단 말이네. 박사께서 일부러 그걸 거기 둔 거야. 내 눈에 띄라고 말이네. 이 집에는 집주인과 나 외에 아무도 없단 말이야. 그녀가 그걸 거기 둔 거야."

"그래도 교수님, 손님에게 일어날 수 있는 가장 좋은 일이 벌어진 거잖아요. 교수님은 집주인의 초대를 받으신 거예요. 뻔한 일이잖아요."

교수의 목소리는 세 번씩이나 중간에 끊겼다. 마침내 알아듣기 힘든 소리가 들렸다.

"리고베르토, 자넨 그렇게 생각하나? 좋아, 나도 그런 생각을 했다네. 놀란 마음을 추스르고 생각해보니 그렇더란 말이네. 초대하는 거겠지, 그렇지 않은가? 우연일 리가 없어. 이 집도 박사를 닮아 정리정돈이 확실하거든. 그 속옷은 고의로 그곳에 놓여진 거야. 층계에 놓여진 상태로 봐도 우연일 수가 없어. 보아란 듯이 전시해 놓았거든. 정말이네."

"가벼운 농담을 해도 괜찮다면, 무슨 꿍꿍이가 있는 거네요, 네포무세노 선생님."

"리고베르토, 나도 속으로 우스워죽겠네. 비록 당혹스럽지만 말이네. 그래서 자네 도움이 필요하네. 내가 어떻게 해야 할까? 이런 일을 당하리라고는 꿈도 못 꾸었으니까."

"하셔야 할 일은 자명하네요, 교수님. 루크레시아 박사님이 마음에 안 드세요? 아주 매력적인 여자예요. 제 생각도 그렇고 제 친구들 생각도 그런데요. 버지니아에서 가장 아름다운 교수님이세요."

"의심할 바 없는 거지. 누가 아니래나. 진짜 아름다운 여성이지."

"그렇다면, 시간 낭비 마세요. 가서 문을 두드리세요. 교수님을 기다리고 있다는 걸 모르시겠어요? 잠들어버리기 전에 어서요."

"내가 할 수 있을까? 그냥 문만 두드리고 말아?"

"지금 어디 계시는데요?"

"어디긴 어디겠나. 거실 층계 아래지. 내가 왜 소리 죽여 얘기하는지 모른단 말인가? 가서 손가락으로 문을 두드린다, 고작 그게 다야?"

"지체하지 마세요. 신호를 남겼잖아요. 나몰라라 하셔서는 안 되잖아요. 게다가 좋아도 하시고. 교수님, 그 박사님이 좋으신 거죠, 그렇죠?"

"물론이고말고. 그래, 당연히 내가 해야지. 자네가 옳아. 그래도 용기가 안 나는데. 이보게, 고맙네. 입조심하라는 말은 안 해도 되겠지? 날 위해서. 그리고 무엇보다 박사님의 체면을 생각해서."

"죽을 때까지 입다물고 있겠습니다, 교수님. 염려하지 마십시오. 계단을 올라가세요. 팬티를 집어 갖다주세요. 문을 두드린 후에 농담부터 시작하세요. 발치에 이게 걸려 얼마나 놀랐는지 농담조로 말씀하세요. 모든 게 착착 진행될 겁니다. 두고 보세요. 오늘밤을 두고두고 되새기실 겁니다, 네포무세노 선생님."

통화가 끝나고 수화기에서 딸깍하는 소리가 들리기 전에, 리고베르토씨는 속이 부글거리는 듯한 소리, 늙은 법률가가 참아내지 못하고 내뱉은 고뇌에 찬 한숨 소리를 감지할 수 있었다. 얼마나 안절부

절못하고 있을 것인가. 법률서적으로 가득 찬 어두운 거실에서, 버지니아의 상쾌한 봄날 밤에, 모험 — 남편으로서의 의무와 종족생산이라는 의무로만 여자와 살을 섞었을 뿐, 이런 경우는 처음이라지 않는가 — 에 대한 환상과 도덕률이랄지 종교적 원칙이랄지 사회적 편견이랄지 하는 것으로 위장한 소심증 사이에서 갈팡질팡하고 있을 것이었다. 교수의 영혼 속에서 치열한 전투를 벌이고 있는 세력들 중에서 과연 어떤 것이 승리할 것인가? 욕망일까? 혹은 두려움일까?

리고베르토씨는 자신도 모르는 사이에 그 토테미즘과 같은 이미지에 빠져들고 있었다. 여교수집 층계참에 버려진 팬티. 리고베르토씨는 침대에서 일어나 서재로 갔다. 불은 켜지 않았다. 리고베르토씨의 몸은 물건들 — 의자, 아프리카 누비아에서 가져온 조각상, 쿠션, 텔레비전 수상기 — 을 잘도 피해 갔다. 피나는 노력으로 얻은 솜씨였다. 그도 그럴 것이, 부인이 떠나고 난 이후로, 밤이면 밤마다 뜬눈으로 지새다, 날이 채 밝기도 전에 자리에서 일어나, 서재로 기어들어, 서류와 노트로 뒤덮인 발삼향 책상에 쭈그려 앉아, 추억과 고독을 곱씹었던 것이다. 머릿속에는 아직까지 그 고명한 법률가의 모습이 남아 있었다. 법률가는 자신이 처한 상황(자신이 지나가야 할 법률가의 집 층계, 두 개의 계단 사이에 놓인 향긋하고 도발적인 여성용 팬티 한장)에 휘둘리며 햄릿과 같은 고민에 빠져있을 것이다. 리고베르토씨는 서재의 기다란 목재 책상에 앉아 노트를 뒤적거렸다. 황금빛 원추형 스탠드 불빛에 노트 첫머리에 쓰여진 독일 속담이 드러났을 때 리고베르토씨는 몸서리를 쳤다. Wer die Wahl hat, hat die Qual(선택권이 주어질 때 고민이 시작된다). 기가 막힐 노릇이 아닌가! 이 속담을 어디에서 베껴왔는지는 문제가 아니다. 루크레시아 박사라는 요염한 여교수의 유혹에 빠진 저 네포무세노 리가 교수의 안타깝고도 행복한 정신 상태를 그대로 대변해주는 글이 아닌가.

리고베르토씨는 아무거나 손에 잡히는 대로 다른 노트를 펴고 뒤적였다. 이와 유사한 글을 다시 찾을 수 있을까, 그래서 자신의 환상을 충족시켜줄 '발견'과 '소망'의 상관관계를 정립할 수 있지 않을까 싶었던 것이다. 갑자기 손을 멈추었다(돌아가는 룰렛판에 공을 던져 넣는 도박꾼과 흡사했다). 그리고 펼쳐진 페이지를 게걸스럽게 쳐다보았다. 그 페이지에는 패트리시아 하이스미스의 『에디스의 일기』에 대한 감상이 적혀 있었다.

고개를 들었다. 어지러웠다. 벼랑 발치를 후려치는 거센 파도소리가 들려왔다. 패트리시아 하이스미스? 따분한 범죄소설 작가였다. 미스터 리플리라는 무기력한 범죄자가 동기도 없이 범죄를 저지른다. 전혀 흥미를 느낄 수 없었던 작가였다. 이런 종류의 소설은 언제나 하품만 불러올 뿐이었다(저 유명한 『삶과 죽음을 바라보는 티베트의 지혜』라는 책을 읽을 때와 비슷했다). 이런 종류의 범죄소설(알프레드 히치콕 감독의 영화와 함께)은 몇 년 전부터 수많은 리마 독자들을 사로잡아오고 있었다. 저질 영화에나 어울리는 삼류 작가가 내 노트에 끼어들다니, 도대체 무슨 영문인가? 전혀 읽은 적이 없는 『에디스의 일기』와 같은 소설에 대해 감상을 적다니, 대체 언제 왜 그랬는지 도무지 알 수 없었다.

'빼어난 소설이다. 픽션은 부족한 삶을 보충해주는 상상으로의 도피임을 잘 보여주는 소설이다. 에디스의 가정 파탄, 정치적 실패, 개인적 불행은 필연적인 것이다. 이 모든 불행은 그녀를 가장 고통스럽게 했던 아들 클리피에 뿌리를 박고 있다. 소설에 묘사된 클리피의 모습 — 나태하고 실패한 젊은이, 대학에도 떨어지고, 일도 할 줄 모르는 젊은이 — 은 그의 어머니가 묘사한 모습과는 딴판이다. 클리피는 본래의 모습에서 벗어나 자신의 어머니 에디스가 바라던 대로 사는 것으로 나타나는 것이다. 날카로운 신문기자, 명문가 아가씨와의 결혼, 자식들, 좋은 직장, 자신을 낳아준 어머니를 만족시키는 자식.

그러나 픽션은 임시방편일 뿐이다. 픽션은 에디스를 위로하고 즐거움을 주지만, 반면 에디스 자신의 삶의 의지를 박탈한다. 에디스는 자신만의 세계에 고립되고 마는 것이다. 친구들과의 관계는 소원해지고 급기야 단절된다. 직장을 잃고 마침내 홀로 생을 마감한다. 에디스의 죽음은 좀 억지스러운 면이 없지 않다. 하지만 상징적인 관점에서 보자면 일관성이 있는 것이다. 에디스는 살아생전 안주했던 곳으로 이제 물리적으로 이동해 간 것이다. 바로 비현실의 세계로.

이 소설의 구성은 일견 단순해 보인다. 그러나 이 단순성 아래에서 드라마틱한 줄거리가 펼쳐진다. 적대적인 자매들 간의, 현실과 욕망 간의 병영 없는 전투가 벌어지는 것이다. 그리고, 인간의 영혼이라는 신비한 영역을 제외한다면, 그들을 서로 갈라놓는 경계선을 뛰어넘을 수 없다.'

리고베르토씨는 이빨이 딱딱 마주쳤고 손에서 땀이 배어 나왔다. 이제 이 싸구려 소설을 기억할 수 있었다. 감상을 적은 이유도 기억났다. 나도 에디스처럼 생을 마감하게 될까? 환상에 너무 파고들었기 때문에 생을 망치게 되지는 않을까? 하지만, 그럼에도 불구하고, 이 같은 우울한 상념 속에서도, 그 팬티는, 그 향기로운 장미송이는 리고베르토씨의 의식 한가운데에서 물러날 줄 몰랐다. 네포무세노 교수는 어떻게 됐을까? 교수는 젊은 리고베르토와 통화를 끝낸 후에 어떤 식으로 그 딜레마를 해결했을까? 제자의 충고를 그대로 따랐을까?

발끝으로 계단을 오르기 시작했다. 상당히 어두운 편이었다. 책장과 가구의 형체가 어렴풋이 드러났다. 두번째 계단에서 걸음을 멈추었다. 몸을 숙였다. 부들부들 떨리는 손가락으로 그 귀한 보물 — 실크 팬티? 그물 팬티? — 을 집어들어 얼굴에 대고 냄새를 맡았다. 어린 짐승 한 마리가 낯선 것을 발견하고 먹을 수 있는지 없는지 확인해보는 것과 같았다. 살포시 눈을 감고 그 물건에 입을 맞추었다. 정신이 아찔해지면서 다리가 후들거렸다. 계단 손잡이를 붙들었다. 결심은 서 있었다. 하고 말 것이다. 계단을 다시 오르기 시작했다. 두 손으로 팬티를 움켜쥐고, 여전히 발끝으로, 들키지나 않을까, 무슨 소리 — 계단이 가볍게 삐걱거렸다 — 라도 나서 이 마법이 풀리지 않을까 노심초사하며. 심장이 격렬하게 뛰는 바람에 바보멍청이 같은 엉뚱한 생각까지 들었다. 이 결정적인 순간에 심장마비로 쓰러질 수도 있지 않은가. 졸도라니, 어림없는 소리다. 궁금증과 금단의 열매를 맛보고 있다는 감정(생전 처음 느껴보는) 때문에 혈관 속에서 피가 이처럼 요동치는 것이다. 복도를 지나 여성 법률가의 방문 앞에 이르렀다. 두 손으로 아래턱을 꽉 눌렀다. 꼴사납게 턱을 떨어대면 집주인에게 좋지 않은 인상을 줄 수 있기 때문이었다. 용기를 냈다('태연한 척 해야지.' 리고베르토씨는 헐떡였다. 땀이 비 오듯 흘러내렸고 온몸이 바들바들 떨렸다). 손가락으로 문을 두드렸다. 아주 아주 부드럽게. 살짝 걸쳐있던 문이 활짝 열렸다. 환영인사를 하듯 삐걱거리는 소리와 함께.

양탄자가 깔린 문지방에서 고명한 법철학 교수가 목격한 것은 세상에 대한, 인간 — 교수 자신 — 에 대한 교수의 생각을 깡그리 뒤집어버렸다. 그 광경에 리고베르토씨는 절망적인 쾌락의 신음을 토해냈다. 별이 총총한 버지니아의 밤하늘에서 노란색 보름달이 내려보낸 쪽빛 섞인 황금빛 빛줄기(반 고흐의 빛? 보티첼리의 빛? 에밀 놀데

〈롤라〉, 부분, 1878.

와 같은 표현주의의 빛?)가, 솜씨 좋은 무대 연출가나 숙달된 조명기사가 설치한 조명인양, 침대위로 쏟아져 내려오고 있었다. 이러한 연출의 의도는 오로지 하나였다. 여교수의 벌거벗은 몸뚱이를 돋보이게 하는 것. 그 누가 상상이나 할 수 있었겠는가? 교수 책상에 앉아 있을 때면 빛나 보이던 그 근엄한 옷가지 뒤에, 강연회에 참석해 논문을 발표할 때 입었던 맞춤 양복 안에, 겨울이면 몸을 감싸고 다니던 그 모피 외투 속에, 저런 몸뚱이가 감추어져 있을 줄을. 프라시텔레스가 찾아 헤매던 균형 잡힌 몸매였고, 르노아르가 즐겨 그렸던 통통한 몸매였다. 여교수는 엎드려 가로지른 두 팔 위에 머리를 괴고 있었다. 자세가 그래서인지 키가 더 커 보였다. 그러나 당황해 하는 네포무세노 교수의 시선을 사로잡은 것은 여교수의 어깨도 아니었고, 병적인 듯한('이탈리아에서는 병적인이란 말을 이런 의미로 사용하지.' 리고베르토씨는 생각했다. 리고베르토씨는 죽음을 연상시키는 것에는 취미가 없었지만 부드러운 것은 좋아했다) 두 팔도 아니었고, 나긋나긋한 등허리도 아니었다. 오동통한 허벅지도 아니었고, 발바닥이 장밋빛인 작은 발도 아니었다. 교수의 시선을 사로잡은 것은 바로 단단한 엉덩이 선이었다. 두 개의 엉덩이가 맹랑하게 솟아올라 쌍둥이 산봉우리처럼 빛을 발하고 있었다('일본 메이지 시대 그림에서 볼 수 있는 구름이 칭칭 감고 올라간 봉우리들.' 리고베르토씨는 그 두 개의 장면을 연결시켜보았다. 흡족했다). 그러나, 루벤스도, 티치아노도, 쿠르베와 앵그르도, 우르쿨로도, 그 외 여러 명의 거장들도 여성의 엉덩이에 매달렸다. 이들 역시 하나같이 여성의 엉덩이에 현실감 · 견고함 · 풍만함을 주기 위해 노력했을 뿐만 아니라, 그와 동시에, 섬세함 · 유연함 · 생동감 · 관능미를 더하기 위해 노력했다. 그래서 그들 그림에서 새하얀 여성의 엉덩이는 어둠 속에서도 빛을 발한다. 눈앞이 아찔해진 네포무세노 교수는 자신을 억제할 수가 없었다. 교수는 어쩌겠다는 생각도 없이 발걸음을 내디뎠다. 교수는 침대 옆에서 무릎을 꿇었다. 오래된 마루 바닥이 신음소리를 냈다.

"죄송합니다, 박사님. 계단에서 뭔가 발견했는데, 박사님 것 같아서." 더듬거렸다. 입술 틈바구니로 침이 질질 흘러내리는 것 같았다.

너무 소리를 죽여서인지 자신도 알아들을 수 없었다. 어쩌면 소리도 내지 못하고 입술만 들썩였는지도 모른다. 여성 법률가는 교수의 존재도 목소리도 알아차리지 못했다. 그녀는 고른 숨을 쉬고 있었다. 세상모르고 잠이 든 것 같았다. 그러나, 이런 자세로 있는 것이, 벌거벗은 채로 있는 것이, 침실 문도 살짝 걸쳐만 놓았는데, 머리도 풀어헤친 채로 있는데, 머리채 — 검고, 부드럽고, 기다란 — 가 어깨와 등으로 흘러내린 채로 있는데, 이 쪽빛 어둠 속에 새하얀 몸을 고스란히 드러내고 있는데, 이 모든 것이 아무 의미 없는 것이란 말인가? '아니오, 아닙니다.' 리고베르토씨가 선언했다. "아냐, 아냐." 고민에 빠진 교수가 반복했다. 교수는 그 굴곡진 표면을 훑어보았다. 성난 바다처럼 일렁이는 여자의 살덩이. 맑은 달빛을 담뿍 받고 있었다('아닙니다. 티치아노의 그림에 나오는 어둠 속에서 기름진 빛을 받는 몸뚱이입니다.' 리고베르토씨가 수정해주었다). 그 몸뚱이가 교수의 상기된 얼굴 바로 앞에 있었다. '아무것도 아닐 리가 없어. 그럴 순 없지. 내가 여기 있는 이유는 그녀가 원했고 꾸몄기 때문이야.'

그럼에도 불구하고, 이치에 합당한 결론에 도달했지만, 다시 살아난 본능이 숨가쁘게 요구하는 행동을 실행에 옮길 충분한 용기를 얻을 수 없었다. 그 매끄러운 살갗에 손가락을 대보고 싶었고, 그 언덕과 골짜기에 입술을 얹어보고 싶었다. 감미롭고 향기로울 것 같았다. 한데 섞이지 않은 단맛과 짠맛을 고루 맛볼 수 있을 것 같았다. 그러나, 아무 짓도 할 수 없었다. 행복감에 마비된 채 그저 바라보고 바라만 볼 뿐이었다. 그 기적과 같은 모습을 머리끝에서 발끝까지 보고 또 보고 한 후에, 다시 보고 또 보고 한 후에, 교수의 눈은 한곳으로 집중되어 있었다. 노련한 시식자가 최고의 맛을 찾아낸 후에는 더이상 맛을 볼 필요가 없는 것과 같았다. 교수의 시선은 오로지 둥그런 엉덩이가 그려내는 광경에 집중되었다. 엉덩이는 그 몸뚱이의 나머지 부분과 비교해 볼 때 단연 으뜸이었다. 신하들 앞에 군림한 황제였고, 올림포스의 제신 앞에 선 제우스였다. ('19세기 화가 쿠르베와 현대 화가 우르쿨로의 행복한 연합.' 리고베르토씨는 그 모습을 이런 비유를 들어 극찬했다.) 혼이 나가버린 고명한 스승은 그 경이로운 광경을 보고 속으로 감탄사를 쏟아냈다. 교수는 무슨 말을 했을까? 키츠의 격언을 상기했을 것이다(아름다움은 진리이고, 진리는 아름다움이다). 무슨 생각을 했을까? '과연 이와 같은 것이 존재하도다. 사악한 생각이나, 예술이나 시인들의 환상 속에 뿐만 아니라 현실 속에도 존재하도다. 과연 이 현실 속에 이런 엉덩이를 가진 살과 뼈를 가진 여인이 존재하도다. 우리 산 자들의 세계에 사는 여자들 속에 이런 엉덩이가 존재하도다.' 벌써 사정(射精)해버린 것은 아닐까? 이제 곧 속옷을 버리게 되지는 않을까? 아직은 아니다. 교수는 아랫배 쪽에서 시작된 새로운 징후를 감지했다. 어떤 기운이, 잠에서 깨어난 애벌레가 기지개를 켜기 시작했다. 그밖에 다른 생각은 하지 않았는가? 그것을 생각했을까? '바로 그 가랑이 사이에 있는 것, 내 존경하는 옛친구의 몸에 달린 것, 법철학이랄지, 윤리법이랄지, 역사방법론이랄지 하는 추상적인 문제에 대해 오래도록 편지를 주고받은 참한 여자친구의 그것을?' 어떻게 그럴 수 있었을까? 법정이다, 강연이다, 심포지엄이다, 세미나다 하는 것을 통해 그렇게나 자주 만나고, 수다를 떨고, 토론을 벌리고, 의견을 나누고 했으면서, 어떻게 그날 밤까지 모르고 있었단 말인가? 그 정장 속에, 그 모피 외투 속에, 그 망토 속에, 회색빛 레인코트 속에, 이렇게 훌륭한 몸뚱이가 감추어져 있다는 사실을 어떻게 모를 수 있었단 말인가? 명석한 두뇌의 소유자가, 법에 통달한 인텔리가, 걸어다니는 법전이, 이렇게나 균형 잡히고 잘 빠진 몸매를 소유하고 있을 줄 그 누가 상상이나 할 수 있었겠는가? 잠시 상상해 — 아니 벌써 보지 않았는가? — 보았다. 자신의 존재 따위는 아랑곳하지 않고 세상모르게 잠들어 있는 이 여자의 살로 이루어진 평온한 산봉우리에서 경쾌한 한줄기 바람이 교수의 콧구멍을 향해 세차게 뿜어져 나오는 것 같았다. 콧구멍은 시큼한 냄새로 가득 찼다. 웃음도 나오지 않았고, 불쾌한 기분도 들지 않았다('그렇다고 흥분시킨 것도 아니지.' 리고베르토씨는 생각했다). 자신의 존재가 알려진 것 같았다. 어쩌면, 어떻게 보면, 설명하기 곤란하고 복잡하지만 어떤 면에서 볼 때('켈센이 주장한 이론과 같다. 켈센은 명확하게 설명하고 있다.' 리고베르토씨는 이 상황을 이렇게 비교했다), 이 방귀는 일종의 수락의 표시일 것이다. 이 은밀한 행위를 그 앞에서 무람없이 펼쳐 보인 것으로 볼 때 이 오만한 몸뚱이가 그를 끌어들인 것이다. 밑구멍을 통해 뿜어져 나온 쓸모없는 가스. 상상해보았다. 그 밑구멍은 장밋빛일 것이다, 질퍽할 것이다, 찌꺼기도 끼어 있지 않을 것이다, 바로 코앞에 훤히 드러난 엉덩이만큼 부드럽고 완벽할 것이다.

그때 교수는 흠칫했다. 루크레시아 부인이 잠에서 깨어난 것을 알 수 있었다. 몸을 움직이지는 않았지만 목소리는 들을 수 있었다.

"당신이에요, 박사님?"

화가 난 것 같지도 않았고 놀란 것 같지도 않았다. 바로 그 목소리였지만 열에 들뜬 것 같았다. 뭔가 지체하는 듯한, 암시하는 듯한, 육감적인 것이 담겨 있었다. 교수는 당혹스러워하면서도 이런 생각을 해볼 수 있었다. 어떻게 이럴 수 있단 말인가? 오늘밤 여자 친구는 마술을 부리듯 모습을 자주 바꾸는 것 같았다.

"미안합니다, 미안해요, 박사님. 제발이지 제가 여기 있다고 해서 오해하지는 마시오. 내 설명해드리리다."

"음식이 좋지 않았어요?" 교수를 안심시켰다. 꼼짝도 않고 말했다. "물에 중탄산염을 타서 한 잔 드릴까요?"

고개를 살짝 돌렸다. 팔을 베개 삼아 뺨을 올려놓았다. 커다란 두 눈이 교수를 바라보고 있었다. 이마로 흘러내린 검은 머리카락 사이로 눈이 반짝거렸다.

"계단에서 뭔가 발견했는데, 박사님 것 같아서 가져왔습니다." 교수가 더듬거렸다. 계속 무릎을 꿇고 있는 상태였다. 이제야 무릎 뼈가 떨어져 나갈 것처럼 아파 왔다. "노크를 했는데, 대답이 없으셔서. 게다가 문도 살짝 걸쳐만 있어서, 감히 들어올 수 있었습니다. 깨우고 싶진 않았습니다. 부탁합니다. 오해는 말아 주십시오."

그녀가 고개를 움직였다. 끄덕였다. 시무룩한 표정으로 사과했다. 당황해하는 교수를 동정하는 것 같았다.

"박사님, 왜 우시는 거예요? 무슨 일 있어요?"

네포무세노 교수는 그 친절한 공손함에, 그 부드러운 말에, 어둠 속에서 반짝이는 그 애정이 듬뿍 담긴 시선에 대항할 방도가 없어 그만 무너져 내리고 말았다. 이때까지는 두 뺨으로 소리 없는 눈물만 흘리던 교수가 통곡을 터뜨렸다. 신음이 터져 나오고 침물 콧물이 질질 흘러내렸다. 교수는 두 손 — 호주머니 속에 손수건이 있었지만, 정신이 없다보니 손수건이 어디 있는지 생각나지 않았다 — 으로 침물 콧물을 막아내고 있었다. 교수는 꺽꺽거리며 이렇게 속내를 털어놓기에 이르렀다.

"아, 루크레시아, 루크레시아, 용서해줘요. 참을 수가 없어요. 당신을 욕보이려는 것은 아니었소. 완전히 반대요. 당신의 몸과 같이 이렇게 아름다운, 에 그게, 이렇게 완벽한 몸은 상상해본 적도 없어요. 내가 당신을 얼마나 존경하는지, 얼마나 추앙하는지 아시지요. 지적인 면에서, 학문적인 면에서, 법률적인 면에서 말이오. 그러나, 오늘 밤, 당신의 이런 모습을 보니, 내 생애 최고의 순간이오. 맹세하오, 루크레시아. 지금 이 순간이라면, 내 모든 타이틀도, 내게 주어진 명예박사 학위도, 훈장도, 학위증도 모조리 쓰레기통에 던져버리고 싶소. ('지금의 내 나이가 아니라면, 내 모든 책을 태워버리고 당신 집 문 앞에 거지처럼 앉아 있을 것이오.' 리고베르토씨는 노트에 적어둔 엔리케 페냐의 시를 읽었다. '그렇소, 내 사랑, 내 말을 들으시오, 당신 집 문 앞에 한 사람 거지처럼.') 이처럼 큰 행복은 느껴본 적이 없소, 루크레시아. 벌거벗은 당신의 모습을 보다니. 나우시카를 바라보는 율리시즈처럼. 최고의 상이요, 내겐 벅찬 영광이요. 너무 감동적이고 너무 괴롭소. 감격에 겨워 우는 거요. 감사하는 마음에서 우는 거요. 날 경멸하진 마시오, 루크레시아."

교수의 통곡은 수그러들기는커녕 말을 해감에 따라 점점 더 심해져 이제 흐느낌으로 목이 메고 말았다. 교수는 침대 끝에 머리를 기댄 채 끊임없이 울었다. 여전히 무릎을 꿇은 채 신음을 토해내고 있었다. 슬퍼하다가 기뻐하다가, 괴로워하다가 희희낙락하다가 했다. "용서하오, 용서하오." 계속 중얼거렸다. 몇 분이 흘렀는지 혹은 몇 시간이 지났는지 — 교수의 몸은 고양이처럼 온몸에 신경을 곤두세우고 있었다 — 드디어 루크레시아의 손이 머리에 놓여지는 것을 느낄 수 있었다. 루크레시아의 손가락이 벗겨진 머리를 쓰다듬었다. 루크레시아도 교수를 위로하며 그의 슬픔을 함께 나누고 있었다. 그의 영혼에 난 쓰라린 생채기를 부드러운 손길과 목소리로 어루만져 주었다.

"진정해요, 리고베르토. 그만 울어요, 여보, 내 사랑. 이제 됐어요. 다 지나갔어요. 아무것도 변한 건 없어요. 당신이 원했던 거잖아요. 들어와서, 날 보고, 가까이 다가와, 울었어요. 벌써 용서했어요. 내가 당신한테 화를 낼 수 있어요? 눈물을 닦아요. 뚝 하세요. 주무세요. 자장자장, 우리 아기, 자장자장."

저 아래쪽에서는 바랑코와 미라플로레스의 벼랑으로 파도가 밀어닥치고 있었다. 두터운 구름이 끼여 리마의 하늘에서는 별도 달도 보이지 않았다. 그러나 밤은 끝나가고 있었다. 이제 곧 아침이 밝아올 것이다. 하루가 가고, 또 하루가 온다.

미녀에게 금지된 것들

당신은 앤디 워홀이나 프리다 칼로의 그림을 보면 안 되오. 정치 연설을 듣고 환호해도 안 되고, 발꿈치나 무릎이 터도 안 되고, 발바닥에 굳은살이 박여도 안 되오.

루이지 노노의 음악을 들어도 안 되고, 메르세데스 소사의 민중가요를 들어도 안 되고, 올리버 스톤의 영화를 보아도 안 되고, 엉겅퀴 잎을 날로 먹어도 안 되오.

무릎을 문질러도 안 되고, 머리카락을 잘라도 안 되고, 여드름이 생겨도 안 되고, 충치가 생겨도 안 되고, 결막염이 생겨도 안 되고, 치질이 생겨도 (결코) 안 되오.

아스팔트 · 돌멩이 · 자갈 · 보도블록 · 고무판 · 골함석 · 슬레이트 · 철판 위를 맨발로 걸어도 안 되고, 달콤한 빵처럼 부드럽지 않은 (구운 빵은 안 되오) 바닥이 아니라면 무릎을 대도 안 되오.

환경 문제 · 혼혈 문제 · 의식화 · 시각화 · 국유화 · 정치적 구호 · 껍데기 · 노동조합 등과 같은 단어는 입에 담아도 안 되오.

햄스터를 키워도 안 되고, 양치질을 해도 안 되고, 의치를 사용해도 안 되고, 브리지게임을 해도 안 되고, 모자 · 베레모 · 머릿수건을 써도 안 되오.

방귀를 뀌어도 안 되고, 욕을 해도 안 되고, 로큰롤 음악에 맞추어 춤을 춰도 안 되오.

그리고 당신은 죽어도 안 되오.

7_에곤 실레의 엄지손가락

"에곤 실레가 그린 여자애들은 하나같이 말라깽이들이야. 내가 보기엔 진짜 예쁜 애들이야." 폰치토가 말했다. "반대로 새엄마는 약간 통통한 편이야. 그래도 내겐 예뻐 보여. 새엄마, 이런 모순을 어떻게 설명할 수 있어?"

"너 지금 나한테 뚱뚱하다고 했니?" 루크레시아 부인은 흠칫했다.

루크레시아 부인은 딴 생각에 빠져 있었다. 아이의 말소리를 흘려들으면서 익명의 편지 — 겨우 열흘 동안 벌써 일곱 통이었다 — 에, 어젯밤 리고베르토 앞으로 써서 지금 실내복 주머니에 넣고 있는 편지에 정신이 팔려 있었다. 겨우 기억해낼 수 있었다. 폰치토는 여느 때와 마찬가지로 에곤 실레 얘기를 하고 또 하고 있었다. 무심결에 듣던 중 '통통한'이라는 말에 귀가 번쩍 뜨였던 것이다.

"뚱뚱한 게 아니라 통통하다고, 새엄마." 폰치토는 손을 내저으며 변명했다.

"내가 이렇게 된 것은 다 네 아빠 잘못이야." 부인은 자신의 몸매를 살펴보며 투덜거렸다. "나도 결혼할 땐 날씬했었어. 그런데 리고베르토는 이런 생각을 가지고 있었어. 요즘 유행하는 날씬한 몸매는 여자의 몸을 망치는 것이라고 했어. 전통적으로 내려오는 아름다움은 풍만한 몸매에 있다고 했지. '풍만한 몸매' 라고 했다니까. 그래서, 리고베르토를 기쁘게 해주기 위해 살을 찌운 거야. 날씬한 몸으로 돌아가기란 이젠 틀린 일이야."

"지금 모습이 근사해, 새엄마. 맹세할 수 있어." 폰치토는 계속해서 변명을 늘어놓았다. "에곤 실레의 말라깽이 여자애들 얘기를 꺼낸 건 말이야, 그 말라깽이 여자애들도 좋지만 새엄마도 좋아서 그래. 새엄마는 걔네들보다 적어도 두 배는 되는데 말야. 이상하지 않아?"

아니었다. 편지를 보낸 사람이 이 아이일 리가 없었다. 익명의 편지들은 하나같이 자신의 몸매를 찬양했던 것이다. 이런 편지도 있었다. 제목이 '연인의 몸매를 자랑하다' 라는 편지였다. 자신의 신체 부위 ─ 머리, 어깨, 허리, 젖가슴, 아랫배, 허벅다리, 종아리, 발목, 발 ─ 하나하나를 시나 그림에 빗대어 칭찬했다. 보이지 않는 곳에서 이 풍만한 몸매를 그리워하는 남자는 리고베르토일 수밖에 없었다. ("이 남자, 부인한테 홀딱 반한 게 틀림없어요." 후스티니아나는 '연인의 몸매를 자랑하다' 라는 편지를 읽고 난 다음에 이렇게 말했다. "어떻게 부인의 몸을 이렇게 자세히 알 수 있겠어요! 리고베르토씨가 분명해요. 폰치토가 아무리 조숙하다 해도 어디서 이런 말들을 주워들었겠어요? 하긴 그놈도 부인의 몸을 속속들이 알고 있긴 하겠네요, 그렇죠?")

"왜 계속 입을 다물고 있어? 나한테 말도 안 걸고. 내가 눈에도 들어오지 않는 거야? 오늘 너무 이상해, 새엄마."

"그 익명의 편지들 때문에 그래. 편지 생각을 떨쳐버릴 수가 없어, 폰치토. 네가 에곤 실레에 푹 빠져 있는 것처럼, 난 지금 그 지랄 같은 편지들 때문에 죽겠어. 편지를 기다리다가, 읽다가, 생각하다가 하루를 다 보낸다니까."

"근데, 새엄마, 왜 그 편지가 지랄 같다는 거야? 새엄마한테 욕을 하거나 더러운 내용이라도 쓴 거야?"

"서명이 없어서 그래. 때로는 유령이 보낸 편지가 아닌가 싶어. 네 아빠가 아니고 말야."

"아빠가 보냈다는 걸 잘 알면서. 계획대로 착착 진행되는 거야, 새엄마. 꽁 하고 있으면 안 돼. 이제 곧 화해하게 될 거야. 두고 봐."

루크레시아 부인과 리고베르토씨의 재결합이 아이의 두번째 고민거리로 자리 잡았다. 아이는 두 사람의 재결합에 대해 확신에 차서 얘기했다. 새엄마는 아이의 말에 반박할 의욕도 없었다. 그 고집불통 남자를 돌려세우기란 이미 틀린 일이라고 말해줄 용기도 나지 않았다. 익명의 편지를 보여준 게 잘못이 아닐까? 은밀한 내용을 지나치게 노골적으로 다룬 편지도 있었다. 그런 편지를 읽고 나면 이렇게 다짐하곤 했다. '이 편지는 보여주면 안 되겠어.' 그러나 결국에 가서는 보여주고 말았다. 그리고 아이의 반응에서 꼬투리라도 잡을 수 있지 않을까 해서 아이의 모습을 자세히 살폈다. 그러나 실패였다. 아이는 매번 놀라고 흥분했다. 그리고 똑같은 결론을 유도했다. 아빠야, 아빠가 이제 새엄마한테 앙심을 품고 있지 않다는 증거야. 이젠 폰치토 역시 무슨 생각에 잠겨 있는 것 같았다. 식당과 올리바르 공원과는 전혀 상관없는 어떤 기억에 사로잡힌 것 같았다. 아이는 자기 손을 내려다보다가 손을 눈 가까이로 가져갔다. 손을 모았다. 손을 뻗었다. 손가락을 폈다. 엄지손가락을 쥐었다. 손을 꼬았다가 다시 풀었다. 손으로 이상한 모양을 만들었다. 마치 손 그림자로 벽에 그림을 그리는 사람 같았다. 봄날 오후였다. 폰치토는 중국의 그림자놀

〈고개 숙인 자화상〉, 1912.

이를 하는 것이 아니었다. 폰치토는 손가락을 살펴보고 있었다. 곤충학자가 생전 처음 보는 곤충을 발견해 돋보기로 관찰하는 것 같았다.

"지금 뭘 하는 건데?"

아이는 대꾸도 하지 않았다. 아이는 여전히 손가락을 놀리며 대답 대신 질문을 해왔다.

"새엄마, 내 손이 좀 틀어진 것 같지 않아?"

저 귀신같은 놈이 오늘은 또 무슨 일을 꾸미자는 걸까?

"자, 어디 봅시다." 부인은 전문의 시늉을 냈다. "여기다 올려보세요."

그러나 폰치토는 장난이 아니었다. 아주 심각했다. 폰치토는 자리에서 일어났다. 부인에게 다가가 부인의 손바닥 위에 두 손을 올려놓았다. 뼈마디가 가녀린 그 부드럽고 섬세한 손이 스치는 순간 루크레시아 부인은 전율을 느꼈다. 나긋나긋한 손, 가냘픈 손가락, 정성껏 다듬은 불그스름한 손톱. 그러나 손톱 밑은 잉크나 목탄 때문에 시커맸다. 루크레시아 부인은 진찰을 하는 것처럼 손을 붙잡고 어루만졌다.

"틀어진 곳은 전혀 없습니다." 부인이 말했다. "물과 비누를 조금 사용해도 해가 안 될 것 같은데요."

"에이 씨." 아이는 부인의 손에서 손을 빼내며 투덜거렸다. 장난기는 전혀 없었다. "손은 에곤 실레와 닮은 데가 하나도 없어."

'이제 시작이로군. 올 것이 왔어.' 오후마다 즐기는 놀이.

"무슨 말인지 얘기해줄래?"

아이는 서둘러 설명을 늘어놓았다. 에곤 실레가 손에 얼마나 집착했는지 몰랐단 말인가? 자신의 손뿐만 아니라 자신이 그린 계집애들과 남자들의 손에도 집착했다. 몰랐다면 지금 당장 보여주겠다. 루크레시아 부인의 무릎 위에 그 즉시 에곤 실레의 화집이 펼쳐졌다. 에곤 실레가 엄지손가락을 얼마나 역겹게 생각했는지 이제 알겠는가?

"엄지손가락?" 루크레시아 부인은 웃음을 터뜨렸다.

"초상화를 자세히 보란 말야. 일단 아서 뢰슬러의 초상화를 봐." 아이가 고집했다. 흥분해 있었다. "아니 이걸 봐. 이건 <총감독 하인리히 베네쉬와 그 아들 오토의 초상화>고, 이건 엔리히 레드러의 초상화고, 그리고 이건 실레의 자화상들이야. 모두 손가락이 네 개만 있지. 엄지손가락이 없잖아."

왜 그랬을까? 왜 엄지손가락을 감추었을까? 왜 엄지손가락을 손에서 가장 추한 것으로 여겼을까? 짝수만 좋아해서, 홀수는 운수 사납다고 생각해서 그랬을까? 엄지손가락이 불구여서, 그걸 부끄러워해서 그랬을까? 손을 다친 건 아니었을까? 그렇지 않다면, 왜 사진을 찍을 때마다 손을 호주머니 속에 집어넣었을까? 또 손가락 모양은 얼마나 엽기적이란 말인가? 무당처럼 손가락을 비틀질 않나, 손가락으로 카메라 렌즈를 가리질 않나. 왜 손을 머리 위에 올려놓은 걸까? 손이 훨훨 날아 달아나고 싶어했을까? 실레의 손도, 남자들의 손도, 계집애들의 손도 마찬가지였다. 그걸 몰랐어? 잘빠진 몸매에 벌거벗은 계집애들, 그 계집애들의 손가락조차 남자들 손가락 같았다. 손가락 마디가 투박하고 굵었다. 이상하지 않아? <검은머리 처녀의 누드, 입상立像>이라는 제목의 1910년에 그린 그림. 손은 남자 손 같았고, 손톱은 에곤의 자화상에 나온 손톱처럼 네모 반듯했다. 어색하지 않아? 그림에 나온 거의 대부분의 여자들이 그런 모습이었다. 내 말이 맞지? 1913년에 그린 <서 있는 누드>라는 작품도 마찬가지였다. 폰치토가 숨을 들이마셨다.

"실레는 어쩌면 새엄마 말처럼 나르시스였는지도 몰라. 그림 속 인물이 누구든, 남자든 여자든, 실레는 자기 손만 그린 거야."

"이걸 네가 발견한 거야? 아님 어디에서 읽은 거야?" 루크레시아 부인은 당황했다. 책을 뒤적여 보았다. 눈에 보이는 모든 것이 폰치토의 말을 뒷받침하고 있었다.

"어떤 그림이라도 자세히만 보면 알 수 있어." 아이는 별것 아니라는 듯 어깨를 으쓱했다. "아빠가 얘기하지 않았어? 예술가는 고집쟁이가 아니면 천재가 될 수 없다고 말이야. 그래서 나는 화가들이 자기 그림을 통해 무엇을 고집하고 있는지 자세히 본단 말이야. 에곤 실레에게는 세 가지 고집이 있었어. 모델이 누구인지 상관없이 똑같은 손만 그렸어. 엄지손가락은 빼버리고 말야. 그림 속 계집애들이나 남자들은 치마를 걷어올리거나 가랑이를 벌려 자신의 모습을 고스란히 보여줘. 그리고 세번째는 초상화를 그릴 때인데, 손 모양을 부자연스럽게 꾸미는 거야. 그래서 시선을 끄는 거지."

"됐어, 됐어. 날 놀라게 할 생각이었다면 성공했어. 폰치토, 너 이거 알아? 너 역시 대단한 고집쟁이야. 네 아빠 이론이 옳다면, 너도 천재로서의 자격을 하나는 갖춘 거야."

"그림 그리는 일만 남았지." 아이가 웃었다. 아이는 다시 자리에 앉아 손을 살펴보기 시작했다. 아이는 손을 이리저리 움직여 실레의 그림과 사진 속에서 본 이상야릇한 모양을 흉내 내고 있었다. 루크레시아 부인은 느긋한 마음으로 폰치토의 무언극을 감상했다. 그러다 부인은 갑자기 결정을 내렸다. '내가 쓴 편지를 읽어줘야지. 뭐라고 하는지 봐야겠어.' 편지를 큰 소리로 읽다보면 잘 썼는지 못 썼는지도 알 수 있을 것 같았고, 리고베르토에게 보내야 할지 그냥 찢어버려야 할지도 결정할 수 있을 것 같았다. 그러나 막상 편지를 읽으려니 겁이 났다. 그래서 이렇게 말하고 말았다.

〈서 있는 소녀, 뒤에서 본 모습〉, 1913.

"밤이나 낮이나 실레 생각만 하니 걱정이다." 아이가 손장난을 멈췄다. "널 진짜 사랑하기 때문에 이런 말도 하는 거야. 처음에는 실레의 그림을 좋아하고 실레를 닮고자 하는 것을 괜찮다고 생각했어. 그런데, 모든 면에서 그 사람을 닮으려고 하다 보면 결국 네 자신을 잃고 말 거야."

"내가 바로 그 사람이야, 새엄마. 농담으로 들릴지 몰라도, 사실이야. 내가 꼭 그 사람 같아."

아이는 부인을 진정시키기 위해 웃어 보였다. "잠깐만 기다려." 아이는 중얼거리며 자리에서 일어났다. 책을 들고 뒤적였다. 뭔가를 찾는 것 같았다. 아이는 책을 부인의 무릎 위에 활짝 펼쳤다. 루크레시아 부인은 천연색 동판화를 볼 수 있었다. 황토색 배경, 카니발 복장을 갖춘 한 여인. 파란색 · 빨간색 · 노란색 · 검은색 기둥들이 지그재그로 늘어서 있었다. 여인의 머리칼은 머리 뒤로 쪽을 지었는지 보이지 않았다. 여인은 맨발이었다. 여인이 부인을 바라보고 있었다. 커다란 검은 눈동자에서 애잔한 빛이 묻어났다. 여인은 두 손을 머리에 얹고 있었다. 마치 캐스터네츠를 치려는 것 같았다.

"이 그림을 보면 이런 생각이 들어." 폰치토의 목소리가 들렸다. 아주 진지한 말투였다. "내가 바로 그 사람이었던 거야."

웃으려고 했지만 웃음이 나오지 않았다. 이 꼬맹이가 또 무슨 수작을 부리고 있단 말인가? 날 놀래키려고 이러나? '고양이 쥐 놀리듯 하잖아.' 생각했다.

"아, 그러셔? 이 그림에서 네가 에곤 실레의 화신이라는 사실을 알려주는 건 뭔데?"

"새엄마는 아직 모르겠지." 폰치토가 웃었다. "다시 한 번 봐. 구석구석 꼼꼼히 보란 말이야. 이 그림은 1914년에 빈에서 그린 거거든,

자기 스튜디오에서 말야. 그런데 자세히 보면 이 여자 속에서 페루를 볼 수 있어. 그것도 다섯 번이나."

루크레시아 부인은 그림을 다시 한 번 자세히 들여다보았다. 위에서 아래로. 아래에서 위로. 마침내 볼 수 있었다. 맨발의 여인이 입고 있는 물들인 어릿광대 복장, 다섯 개의 형상이 있었다. 팔 높이 근처, 오른쪽 옆구리, 다리 위, 그리고 속치마에. 부인은 책을 눈까지 끌어 올려 자세히 보았다. 그랬다. 인디오 여자, 원주민 여자 같았다. 여자들은 쿠스코 농부 차림이었다.

"바로 안데스 산맥에 사는 인디오 여자들이야." 폰치토가 말했다. 부인의 생각을 읽고 있는 것 같았다. "그렇지? 페루가 에곤 실레의 그림 속에 들어가 있어. 그래서 내가 알게 된 거야. 내게는 일종의 계시와 같은 거야."

아이는 계속해서 설명을 이어나갔다. 에곤 실레의 작품과 생에 대한 자신의 풍부한 지식을 자랑삼아 늘어놓고 있었다. 아이의 그런 모습이 부인에게는 전지전능한 신처럼 보였다. 무슨 음모를 꾸미는 것은 아닌가, 또 무슨 역겨운 구렁텅이가 기다리는 것은 아닌가 하는 의심도 들었다. 여기엔 다 그럴만한 이유가 있었어, 새엄마. 그림 속 여자의 이름은 프리데리케 마리아 베어라고 했다. 당시 빈에서 가장 유명했던 두 명의 화가가 동시에 모델로 삼은 여자는 이 여자뿐이었다. 그 화가들이 바로 에곤과 클림트였다. 프리데리케 마리아 베어는 여러 개의 카바레를 소유한 어느 부자의 딸로 커서 귀부인이 되었다. 그녀는 화가들을 후원했고 화가들에게 고객도 알선해 주었다. 에곤 실레가 그녀의 초상화를 그리기 얼마 전에 그녀는 볼리비아와 페루를 여행했다. 그녀는 그곳에서 누더기를 걸친 인디오 여자들을 데려 왔다. 쿠스코나 라파스 시장에서 사왔을 것이다. 그래서 에곤 실레는 그녀의 옷에 인디오 여자들을 그려 넣을 생각을 했을 것이다. 그러니까 다섯 명의 인디오 여자들이 그림 속에 나타난 것은 기적과는 하등 상관없는 일이었다. 그러나, 하지만······.

"그래서, 그래서?" 루크레시아 부인은 폰치토의 설명에 푹 빠져 아이를 재촉했다. 무언가 대단한 것이 나타날 것 같았다.

"아무것도 아냐." 아이는 지쳤다는 표정으로 덧붙였다. "이 인디오 여자들이 여기 있는 이유는 언젠가 나와 만났기 때문이야. 실레의 그림에 나타난 다섯 명의 페루 여자. 아직 모르겠어?"

"누가 너한테 그러던? 네가 그 여자들을 그렸다고 누가 그러던? 그것도 80년 전에? 실레가 환생한 것이 너라고?"

"알았어. 계속 놀릴 거라면 다른 얘기나 하자, 새엄마."

"엉뚱한 얘기라면 듣기 싫다." 루크레시아 부인이 말했다. "그런 엉뚱한 얘기는 생각도 말고 믿지도 마. 너는 너고 에곤 실레는 에곤 실레야. 너는 여기 리마에 살고, 그 사람은 금세기 초에 빈에 살았어. 환생이라는 것은 존재하지도 않아. 그러니까, 내 속을 더이상 긁어놓지 않으려면 그런 바보 같은 말은 다시는 하지 마. 알았어?"

아이는 마지못해 고개를 끄덕였다. 울상을 짓고 있었다. 그러나 감히 대들지는 못했다. 부인이 이렇게 엄격하게 나오기는 처음이었다. 부인은 아이를 달래주고 싶었다.

"내가 쓴 걸 읽어줄게." 부인은 주머니에서 편지를 꺼내며 우물거렸다.

"아빠한테 답장을 쓴 거야?" 아이의 표정이 풀렸다. 아이는 방바닥에 앉아 고개를 내밀었다.

그랬다. 어젯밤에 썼다. 그러나 보내야 할지 말아야 할지는 아직 알 수 없었다. 더이상 어쩔 수가 없었다. 벌써 일곱 통이었다. 익명의

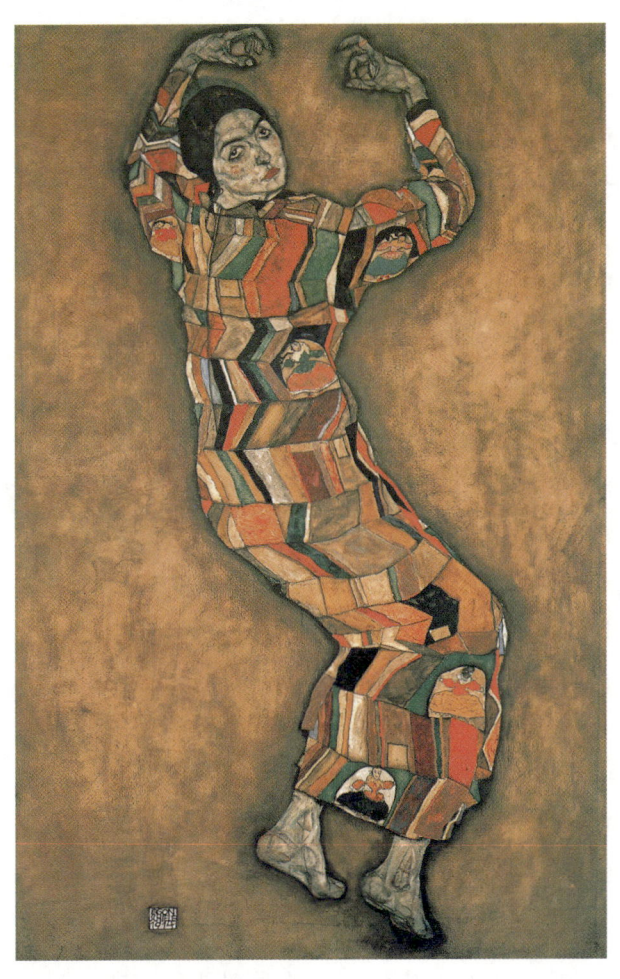

〈프리데리케 마리아 베어의 초상〉, 1914.

편지치고는 너무 많았다. 리고베르토가 쓴 것이 틀림없었다. 그 사람이 아니라면 누가 썼겠는가? 어느 누가 그렇게 다정하고 애절한 편지를 쓸 수 있단 말인가? 어느 누가 자신을 그렇게 속속들이 알고 있단 말인가? 연극을 끝내야만 했다. 어떻게 나오나, 어디 보자.

"빨리 읽어줘, 새엄마." 아이가 재촉했다. 눈이 반짝였다. 호기심이 가득한 표정이었다. 그리고, 뭐랄까, 뭐랄까, 루크레시아 부인은 적당한 단어를 찾아보았다. 바로 그것이었다. 야비한 기쁨, 바로 악마의 속셈이었다. 부인은 편지를 읽기 전에 목을 가다듬었다. 그리고 처음부터 끝까지 눈을 들지 않았다. 읽기 시작했다.

사랑하는 이에게.

그 열렬한 편지를 쓴 사람이 당신이라는 사실을 알고 나서부터 당신에게 편지를 쓰고 싶은 유혹을 참아왔습니다. 2주 전부터 당신의 편지는 내 집을 불길로, 기쁨으로, 그리움으로, 희망으로 가득 채워오고 있습니다. 내 심장과 내 마음은 타도타도 끝이 없는 달콤한 불길로 가득합니다. 우리 행복했던 결혼 시절 함께 나누었던 사랑과 욕망의 불길입니다.

오로지 당신만이 쓸 수 있는 편지에 무슨 서명이 필요하겠습니까? 그 누가 나를 가르치고, 이끌고, 창조해냈습니까? 바로 당신이 아닙니까? 내 겨드랑이에 있는 붉은 점들을, 내 발가락 사이에 감추어진 장밋빛 홍예문을, '하나의 원으로 둘러싸인 주름잡힌 작은 입, 탄력 있는 속살로 흥겹게 주름진 그 작은 문, 푸른 듯 연한 듯한 그것, 당신의 그 대리석과 같이 부드러운 다리 기둥을 타고 올라야 도달할 수 있는 바로 그곳'에 대해 그 누가 얘기할 수 있겠습니까? 오로지 당신뿐이랍니다, 여보.

나는 첫번째 편지, 첫줄을 읽을 때부터 당신이라는 사실을 알 수 있었습니다. 그래서 편지를 다 읽기도 전에 당신의 지시에 따랐습니다. 나는 당신을 위해 옷을 벗고 거울 앞에서 포즈를 취했습니다. 클림트가 그린 다나에의 자태를 흉내 냈습니다. 그리고 나는 당신과 함께 돌아갔습니다. 현재의 고독 속에서 밤마다 꿈꾸는 세계로, 우리가 오랜 세월 동안 함께 탐험했던 그 환상의 세계로 돌아갔습니다. 그 시절은 지금의 내게 위안을 주고 생의 의지를 일깨워주는 샘물입니다. 저는 추억과 함께 그 물을 빨아먹습니다. 당신과 함께 했던 모험과 충만함의 자리를 대신 차지한 이 지겨운 일상, 이 쓸쓸한 공허감을 채우기 위해 말입니다.

나는 내 온 정성을 다해 일곱 번에 걸친 당신의 요구 — 아닙니다, 그것은 간청이었고 애원이었습니다 — 를 충실하게 이행했습니다. 옷을 입었고 옷을 벗었습니다. 변장을 하고 가면을 썼습니다. 바닥을 굴렀습니다. 몸뚱이를 접기도 했고 활짝 펴기도 했습니다. 쭈그려 앉기도 했고 몸에 채찍질 — 온 힘과 정성을 다해 — 도 했습니다. 당신이 편지에서 요구한 모든 변덕을 충실하게 이행했습니다. 아마도 당신의 기쁨보다 내 기쁨이 훨씬 컸을 것입니다. 나는 당신을 위해, 당신에 의해, 메살리나와 레다도 되어보았고, 막달라 마리아와 살로메도 되어보았고, 활과 화살로 무장한 디아나도 되어보았고, 벌거벗은 마야도 되어보았고, 음탕한 노인네들에게 붙잡힌 카스타 수산나도 되어보았고, 터키탕에서 시중드는 여자 노예도 되어보았습니다. 나는 군신 마르스와, 느브갓네살이라는 바벨론 왕과, 사르다나팔이라는 아시리아 왕과, 나폴레옹과, 백조들과, 사티로스들과, 남녀 노예들과 정사를 벌이기도 했습니다. 인어처럼 바다에서 솟아 나와 율리시즈에게 사랑을 구걸하기도 했습니다. 나는 와토의 그림에 나오는 후작 부인도 되어보았고, 티치아

노의 그림에 나오는 님프도 되어보았고, 무리요의 그림에 나오는 성처녀도 되어보았고, 피에로 델라 프란체스카의 그림에 나오는 마돈나도 되어보았고, 후지타의 그림에 나오는 게이샤도 되어보았고, 툴루즈 로트렉의 그림에 나오는 불량 소녀도 되어보았습니다. 드가의 그림에 나오는 발레리나처럼 발끝으로 서 있기는 무척이나 힘이 들었습니다. 정말입니다. 당신의 기대를 저버리지 않기 위해, 다리에 쥐가 나는 것도 감수해가며, 후안 그리스의 발칙한 입체파 모델들과 같은 포즈를 취하기도 했습니다.

비록 멀리 떨어져서나마 다시 당신과 놀이를 즐길 수 있어, 즐거우면서도 한편으론 쓸쓸하기도 합니다. 새삼스럽게 나는 당신 것이요 당신은 내 것이라는 느낌입니다. 놀이가 끝나면 나는 더욱 외로워지고 더욱 비참한 기분에 잠깁니다. 당신을 잃은 것일까요? 영원히 잃어버린 것입니까?

첫번째 편지를 받아든 순간부터 나는 다음 편지를 기다리는 맛으로 살았습니다. 의심을 떨쳐버릴 수도 없었지만 당신의 의도가 궁금하지 않을 수 없었습니다. 내가 답장해주기를 기다렸나요? 편지에 서명을 하지 않은 것은, 대화를 나누기 싫으니 그저 당신 얘기를 듣기만 하라는 뜻인가요? 그러나 어젯밤, 베르미어의 그림에 나오는 부르주아 농장 여주인의 자세를 충실히 재현한 후에, 나는 당신께 답장을 쓰기로 결심했습니다. 오로지 당신에게만 허락한 내 속 깊은 곳에서 무언가가 펜과 종이를 잡으라고 내게 명령했습니다. 잘 한 짓일까요? 내가 불문율을 깨뜨린 것은 아닌지요? 그림 속 인물이 그림을 벗어나 화가에게 말을 거는 것은 금지된 행위가 아닐까요?

여보, 당신은 대답을 알고 있지요? 내게도 알려주세요.

"와, 끝내주는 편지다!" 폰치토가 말했다. 아이는 진짜로 감동한 것 같았다. "새엄마! 새엄마 진짜로 아빠를 사랑하는구나!"

아이의 볼은 새빨갛게 달아올랐고 눈은 반짝반짝 빛났다. 루크레시아 부인은, 처음으로, 그런 사실을 깨달았다. 혼란스러웠다.

"네 아빠를 사랑하지 않은 적은 단 한순간도 없어. 그 일이 일어났을 때도 난 네 아빠를 사랑하고 있었어."

폰치토는 아무것도 모른다는 듯 시치미를 떼고 있었다. 루크레시아 부인이 어떤 식으로든 그 일을 언급하면 항상 그런 표정을 지었다. 그러나 부인은 알아차릴 수 있었다. 새빨갛게 달아올랐던 아이의 얼굴이 대번에 창백해졌다.

"너한테도 나한테도 유감스러운 일이고, 또 되도록 말은 피해왔지만, 일어난 일은 일어난 일이야. 지워버릴 순 없어." 루크레시아 부인이 아이의 눈을 들여다보며 말했다. "내 말이 무슨 말인지 모르겠다는 듯 날 쳐다보고 있어도, 너도 그게 무슨 일인지 나만큼 똑똑하게 기억하고 있어. 너도 나만큼, 아니 나보다 더 후회하고 있을 게 분명해."

더이상 말을 계속할 수 없었다. 폰치토는 다시 자기 손을 내려다보고 있었다. 아이는 손으로 에곤 실레의 그림에 나오는 인물들을 흉내내고 있었다. 잘려나간 것처럼 엄지손가락을 감춘 채 두 손을 어깨 높이로 나란히 들어올리기도 했고, 마치 창을 던진 사람처럼 두 손을 머리 앞쪽으로 들어올리기도 했다.

"나쁜 놈인 줄로만 알았더니 이제 보니 어릿광대네." 부인이 소리를 질렀다. "차라리 연극이나 하는 게 낫겠다."

아이도 웃었다. 기분이 풀린 모양이었다. 아이는 상을 찡그린 채 손장난에 열중이었다. 아이는 상을 찡그린 채 한 마디 던졌다. 루크레시아 부인은 깜짝 놀라고 말았다.

"잔뜩 폼잡고 쓴 편지 같은데, 일부러 그런 거야? 새엄마도 아빠처럼 폼을 잡아야 사랑도 할 수 있는 거라고 생각하는 거야?"

"네 아빠 스타일을 흉내 내서 쓴 편지야." 루크레시아 부인이 말했다. "과장도 하고, 엄숙해 보이게도 하고, 애를 쓴 흔적도 보이고, 잔인해 보이게도 하는 거지. 네 아빠가 그런 걸 좋아하잖니. 너무 폼잡은 것 같으니?"

"아빠가 좋아할 것 같은데." 폰치토는 고개를 끄덕거리며 자신 있게 말했다. "읽고 또 읽고, 수십 번은 읽을 것 같은데. 서재에 틀어박혀서 말이야. 서명할 생각은 아니겠지? 그렇지? 새엄마?"

사실 그것까지는 생각 못했다.

"익명으로 보내야 할까?"

"당연하지, 새엄마." 아이가 한마디로 잘라 말했다. "당연히 놀이를 계속 이어가야지."

어쩌면 아이가 옳을지도 몰랐다. 그 사람이 먼저 서명하지 않았으니 부인도 서명할 필요가 없었다.

"너도 '키코 카코'에 대해 아는 모양이지. 맹랑한 녀석." 부인이 말했다. "그래, 좋은 생각이야. 나도 서명 없이 보낼 거야. 어쨌든, 그 사람도 잘 알겠지. 누가 보낸 편진지."

폰치토가 박수를 쳤다. 아이는 자리에서 일어나 돌아갈 준비를 했다. 오늘은 구운 빵이 없었다. 후스티니아나는 외출 중이었다. 여느 때와 다름없이 아이는 화집을 챙겨 가방에 넣고, 교복 셔츠 단추를 채우고 넥타이를 바로 했다. 그런 아이의 모습을 루크레시아 부인이 바라보고 있었다. 루크레시아 부인은 매일 오후 아이가 왔다 갈 때 거치게 되는 그 과정을 흡족한 마음으로 지켜보았다. 그러나 그날 오후는 다른 날과 달랐다. 다른 때 같았으면 아이는 '안녕, 새엄마' 하고 돌아섰을 것이다. 그러나 그날 오후에는 아이가 소파로 다가와 부인 옆에 바싹 붙어 앉았다.

"가기 전에 뭘 좀 물어볼 게 있는데. 말하기가 좀 창피해서."

약간 겁먹은 듯한 감미로운 목소리였다. 부인의 애정이나 동정을 구하려 할 때는 항상 이런 목소리였다. 루크레시아 부인은 그것이 순전히 사기라는 것을 알고 경계를 늦추지 않았지만 결정적인 순간에 가서는 매번 애정이나 동정을 베풀고 말았다.

"네가 창피해 하는 것도 있니? 네가 그런 말을 한다고 내가 널 순진한 녀석으로 봐줄 것 같니?" 루크레시아 부인은 손으로는 아이의 귀를 어루만지면서도 목소리만은 엄격하게 했다. "그냥 물어봐."

아이가 몸을 비틀어 두 팔로 부인의 목을 감싸안았다. 그리고 부인의 어깨에 얼굴을 파묻었다.

"마주 보고는 도저히 말을 꺼낼 수 없어." 아이가 속삭였다. 목소리를 낮추었다. 겨우 알아들을 수 있었다. "편지에 있던 그 주름으로 둘러싸인 찡그린 작은 입 말인데, 이건 아니지, 그지, 새엄마?"

루크레시아 부인은 느낄 수 있었다. 자신의 뺨에 닿아 있던 뺨이 움직이기 시작했다. 두 개의 작은 입술이 자신의 뺨을 훑고 내려가 자신의 입술을 덮쳤다. 차가웠던 입술에 이내 열이 올랐다. 아이의 입술이 자신의 입술에 달라붙어 빨기 시작했다. 눈을 감고 입술을 벌렸다. 축축한 뱀 한 마리가 입으로 들어왔다. 잇몸을 훑고 입천장을 훑었다. 그리고 자신의 혀를 휘감았다. 시간이 멈추는 것 같았다. 눈이 멀 것만 같았다. 온몸이 불타올랐다. 정신이 아찔했다. 황홀했다. 몸을 움직일 수도 없었다. 아무 생각도 나지 않았다. 팔을 들어올려 폰치토를, 껴안으려는 순간, 아이가 몸을 빼 품에서 벗어났다. 느닷없는 변덕, 원래 그런 아이였다. 이제 아이는 작별인사를 외치며 멀어져 갔다. 아무렇지도 않다는 표정이었다.

"원한다면 편지를 깨끗하게 옮겨 적어 봉투에 넣어 놔." 아이가 문가에서 말했다. "내일 줘. 아빠 몰래 우리 집 우편함에 넣어줄게. 안녕, 새엄마."

진절머리나는 애국자 타령

나는 압니다. 당신은 바람에 펄럭거리는 국기를 보면 가슴이 벌렁대지요? 애국가를 들으며 가사를 생각하면 핏줄이 꿈틀대고 몸이 오싹해지면서 솜털이 바싹 서지요? 바로 감격이라는 것이지요. 하지만 파블로 네루다가 젊었을 때 쓴 불경스러운 시에서는 조국(당신이 항상 대문자로 쓰는)이라는 단어가 감격을 불러일으키지 않습니다.

조국,
온도계 혹은 승강기처럼
애잔한 한 마디.

존슨 박사의 살벌한 선언(애국심이라는 것은 악당의 마지막 피난처다)에서도 조국이라는 단어는 감격을 불러일으키지 않습니다. 그러나 용맹스럽게 질주하는 기병들이나 군복을 입은 적들의 가슴팍을 파고드는 칼날을 본다면, 샴페인 병을 따는 소리가 아니라 나팔소리, 총소리, 대포소리를 듣는다면, 조국이라는 단어는 감격을 불러일으킬 수 있습니다. 당신은 어느 모로 보나 그 어중이떠중이 사내 계집 덩어리에 속한 사람입니다. 당신네들은 공공 광장을 장식하는 위인들의 동상을 우러러보면서 비둘기들이 그 위에 똥을 싸갈기는 것을 안타까워하는 사람들입니다. 당신네들은 전쟁 광장에서 좋은 자리를 차지하기 위해 밤을 꼬박 새워가며 죽치고 기다릴 수도 있는 사람들입니다. 국경일에 벌어지는 군인들의 분열식을 보기 위해서 말입니다. 당신네들은 그 광경을 보고 힘을 얻겠지요. 당신네 가슴속에서는 용기, 애국심, 사나이 따위의 단어들이 불꽃을 튀기겠지요. 신사 숙녀 여러분. 당신들 속에는 사나운 짐승이 웅크리고 있습니다. 그 짐승은 인류에게 치명적인 해를 가해올 것입니다.

　당신은 말입니다, 문신을 하고 몸에 구멍을 뚫고 자지에 나무통을 끼고 다니던 식인종들이 살았던 시대로부터, 비를 불러온답시고 발을 동동 구르고, 힘을 빼앗는답시고 적들의 심장을 파먹는 비합리적인 마술을 현대 문명 속으로 끌어들이는 아주 지긋지긋한 사람입니다. 당신은 마음 내키는 대로 세운 이정표네 경계선이네 하는 것으로 만신창이가 된 이 한 쪼가리 땅덩이를 지키기 위해 장광설을 늘어놓고 깃발을 치켜세우고 하고 있지만, 그리고 역사네 사회적 형이상학이네 하는 고상한 형식으로 티를 내려 하고 있지만, 그 이면에 있는 것은 간사한 집단주의일 뿐입니다. 그러니까 부족에게서 떨어져 나와, 집단에서 밀려나와 홀로 남게 되면 어쩌나 하는 케케묵은 원시적 두려움, 우리 조상들에 대한 애타는 그리움이라는 말입니다. 우리 조상들은 이 세상이 그들이 알고 있는 경계선 안에서 시작하고 끝난다고 믿었습니다. 햇빛 찬란한 숲, 어두운 동굴, 깎아지른 듯한 고지로 둘러싸인 그 조그만 땅덩이 안에서 말입니다. 그들은 그 안에서 같은 언어, 같은 마법, 같은 습관을 나누었고, 혼동을 해도 똑같이 혼동했습니다. 그리고 특히 그들은 똑같이 무식했고 똑같이 두려워했습니다. 그래서 그들은 용기를 낼 수 있었고, 그래서 천둥, 번개, 짐승, 다른 부족으로부터 똑같이 보호받고 있다고 여겼던 것입니다. 그 아득한 옛날로부터 수세기가 흘렀습니다. 그리고 당신은 이렇게 믿겠지요. 나는 양복도 입고 있고 넥타이도 매고 있고(혹은 치마도 입고 있고) 마이애미에서 리프팅도 즐기고 있으니, 나무 껍질 하나 달랑 차고 다니던 조상들, 코걸이 입술고리를 주렁주렁 매달고 다니던 조상들에 비하면 훨씬 낫다라고 말이지요. 그러나 당신이나 조상이나 별반 차이 없습니다. 수세기가 흘렀지만 아직까지 끊어지지 않은 탯줄이 남아 있습니다. 그건 바로 알 수 없는 것에 대한 공포, 다른 것에 대한 증오, 위험한 것에 대한 회피, 자유에 대한 두려움, 나날이 새로워져야 할 책임감에 대한 당혹감, 습관과 집단에 순종해야 하는 의무, 무리에서 떨려나가지 않기 위한 몸부림이라고 할 수 있지요. 나날이 부딪히는 도전, 즉 개인의 주권을 회피하기 위해 말입니다. 그 옛날에는 그랬습니다. 인간의 살을 아무 생각 없이 먹었던 사람들은 자신을 둘러싸고 벌어지는 일들에 대해 형이상학적으로나 형이하학적으로 전혀 무지했습니다. 그래서 독립적이고 창조적이고 자유로운 존재가 되는 것을 정정당당하게 거부할 수 있었습니다. 그러나 오늘날은 아닙니다. 요즘 사람들은 알아야 할 것뿐만 아니라 그 이상의 것도 다 알고 있습니다. 그래서 노예가 된다거나 비이성적인 사람이 되겠다고 기를 쓰는 사람들을 보면 도저히 이해가 안 가는 것입니다. 너무 심한 말이 아니냐, 막 가자는 것이냐 싶으시겠지요. 자신이 태어난 땅과 그에 얽힌 기억을 사랑하고 연대감을 느끼는 것(프랑스 인문지리학자 모리스 바레는 '땅과 사자死者들'이라고 표현했지요)을 최고의 덕목으로 치는 당신에게는 그렇겠지요. 한 울타리 같은 문화,

이런 것이 없다면 인간은 공허감을 느낄 것입니다. 바로 이것이 애국심이라는 동전의 한쪽 면입니다. 그리고 다른 면, 즉 내 것을 찬양하는 그 이면에는 남을 헐뜯는 면이 있습니다. 다른 사람들을 깔아뭉개고 까부수고 싶은 욕망이 숨어 있단 말입니다. 당신과 피부색이 다르고, 언어가 다르고, 믿는 신이 다르기 때문에. 심지어 입는 옷이나 다이어트 방법이 당신과 다르기 때문에.

사실 말이지, 애국심이라는 단어는 내셔널리즘을 좀더 완곡하게 표현한 것처럼 보이기도 합니다. 애국심이라는 단어에서는 '국가'라는 말보다는 더 친근하고 덜 인위적이고 더 고상한 '조국'이라는 말을 연상하게 되기 때문입니다. 국가라는 것은 권력에 굶주린 정치가들과 주인을, 다시 말해 후원자를, 다시 말해 마음대로 빨아먹을 수 있는 젖꼭지를 구하는 지성인들이 단합하여 정치-행정상의 편의를 위해 억지로 만들어낸 형편없는 책략에 불과합니다. 위험하긴 하지만 효과만점인 구실인 셈입니다. 수도 없이 일어나 지구를 갉아먹은 전쟁을 위해 좋은 핑계거리가 되었고, 막무가내식 전제정치의 변명거리가 되어 약자에 대한 강자의 지배를 허용하기도 했습니다. 평등주의라는 연막탄을 피워 그 독가스로 사람들을 무차별하게 다루었고, 태어난 장소가 같다는 것, 그야말로 우연일 뿐인 공통분모를 무슨 돌이킬 수 없는 본질적인 요소나 되듯 강요하여 사람들을 똑같은 꼴로 만들어버리고 말았습니다. 애국심과 내셔널리즘의 이면에서는 항상 하나됨이라는 악랄한 집단주의적 허구가 혀를 날름거리고 있습니다. '우리는 하나다'라는 이념을 표방하는 철조망, 이 철조망이 명약관화한 형제애를 내세워 '페루인' '스페인인' '프랑스인' '중국인' 하는 식으로 사람들을 한곳으로 몰아붙입니다. 당신이나 나는 알고 있습니다. 이 따위 카테고리는 다른 수많은 비열한 속임수들과 하나 다를 게 없습니다. 이 따위 속임수들은 수많은 다양성과 독립성 위에 망각의 망토를 덮어씌워 유구한 역사를 지워버리려는 수작입니다. 우리 문명을 개인이 탄생하기 이전의 야만시대로 되돌리려는 수작입니다. 즉 이성과 자유가 탄생하기 이전으로 말입니다. 개인과 이성과 자유는 따로 떼어 생각할 수 없는 것들이니까 말입니다. 알아먹겠습니까?

그래서 나는 내 주변에서 누군가가 '중국인' '흑인' '프랑스인들' '여자들' 이라는 식으로, 그러니까 사람들을 어떤 식으로든 집단에 소속된 일원으로 구분 지어 말하는 소리를 들으면, 비록 그렇게 부르면서 그 사람을 경멸하려는 뜻이 없다 해도, 총을 꺼내 들고 빵빵 갈겨버리고 싶은 충동을 느낍니다. (물론 시적인 표현입니다. 나는 지금까지 손에 화기를 잡아본 적이 없고 또 앞으로도 잡지 않을 겁니다. 나는 정액 외에는 그 어느 것도 쏴본 적이 없습니다. 정액을 쏘고 난 다음에는 애국자나 된 듯 당당하게 재충전합니다.) 나는 개인주의에 푹 빠져 있습니다만, 그렇다고 해서 섹스에 있어서까지 혼자 노는 것을 최고로 치지는 않습니다. 섹스에 있어서는 두 사람만의 대화에 열중하는 편이며, 최대한 세 사람까지는 허용할 수 있습니다. 분명히 밝히는 바이지만, 나는 그 파투즈라는 난교 파티라면 질색을 하는 사람입니다. 그것이야말로 침대라는 사랑놀이 공간에서 벌어지는 정치·사회적 집단주의와 다름없기 때문입니다. 혼자 노는 사랑놀이에도 동반자가 있는 경우가 있습니다 — 이 경우에는 허울뿐인 대화가 되겠지만 — 피카소가 수채물감과 목탄으로 그린 스케치(1902~1903)에서처럼 말입니다. 바르셀로나에 있는 피카소 박물관을 찾아가면 그 그림을 감상할 수 있을 겁니다. 그림은 이렇습니다. 앙헬 페르난데스 데 소토씨가 옷을 차려입고 파이프 담배를 피우고 있습니다. 고상한 그의 부인은 스타킹과 구두만 신고 나머지 옷은 홀랑 벗은 채 남편의 무릎에 앉아 샴페인을 홀짝거리고 있습니다. 두 사람은 번갈아가며 자위를 합니다. 말이 나온 김에 덧붙이자면, 이 그림은 누군가를 모욕하자고 그린 그림이 아닙니다(적어도 피카소 자신을 빼고는 말입니다). 나는 이 그림을 <게르니카>나 <아비뇽의 처녀들>보다 한 수 위로 칩니다.

(이놈의 편지가 점점 종잡을 수 없는 지경으로 빠지는 것처럼 보인다면 발레리가 창조한 테스트씨의 말을 상기해보십시오. '내용에 일관성이 있느냐 없느냐 하는 문제는 듣는 사람에게 달렸다. 나는 우리 마음을 좀체 이해할 수 없다. 따라서 생각이 종종 종잡을 수 없는 지경으로 빠지기도 한다.')

내가 도대체 무슨 이유로 이놈의 편지를 통해 반애국주의적인 심정을 토로하고 있는지 궁금하십니까? 우리 공화국 대통령의 장광설 때문입니다. 오늘 아침 신문에 실렸더군요. 대통령은 수공예품 시장 개장식 연설에서 이렇게 말했다고 합니다. 우리 페루인들은 이름 없는 장인들의 노고에 국민된 도리로서 존경을 표해야 할 의무가 있다, 장인들은 수세기 전부터, 차빈에서 토기를 구워왔고, 파라카스에서 직물을 짜고 염색을 해왔고, 나스카에서 깃털 망토를 지어왔고, 쿠스코에서 도기를 빚어왔다. 현대에도 아야쿠초에서는 병풍이 만들어지고, 푸카라에서는 천막이 만들어지고, 아이들까지 그 작은 손을 놀려, 산 페드로 데 카하스에서는 양탄자를 짜고, 티티카카 호수에서는 부들가지로 장난감 말을 만들고, 카하마르카에서는 거울을 만들고 있다. 왜 존경해야 하는가. 이제 우리 국가 원수의 말을 직접 인용해 보겠습니다. '수공예는 대중 예술이기 때문입니다. 다시 말해, 수공예는 우리 국가의 창조성과 예술적 재능을 유감없이 발휘하는 것이요, 조국의 위대한 상징물이요, 조국의 힘을 과시하는 것이기 때문입니다. 그리고 각각의 수공예품에는 그 작품을 벼려낸 장인의 서명이 일체 담겨 있지 않습니다. 그 모든 것에는 국민성이라는 우리 전체의 서명이 이미 담겨 있기 때문입니다.'

만일 당신이 취미가 고상한 — 그러니까 따지기를 좋아하는 — 남자 혹은 여자라면 우리 국가 원수의 장인 애국자 타령에 어이가 없어 웃을 지도 모릅니다. 당신은 어떨지 모르겠지만, 나는 그 타령을 엉뚱하고 정신 나간 소리로 여겼습니다. 그러나 정신을 번쩍 뜨이게 하는 것도 있었습니다. 내가 왜 이 세상의 모든 수공예품을 싫어하는지, 특히 '내 나라'(서로의 이해를 위해 쓰는 말입니다)의 수공예품을 유난히 혐오하는지 이제는 알 것 같습니다. 이제는 알고 있습니다. 페루의 토기랄지, 베네치아의 가면이랄지, 러시아의 마트료시카 인형이랄지, 네덜란드의 인형(땋은 머리에 나막신을 신은)이랄지, 나무 투우사 인형이랄지, 플라멩코를 추는 집시 인형이랄지, 인도네시아의 마디 굵은 인형이랄지, 장난감 사무라이랄지, 아야쿠초의 병풍이랄지, 볼리비아의 악마 인형이랄지 하는 것들은 지금까지 내 집에 발을 들여놓은 적이 없고 앞으로도 내내 그럴 겁니다. 점토나 나무나 자기나 돌이나 천이나 빵가루 따위로 이름도 모르는 사람들에 의해 줄줄이 생산된 것은 일절 없단 말입니다. 그 알량한 겸손함으로 자칭 대중 예술이라고 하는 따위, 예술품의 본질을 해치는 것들, 개인적 영역이라는 절대적인 지배권을 무시하는 것들, 인간의 개성을 지워버리고 추상적이거나 성적인 것을 용납하지 않는 것들 말입니다. 특히, 직접적이든 간접적이든, 의심스러운 '국가적' 전통이라는 명목으로 자신을 합리화시키려는 것들 말입니다. 비인격적인 예술이란 없습니다, 애국자 양반(제발이지 고딕 성당에 대해서는 말도 꺼내지 마십시오). 수공예는 원시적이고 비조직적이고 유아기적인 표현입니다. 하지만 언젠가는 — 몇몇 특별한 개인들이 모든 굴레를 벗어버리고 자신의 작품에 개인 서명을 집어넣으며 양도할 수 없는 자신만의 개성을 드러내게 될 때 — 예술적 차원으로 등극할 수도 있을 겁니다. 그러나 한 '국가' 내에서 수공예가 승승장구한다고 해서 우쭐해할 사람은 아무도 없을 겁니다. 물론 자칭 애국자들은 예외가 되겠지만. 왜냐하면, 수공예 — 민족성의 표현 — 의 발전은 지체 내지는 퇴보를 의미하기 때문입니다. 그것은 지역 특색이랄지, 지방색이랄지, 지역적 차이랄지, 지역적 속성이랄지 하는 경계선을 파괴하는, 즉 문명이라는 회오리바람을 피해가려는 무의식적인 노력인 겁니다. 애국자 부인, 애국자 선생, 나는 압니다. 당신네가 파괴라는 말 자체는 아닐지라도 그 말의 의미는 싫어한다는 사실을 말입니다. 그거야 당신들 권리지요. 하지만 어떠한 일이 있어도 그 말을 사랑하고 지켜내겠다는 것은 내 권리입니다. 물론 그 싸움이 힘들고 또 내가 패배자의 편에 서게 되리라는 사실 — 그럴 징조가 다분합니다 — 도 알고 있습니다. 그래도 상관없습니다. 이것이야말로 의무적인 영웅주의를 혐오하는 우리들에게 허용된 유일한 영웅주의이기 때문입니다. 자신의 성과 이름으로 죽어 가는 것, 개인적인 죽음을 확보하는 것.

한 가지 말씀드리다. 듣고 놀라자빠져도 난 모릅니다. 내가 숭배하는 유일한 조국은 내 아내 루크레시아가 지배하는 침대입니다(고귀한 여인이여, 그대의 빛으로/ 이 눈먼 장님을 깨우시고 이 외로운 밤을 밝히소서, 루이스 데 레온이 이렇게 노래했지요 아마). 나로 하여금 아무리 치열한 전투라도 달려들게 만드는 내 조국의 깃발은 바로 루크레시아의 아름다운 몸뚱이입니다. 나로 하여금 흐느껴 울게까지 만드는 내 조국의 국가는 바로 그 사랑스러운 몸뚱이에서 흘러나오는 소리, 그녀의 목소리, 그녀의 웃음소리, 그녀의 울음소리, 그녀의 한숨소리, 그리고(귀와 코를 틀어막으시지요) 그녀의 딸꾹질소리, 그녀의 하품소리, 그녀의 방귀소리, 그녀의 재채기소리입니다. 자 이제, 내 자신을 진정한 애국자라고 할 수 있겠습니까, 없겠습니까? 내 나름대로 말입니다.

빌어먹을 오네티! 고마운 오네티

리고베르토씨는 울면서 잠에서 깨어났다(최근 들어 부쩍 잦은 일이었다). 잠에서는 완전히 깨어났다. 어둠에 묻힌 침실 가구들을 구별할 수 있었다. 단조로운 파도소리가 귀에 들렸고, 퀴퀴한 습기를 콧구멍과 땀구멍을 통해 느낄 수 있었다. 그러나 그 끔찍한 모습은 여전히 그 자리에 버티고 있었다. 깊고 깊은 은닉처에서 튀어나온 그 모습은 여전히 그의 의식을 맴돌며, 잠시 전 정신없이 가위에 눌렸을 때처럼 그를 괴롭혔다. '그만 울어, 이 멍청아.' 눈물이 뺨으로 흘러내렸다. 흐느꼈다. 두려움에 사로잡혔다. 이게 만일 텔레파시라면? 만일 무슨 메시지를 받은 거라면? 만일, 어제, 오후, 사과 속을 파먹는 벌레처럼 그녀의 가슴을 파먹고 있는 대재앙의 전조를 의사들이 발견한 바로 그 순간, 루크레시아가 즉시 리고베르토씨를 생각해내고 그를 의지해 자신의 고통과 절망을 나누기 위해 즉시 달려왔더라면? 말하자면 일종의 사형선고 같은 것 말이다. 수술 날짜는 정해졌다. '아직 시간은 있습니다.' 의사는 선언했다. '이쪽 유방을 절개한다면, 어쩌면 양쪽 유방을 동시에 절개해야 할지도 모릅니다. 아직 전이가 시작되기 전이긴 하지만, 불 속에 손을 집어넣는 것과 같다고 할 수 있습니다. 수술 시간을 줄일 수만 있다면 생명에는 지장이 없습니다.' 그 역겨운 의사 놈은 가학적인 희열로 눈을 반짝이며 메스를 갈기 시작했을 것이다. 바로 그 순간, 루크레시아는 그를 생각했다. 그와 얘기하고픈 심정이 간절했다. 그에게 털어놓고 싶었다. 위로를 받고 싶었고, 그가 함께 하여주기를 원했다. '하나님 맙소사. 나는 지렁이처럼 그녀의 발치를 기어다니며 용서를 구할 것이다.' 리고베르토 씨는 몸서리를 쳤다.

수술대 위에 누워 그 끔찍한 절개수술을 기다리는 루크레시아의 모습, 리고베르토씨는 다시 한 번 억장이 무너져 내렸다. 눈을 감았다. 숨을 참았다. 그 팽팽하고 단아하고 균형 잡힌 젖가슴이, 거무스름한 꽃받침과 고운 피부가, 사랑을 나눌 때 입술로 빨고 핥으면 씩씩하게 도발적으로 곧추서던 젖꼭지가 생각났다. 그 젖가슴을 쳐다보느라, 주물러보느라, 입을 맞춰보느라, 핥아보느라, 장난질을 치느라, 쓰다듬어 보느라 얼마나 많은 시간을 보냈던가? 때로는 난쟁이 나라 릴리퍼스의 시민이 되어 그 산봉우리를 정복하기 위해 장밋빛 언덕을 기어오르기도 했고, 때로는 자궁으로부터 막 벗어난 갓난쟁이가 젖꼭지에 달려들어 새하얀 생명수를 빨아먹으며 최초로 쾌락의 교훈을 배우는 모양을 흉내 내기도 했다. 리고베르토씨는 기억하고 있었다. 일요일이면 욕실 나무 의자에 앉아 욕조 속에서 거품에 뒤덮인 루크레시아를 하염없이 바라보았던 적도 자주 있었다. 루크레시아는 수건을 터번처럼 머리에 두르고 진지한 표정으로 몸을 씻으며, 때로 리고베르토씨에게 해맑은 미소를 던지곤 했다. 루크레시아는 커다란 노란색 스펀지에 거품을 적셔 몸을 문질렀다. 어깨와 등허리를 문지르고, 그 아름다운 다리를 크림색 물에서 잠시 들어 올려 문지르기도 했다. 그런 순간에 리고베르토씨가 종교적 광기와도 같이 온 정신을 집중해 쳐다보는 것은 그녀의 젖가슴이었다. 수면으로 드러나는 젖가슴. 새하얀 젖무덤과 푸르스름한 젖꼭지가 거품 속에서 반짝거렸다. 때때로 루크레시아 부인은 리고베르토씨에게 선물을 주듯 상을 내리듯('발치로 달려드는 충실한 강아지에게 주인이 대충 응대하는 듯한 것과 같은 것.' 생각했다. 마음이 조금 진정되었다), 짐짓 비누질을 다시 해야겠다는 듯 젖가슴을 드러내고 스펀지로 문질렀다. 아름다운 젖가슴이었다. 완벽한 젖가슴이었다. 아무리 음탕한 신이라도 충족시켜줄 수 있을 만큼 풍만하고 단단하고 따스한 젖가슴이었다. '됐어요, 수건 좀 주세요, 말 잘 들어야 해요.' 루크레시아는 몸을 일으켜 손으로 물을 끼얹으며 말했다. '말을 잘 들으면 등을 닦을 수 있게 해줄게요.' 그 젖가슴이 바로 그곳에 있었다. 마치 리고베르토씨의 고독을 드러내려는 듯 어두운 방안에서 빛을 발하고 있었다. 그럴 수 있단 말인가? 여성의 조건을 완결시키는, 여성의 고결함과 존엄함을 웅변하는 그런 피조물을 감히 암이라는 무뢰배가 공격하다니, 어찌 그럴 수 있단 말인가? 잠시 전까지 절망에 빠져있던 리고베르토씨는 화가 치밀어 올랐다. 질병에 대한 반발심이 불끈 솟아올랐던 것이다.

그때 리고베르토씨는 기억했다. '빌어먹을 오네티!' 미친 듯이 웃음이 터져 나왔다. '빌어먹을 소설! 염병할 놈의 것! 빌어먹을 게르트루디스!'(소설 속의 인물 이름이 그랬던가? 게르트루디스? 그래, 그랬지.) 가위에 눌린 것은 바로 그것 때문이었다. 텔레파시라니, 당치도 않은 말이었다. 계속 웃음이 터져 나왔다. 거칠 것이 없었다. 흥분이 도를 넘고 있었다. 하지만 행복했다. 잠시 동안이었지만 신을 믿어보기로(노트 어딘가에 케베도의 『부스콘』에서 인용한 문구가 있을 것이다. '그는 예의상 신을 믿기로 작정한 사람들 중 하나였다.') 했다. 루크레시아의 아름다운 가슴이 건강하다는 사실로, 암이라는 징후는 전혀 없다는 사실로 누군가에게라도 감사하고 싶었던 것이다. 가위에 눌렸던 이유는 그 소설의 끔찍한 도입부가 무의식중에 떠올라 공포에 짓눌렸기 때문이었다. 루크레시아와 결혼하고 나서 처음 몇 달 동안, 리고베르토씨는 새 부인의 부드럽고 감미로운 젖가슴이 언젠가는 외과수술을 받아야 할 정도의 병('유방절개'라는 추잡한 용어가 뇌리에 떠올랐다)에 걸릴지도 모른다는 강박관념에 시달렸다. 그 빌어먹을 오네티라는 놈이 쓴, 그 사람 애간장 녹이는 소설 속 화자인 브라우센이라는 작자가 소설 첫머리에서 묘사한, 아니 제멋대로 지어낸, 여주인공처럼 말이다. '감사합니다, 하나님 아버지. 그게 사실이 아님으로, 그녀의 젖꼭지가 안전한 것으로 감사드립니다.' 기도했다. 리고베르토씨는 슬리퍼를 신지도 가운을 걸치지도 않은 채 노트를 살펴보기 위해 어둠 속을 헤쳐 서재로 갔다. 그 소설을 읽었을 때 얼마나 애간장을 태웠는지를 증거로 남겨 놓았었다. 확실했다. 그리고 그 기억이 그날 밤 잠재의식에서 빠져나와 그의 꿈을 망쳐놓았던 것이다. 도대체 무슨 이유로?

빌어먹을 오네티! 우루과이 놈이던가? 아르헨티나 놈이던가? 어쨌든 리오 데 라 플라타 놈임에 틀림없다. 감히 날 질겁하게 만들다니! 갈피를 잡을 수 없는 기억의 출몰. 제멋대로 갈라지고 이그러지는 가닥. 이해할 수 없는 연결. 왜 하필 그날 밤 그 소설이 의식 속에 되살아났단 말인가? 아마도 거의 10년 동안이나 그 소설은 단 하루도 단 한 순간도 기억에 떠오른 적이 없었는데 말이다. 서재의 스탠드에서 황금빛 빛줄기가 책상 위로 떨어져 내렸다. 리고베르토씨는 불빛에 의지해 높이 쌓아놓은 노트 더미에서 『짧은 생애』라는 소설을 읽었을 당시에 썼던 노트를 서둘러 찾아보았다. 그와 동시에 리고베르토 씨의 두 눈은 루크레시아의 젖가슴을 계속해서 보고 있었다. 밤에 침대에 누워 있을 때나 아침에 욕실에 들었을 때, 잠옷이나 실크 가운 위로 혹은 가슴 솔기 사이로 엿보이던 그 새하얗고 봉긋하고 따스하던 젖가슴이 갈수록 선명하게 보였다. 그리고 그 소설의 첫 장면이 불러일으켰던 무시무시한 느낌이 되살아났다.『짧은 생애』에서 읽은 그 이야기가 마치 방금 전에 읽었던 것처럼 선명하게 기억나기 시작했다. 왜『짧은 생애』란 말인가? 왜 하필 오늘 밤이란 말인가?

마침내 노트를 찾았다. 페이지 첫머리에『짧은 생애』라고 적혀 있었고 밑줄이 그어져 있었다. 내용이 이어졌다. '오만한 구조. 신경질적이고 교활한 구성. 옹색한 인물과 내용 없는 이야기를 바탕으로 한 조악한 문체.' 감동이 없는 내용이었다. 그렇다면 무슨 이유로 이 소설을 떠올렸을 때 그렇게 흥분했단 말인가? 단지 잠재의식 속에서, 소설 속 인물인 게르트루디스의 메스질로 잘려나간 젖가슴이 루크레시아의 풍만한 젖가슴을 상기시켰기 때문이란 말인가? 첫 장면은 너무나 분명했다. 리고베르토씨는 그 장면을 떠올리고 다시 한 번 몸서리를 쳤다. 부에노스아이레스의 어느 광고대행사에 근무하는 평범한 회사원 후안 마리아 브라우셴이 이 소설의 화자다. 브라우셴은 자신의 누추한 아파트에서, 전날 밤인지 그날 아침인지 그의 부인 게르트루디스가 받은 유방 절개 수술로 고통스러워한다. 브라우셴은 고통 중에서도, 허술한 벽 너머로 들려오는 새로 이사온 이웃집 여자 ― 케카라는 이웃집 여자는 한때 창녀였다. 아니 여전히 창녀인지도 모른다 ― 의 궁시렁거리는 소리에 귀를 기울이며, 친구이며 상관인 훌리오 스타인이 부탁한 영화 시나리오 내용을 막연히 구상하고 있다. 소름끼치는 내용이 노트에 적혀 있었다. '……게르트루디스의 가슴에 난 새로운 칼자국을 싫은 내색 없이 쳐다봐야 할 일에 대해 생각했다. 둥그스름한 칼자국, 붉은 반점이 점점이 찍혀있을 것이다. 시간이 지나면 흐릿해지겠지. 게르트루디스의 뱃속에 있고 내가 혀끝으로 수없이 확인한 그 상처와 같은 색을 띠게 되겠지. 사인을 한 것처럼 가늘고 희미하고 날렵한.' 더 힘겨운 일이 있다. 마치 황소의 뿔을 잡고 싸우는 것 같다. 브라우센은 유방이 없어도 상관없다는 점을 부인에게 납득시킬 수 있는 방법을 강구한다. '확실한 방법은 하나밖에 없다. 그녀를 행복하게 하고 믿음을 줄 수 있는 방법은 그녀의 절개된 유방 위로 욕정으로 달아오른 얼굴을 디밀고 미친 듯 빨고 핥는 수밖에 없다.'

'그 누가 이렇게 쓸 수 있을까. 10년이 지났는데도 여전히 소름이 끼치고 가슴이 벅차오른다. 진정 뛰어난 작가다.' 리고베르트씨는 생각했다. 침대에 옷을 벗고 부인과 함께 있는 자신을 상상해보았다. 그 따스한 살덩어리가, 그 부드러운 둔덕이 위용을 자랑하던 곳을 대신 차지한 희미한 칼자국을 바라본다, 그 칼자국을 과장된 몸부림으로 빨고 핥는다, 지금 당장 느낄 수도 없고 앞으로도 영원히 느낄 수 없는 흥분과 격정을 연기해낸다. 머리카락을 쓰다듬는 부인의 손길 ― 고맙다는 걸까? 동정한다는 걸까? ― 이 느껴졌다. 이제 충분하다는 것이었다. 감출 필요는 없었다. 밤이면 밤마다 자신들의 욕정에 충실했던, 꿈속에서도 뼛골로도 서로 충실했던 부부가 이제 와서 무슨 이유로 괜찮다고 하면서 서로를 속인단 말인가? 그것이 얼마나 중요한지 두 사람 다 알고 있지 않은가. 그 사라진 유방이 나머지 밤들을 얼마나 고통스럽게 만들지 두 사람 다 알고 있지 않은가 말이다. 빌어먹을 오네티!

"살다보면 깜짝 놀랄 일을 당하게 될 거예요." 루크레시아 부인은 웃었다. 이제 막 무대로 나서려는 오페라 가수처럼 목소리가 떨렸다. "내가 그 얘기를 들었을 때처럼 말예요. 그리고 내가 그것을 목격했을 때처럼. 진짜 놀랄 일이죠."

"알제리 여대사의 풍만한 가슴 말이오?" 리고베르토씨는 깜짝 놀랐다. "손을 댄 거란 말이오?"

"알제리 대사의 부인의 가슴이죠." 루크레시아 부인이 고쳐 말했다. "장난치지 말아요. 누구 얘긴지 잘 알잖아요. 프랑스 대사관에서 열린 만찬 때 밤새 쳐다보고 있었잖아요."

"그랬지. 아름다운 가슴이었지." 리고베르토씨는 얼굴을 붉히며 인정했다. 리고베르토씨는 루크레시아 부인의 젖가슴을 정성스럽게 어루만지고 입을 맞추고 바라보고 하면서 달아오르는 욕정을 다독였다. "하지만 당신 가슴만큼은 아니었어."

"글쎄요." 루크레시아 부인은 남편의 머리를 흐트러뜨리며 말했다. "내 가슴보다 아름답다고 해서 뭘 어쩌겠어요. 내 가슴보단 작았지만 훨씬 완벽했어요. 게다가 훨씬 단단했고요."

"훨씬 단단했다고?" 리고베르토씨는 침을 삼키고 있었다. "벗은 모습을 본 적도 없잖소. 만져본 적도 없고 말이오."

폭풍전야와 같은 침묵. 그러나 서재 저 아래, 벼랑에서 부서지는 파도소리는 계속 들려오고 있었다.

"벗은 모습도 보았고 손으로도 만져 봤어요." 부인은 한참 뜸을 들인 후 또박또박 말했다. "그게 무슨 문제겠어요, 그렇죠? 문제는 그게 아니라, 그 가슴이 손을 댄 가슴이었다는 거예요. 정말이에요."

리고베르토씨는 『짧은 생애』에 나왔던 여자들 — 케카, 게르트루디스, 엘레나 살라 — 이 체형을 바로잡고 몸매를 유지하기 위해 속옷 외에 실크 코르셋을 이용했다는 사실을 기억해냈다. 오네티가 언제

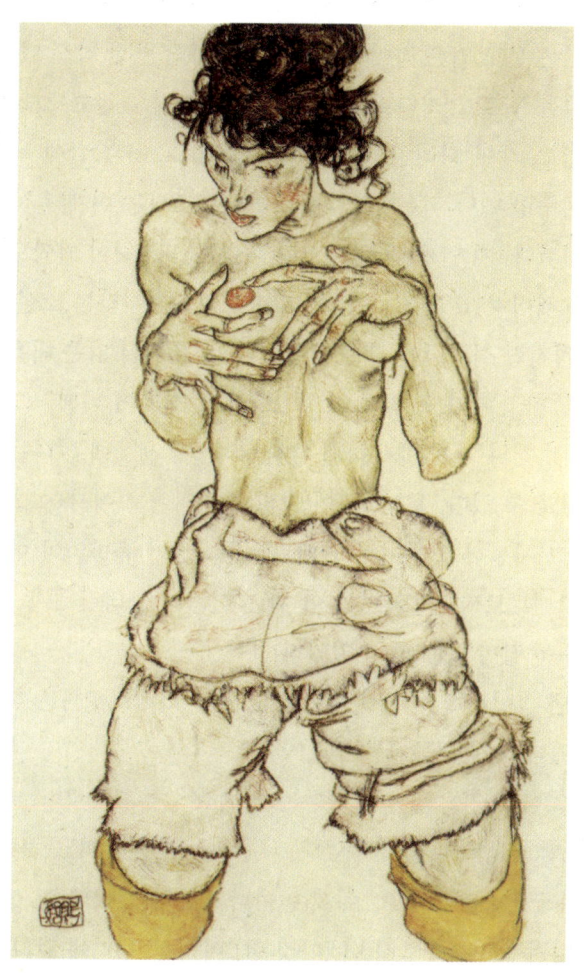

〈무릎을 꿇고 있는 세미누드〉, 1917.

그 소설을 썼던가? 이제 코르셋을 입는 여자는 아무도 없었다. 루크레시아가 실크 코르셋을 입은 모습은 한 번도 본 적이 없었다. 루크레시아는 해적들의 옷도 수녀복도 경마복도 어릿광대복도 나비옷도 꽃으로 엮은 옷도 입은 적이 없었다. 집시 복장을 한 적은 있었다. 머리에 수건을 두르고, 커다란 바퀴 모양의 귀고리를 걸고, 화려한 블라우스를 입고, 색이 화려한 폭넓은 치마를 입고, 목과 팔에 목걸이 팔찌를 주렁주렁 매단 적은 있었다. 리고베르토씨는 이제 혼자라는 사실을 상기했다. 이 안개 낀 바랑코의 새벽, 거의 1년이 가깝도록 루크레시아와 헤어져 있었다. 후안 마리아 브라우센이라는 소설 속 인물이 겪은 뼈저린 절망감이 그를 엄습했다. 노트에서 읽은 내용을 실감할 수 있었다. '여자도, 친구도, 집도, 책도, 심지어 나쁜 짓거리조차도, 어느 것 하나 나를 행복하게 해줄 것은 이 세상에 없다는 분명한 사실을 잊을 수 없다.' 그 소설이 그의 잠재의식 속에서 끄집어 낸 것은 바로 그 처절한 고독이었지 게르트루디스의 유방암이 아니었다. 이제 리고베르토씨는 브라우센이 겪은 지독히 쓰라린 고독 속에, 지독히 어두운 절망 속에 빠져 있었다.

"손을 댄 것이라니, 대체 무슨 뜻이오?" 리고베르토씨는 한동안 넋을 놓고 있다가 겨우 물어볼 수 있었다.

"암을 앓아서 가슴을 제거했다는 거예요." 루크레시아 부인이 외과의사처럼 냉정하게 알려주었다. "그후에 뉴욕의 마요 클리닉에서 조금씩 복구했다는 거예요. 여섯 번이나 수술을 했다네요. 상상이 돼요? 한 번. 두 번. 세 번. 네 번. 다섯 번. 여섯 번. 3년에 걸쳐서요. 하지만 이전보다 더욱 완벽해졌데요. 심지어 젖꼭지도 만들고 주름도 만들고 했다더군요. 정말 똑같데요. 내가 직접 봤으니까 이런 말도 할 수 있는 거예요. 만져보기까지 했다고요. 괜찮죠, 여보, 그죠?"

"물론 괜찮고말고." 리고베르토씨는 서둘러 대답했다. 그러나 서두르는 바람에 어색한 꼴을 보이고 말았다. 얼굴이 달아올랐고 목소리조차 변했다. "말해줄 수 있겠소? 언제, 어디서였소?"

"언제 봤냐고요?" 루크레시아 부인은 노련하게 리고베르토씨를 몰아붙였다. "어디서 만져봤냐고요?"

"그래, 그래." 리고베르토씨는 애원했다. 될 대로 되라는 식이었다. "얘기하고 싶을 때 말이요. 물론, 얘기할만하다 싶은 것만 말이지."

'물론이라니!' 리고베르토씨는 몸을 부르르 떨었다. 이해할 수 있었다. 그 인공가슴의 의미나 『짧은 생애』라는 소설 속 화자의 속내를 이해할 수 있다는 것은 아니었다. 그러나 후안 마리아 브라우센이 자신을 구원한 교활한 방법은 이해할 수 있었다. 그것이 갑작스러운 부활을 유도했다. 조로가 타잔이 달타냥이 돌아온 것 같았다. 그것도 10년이 지난 후에. 물론이지. 고마운 오네티! 웃음이 나왔다. 기분이 풀렸다. 만족스럽기까지 했다. 그 기억은 그를 침몰시키기 위해 나타난 것이 아니었다. 오히려 그를 돕기 위해, 브라우센이 자신의 격렬한 상상력을 평가한 것처럼, 그를 구원하기 위해 나타났던 것이다. 부에노스아이레스라는 현실 공간에서 산타 마리아라는 상상의 공간으로 옮겨가면서 브라우센은 그렇게 말하지 않았던가? 그는 디아스 그레이라는 부패한 의사가 되어 오로지 돈을 위해 엘레나 살라라는 신비스런 여인에게 모르핀을 주사했다. 그 전위를 통해, 그 자리이동을 통해, 그 노력을 통해, 그 허구에 의지해 자신을 구원했다고 하지 않았던가? 노트에 인용되어 있었다. '소설 속 소설. 오네티의 소설에서 소설 속 인물 브라우센은 하나의 이야기를 지어낸다. 그 이야기 속에 자신을 모사한 디아스 그레이라는 의사와 게르트루디스(아직까지 정상적인 가슴을 유지하고 있는)를 모사한 엘레나 살라가 등장한다. 이 이야기는 브라우센의 친구 훌리오 스타인이 부탁한 영화 시나리오 이상의 의미를 지닌다. 이것은 꿈을 통해 현실로부터 자신을 보호하려는 노력이며, 아름다운 거짓 이야기로 삶의 혹독한 진실을 이겨내려는 노력이다.' 기뻤다. 이런 사실을 발견해낸 자신이 대견스러웠다. 자신이 브라우센 같았다. 무언가 보상받은 기분이었다. 그러나 『짧은 생애』에 대한 메모 말미에 적힌 문장을 보고는 다시 불안해졌다. 키플링의 「만일」이라는 시의 한 구절이었다.

만일 당신이 꿈을 꿀 수 있다면 ―
그러나 그 꿈의 노예가 되지는 말지니

시기 적절한 충고였다. 리고베르토씨는 자신의 꿈의 주인이었던가? 아니면 꿈이 그를 지배하고 있었던 것은 아닐까? 루크레시아와 헤어진 이후로 꿈에 너무 매달려 있었던 것은 아닐까?
"프랑스 대사관의 만찬회 이후 우린 친구가 되었어요." 부인이 말을 하고 있었다. "증기목욕을 하자고 날 집으로 초대했어요. 아랍 국가에 널리 퍼진 관습이었나 봐요. 건식 사우나 같은 것 하고는 다른 것이었어요. 오란티아에 있는 대사관 관저 정원 구석에 '함만'이라는 것을 만들어 놓았더군요."
리고베르토씨는 허겁지겁 노트를 넘기고 있었다. 그러나 생각은 엉뚱한 곳에 가 있었다. 리고베르토씨는 꽃나무가 우거진 그 정원에, 하얀색 빨간색 월계수 꽃이 화창한 그 정원에, 테라스 지붕을 받치고 있는 기둥 사이로 휘도는 인동덩굴의 진한 향기 속에 파묻혀 있었다. 리고베르토씨는 충혈된 눈으로 두 여자 ― 꽃무늬 봄옷을 걸치고 매끈한 발모양이 휜히 드러나는 샌들을 신은 루크레시아, 아침 햇살에 반짝이는 화려한 색상의 비단 가운을 걸친 알제리 대사의 부인 ― 가 빨간색 제라늄 무더기를 지나, 파랗고 노란 피마자 꽃무리를 지나, 잘 깎인 잔디밭을 걸어, 무성한 무화과나무 가지로 반쯤 가려진 목재 건물을 향해 나아가는 모습을 지켜보고 있었다. '함만, 증기 목욕.' 말이 새어나왔다. 심장이 쿵쾅거렸다. 리고베르토씨는 두 여자의 뒷모습을 지켜보고 있었다. 너무나도 닮은 두 여자. 감탄했다. 풍만하고 탱탱한 엉덩이가 우쭐거리고 있었다. 춤을 추는 듯한 어깻짓, 걸음을 옮길 때마다 두 엉덩이 사이의 계곡에 주름이 잡혔다. 절친한 두 여자친구가 손에 수건을 들고 팔짱을 끼고 걷고 있었다. '나는 나 자신을 구원하기 위해 그곳으로 달려가고 있다. 그러나 나는 지금 서재에 있다.' 생각했다. '후안 마리아 브라우센이 부에노스 아이레스의 아파트에 처박혀 이웃집 여자 케카를 착취하는 포주 아르세 행세를 하는 꼴과, 세상에 존재하지도 않는 산타 마리아의 디아스 그레이 의사 흉내를 내면서 자신을 구원하는 꼴과 마찬가지다.' 그러나 노트를 뒤적이다 눈에 띈 어느 구절 때문에 두 여자 생각은 까맣게 달아나 버렸다. 『짧은 생애』에서 베껴 쓴 구절이었다. '당신은 당신 가슴을 전지전능한 것이라고 했소.'

'오늘밤은 온통 가슴뿐이로군.' 울컥했다. '그렇다면 브라우센과 내가 한 쌍의 정신분열증 환자란 말인가?' 그래도 전혀 상관없는 일이었다. 리고베르토씨는 눈을 감고 두 여자친구를 보고 있었다. 두 여자는 한증탕 탈의실에서 스스럼없이, 자연스럽게 옷을 벗고 있었다. 이러한 의식을 여러 번 치러본 사람들 같았다. 두 여자는 옷걸이에 옷을 걸고 커다란 수건으로 몸을 감쌌다. 두 여자는 수다스럽게 얘기를 나누고 있었다. 리고베르토씨는 알아들을 수도 없었지만 궁금하지도 않았다. 이제 두 여자는 걸쇠도 없는 쪽문을 밀고 증기가 자욱한 작은 방으로 들어갔다. 한 줄기 뜨거운 증기가 뺨을 스치는 것 같았다. 잠옷이 축축해지면서 등과 가슴과 다리로 달라붙는 것 같았다. 콧구멍, 입, 눈을 통해 증기가 몸 속으로 스며들었다. 송진 냄새와 박하 향기와 민트향이 훅 끼쳐왔다. 몸이 떨렸다. 두 여자가 자신의 존재를 알아차릴까 두려웠다. 그러나 두 여자는 그에게 조금도 신경 쓰지 않았다. 그가 마치 그곳에 없는 듯, 눈에 보이지 않는 듯 행동했다.

"실리콘이나 뭐 그렇고 그런 가공물질을 사용했을 거란 생각은 말아요." 루크레시아 부인이 말했다. "그런 게 절대 아녜요. 바로 그 여자 몸의 살과 피부로 되살린 거란 말예요. 배에서 조금, 엉덩이에서 조금, 허벅지에서 조금 떼어낸 거죠. 자국은 하나도 없었어요. 근사했어요. 진짜 근사했다고요."

사실이었다. 확인할 수 있었다. 두 여자는 수건을 벗었다. 두 여자는 자리가 좁아 벽에 붙여놓은 통나무 의자 위에 바싹 붙어 앉았다. 리고베르토씨는 유유히 떠도는 증기 구름 사이로 두 여자의 벌거벗은 몸뚱이를 훔쳐보고 있었다. 앵그르가 그린 <터키탕>이라는 그림보다 한결 나은 모습이었다. 그 그림에서는 벌거벗은 여자가 너무 많아 집중을 할 수 없었다. '뭔 지랄 났다고 떼거리로 그린담.' 욕이 튀어나왔다. 그러나 이곳에서는 시선을 한곳으로 모을 수 있었다. 두 여자를 한 번에 볼 수 있었고, 조그만 동작 하나라도 놓치지 않고 다 볼 수 있었고, 두 여자의 모습을 하나의 시점에 모을 수 있었다. 더구나 <터키탕>에 나온 몸뚱이들에는 물기도 없었다. 잠시 후, 루크레시아 부인과 대사 부인의 피부가 스며 나온 땀방울로 번들거리기 시작했다. '얼마나 아름다운가!' 생각했다. 감탄했다. '찰싹 달라붙어

있는 두 여자. 서로의 아름다움을 시샘하고 있는 듯 하구나.'

"상처 자국 하나 남지 않았어요." 루크레시아 부인이 말을 이었다. "배에도 엉덩이에도 허벅지에도 말예요. 다시 만든 가슴에도 자국 하나 없었어요. 도저히 믿을 수 없을 정도였어요, 여보."

리고베르토씨는 곧이곧대로 믿을 수밖에 없었다. 이렇게 완벽한 두 여자를 이렇게 가까이에서 보고 있으면서, 손만 뻗으면 닿을 수 있는 거리에서 보고 있으면서 어떻게 믿지 않을 수 있겠는가? ('아, 아.' 리고베르토씨는 괴로웠다.) 루크레시아 부인의 새하얀 피부에 비해 대사 부인의 피부는 한결 가무잡잡했다. 노천에서 태어나 자란 듯싶었다. 루크레시아 부인의 머리카락은 치렁치렁한 검은색이었다. 반면 여자친구의 머리카락은 곱슬곱슬한 붉은색이었다. 이러한 차이점에도 불구하고 두 여자는 닮은 구석이 많았다. 두 여자는 요즘 인기 있는 꼬챙이처럼 빼빼 마른 체형을 못마땅하게 여겼다. 두 여자는 르네상스기의 여자들처럼 풍만했다. 두 여자의 젖가슴, 허벅지, 엉덩이, 팔은 풍만했고 완벽한 굴곡을 보여주고 있었다. 굳이 만져보고 확인할 필요도 없었다. 두 여자의 몸은 단단했고 탄탄했고 팽팽했고 팡팡했다. 마치 눈에 보이지 않는 코르셋이나 띠나 줄이나 압박대로 몸을 감싸고 있는 것 같았다. '고전 양식, 위대한 전통.' 리고베르토씨는 기분이 우쭐해졌다.

"수술하고 회복하고 또 수술하고 회복하고 하느라 고생이 심했데요." 루크레시아 부인은 마음 아파했다. "그래도 그녀의 욕심이, 지지 않겠다는 의지가, 병을 이겨내겠다는 의지가, 아름다움을 유지하고 싶다는 의지가 그녀를 도운 거예요. 그래서 마침내 이겨낸 거예요. 진짜 아름답지 않아요?"

"당신 역시 아름답소." 리고베르토씨는 한숨을 내쉬었다.

두 여자는 뜨거운 열기와 흘러내리는 땀으로 힘겨워하고 있었다. 두 여자는 천천히 심호흡을 하고 있었다. 숨결에 따라 두 여자의 젖가슴이 높은 파도처럼 오르락내리락하고 있었다. 리고베르토씨는 숨이 막히는 것 같았다. 무슨 얘기를 나누고 있을까? 저 두 쌍의 눈에서 반짝이는 저 음흉한 빛은 과연 무엇 때문인가? 리고베르토씨는 바싹 긴장한 채 귀를 기울였다.

"도저히 믿을 수 없네요." 루크레시아 부인은 깜짝 놀랐다는 듯 대사 부인의 가슴을 쳐다보며 말했다. "누구라도 보면 미쳐버릴 거예요. 어쩜 이렇게 자연스러울 수가 있을까."

"남편도 그런 얘길 해요." 대사 부인이 웃었다. 부인은 가슴을 돋보이기 위해 상체를 약간 들었다. 의식적인 행동이었다. 부인은 얼굴을 찡그리며 말을 이었다. 프랑스어 말투를 흉내 내려는 것 같았지만 아랍어 말투를 씻어낼 수는 없었다. ('부인의 아버지는 오란에서 태어나 알베르 카뮈와 함께 축구도 했다.' 리고베르토씨는 이렇게 설정했다.) "이전보다 훨씬 나아졌다고요. 이전보다 더 마음에 든다고 해요. 수술을 했다고해서 감각이 없어진 것도 아녜요. 전혀 그렇지 않아요."

부인은 수줍은 듯 웃었다. 루크레시아 부인도 자신의 허벅지를 가볍게 치며 따라 웃었다. 그 소리에 리고베르토씨는 깜짝 놀랐다.

"저, 뭐 별다른 뜻은 없는데요, 오해는 마세요." 잠시 후 루크레시아 부인이 말했다. "한 번 만져봐도 될까요? 괜찮겠어요? 보이는 것처럼 느낌도 진짜 같을지 궁금해 죽겠어요. 이런 부탁까지 하다니, 미친년처럼 보일지도 모르겠네요. 괜찮겠어요?"

"물론이죠, 루크레시아." 대사 부인은 아무렇지도 않은 듯 대답했다. 표정이 찡그려지더니 입을 활짝 벌리고 환하게 웃었다. 새하얀

〈두 인물〉, 1912.

치아를 자랑하는 것 같았다. "내 가슴을 만져보세요. 난 당신 가슴을 만져볼 테니. 우리 서로 비교해봐요. 여자친구끼리 가슴을 만지는 게 무슨 큰 흉이 되겠어요?"

"그래요, 그렇죠." 루크레시아 부인은 소리쳤다. 흥분했다. 그리고 리고베르토씨가 숨어 있는 쪽을 슬쩍 쳐다보았다. ('내가 여기 있다는 걸 처음부터 알고 있었어.' 리고베르토씨는 한숨을 내쉬었다.) "당신 남편이라면 모르겠지만, 내 남편은 홀딱 반한 거라고요. 어디 한 번 해봐요."

두 여자는 서로의 가슴을 더듬기 시작했다. 처음에는 아주 신중했다. 거의 손길을 느낄 수 없을 정도였다. 그러나 점점 과감해졌다. 이제 두 여자는 노골적으로 서로의 젖꼭지를 희롱하고 있었다. 두 여자가 섞여들고 있었다. 서로를 껴안았다. 두 여자의 머리카락이 엉켜들었다. 리고베르토씨는 분간을 할 수 없었다. 땀방울 — 아니, 눈물방울일지도 모른다 — 이 눈을 아리게 했다. 리고베르토씨는 쉴새없이 눈을 깜박거리다가 급기야 눈을 감고 말았다. '나는 행복한 놈이다. 나는 불행한 놈이다.' 생각했다. 갈피를 잡을 수 없었다. 이게 가능한 일인가? 충분히 가능한 일이다. 부에노스아이레스와 산타 마리아에 동시에 있을 수 있는 것과 같은 것이다. 이 새벽 썰렁한 서재에서 노트와 그림에 둘러싸여 있으면서 동시에 그 봄날 정원에서 증기 구름에 갇혀 땀을 뻘뻘 흘리고 있는 것이다.

"처음에는 장난으로 시작된 거였어요." 루크레시아 부인이 설명했다. "숙취에서 깨는 동안 그냥 시간을 보내기 위해서 말예요. 그런데 곧바로 당신 생각이 났어요. 당신이 용서해줄 것이다. 당신을 기쁘게 해줄 것이다. 당신을 불편하게 할지도 모른다. 내가 이 얘길 들려주면 또 한 편의 연극을 구상할지도 모른다."

리고베르토씨는 부인의 전지전능한 젖가슴을 밤을 세워가며 찬양할 것이라는 자신의 약속을 충실히 지키기 위해, 침대가에 다리를 벌리고 걸터앉은 루크레시아 부인의 가랑이 사이에 무릎을 꿇고 앉아 있었다. 리고베르토씨는 양손으로 부인의 젖가슴을 하나씩 소중하게 쥐고 있었다. 유리 그릇인양, 행여 금이 갈세라 조심에 조심을 더했다. 리고베르토씨는 입술로 부인의 젖가슴을 일 미리씩 핥아나갔다. 한줌의 흙덩이라도 빼놓지 않고 쟁기질하려는 성실한 농부와 같았다.

"그러니까 말이죠, 그 여자의 젖가슴이 진짜인지 아닌지 직접 만져보고 확인해보고 싶었단 말예요. 그리고 그 여자 또한 대범한 여자였어요. 그래서 굼벵이처럼 가만있을 수는 없었던 거죠. 그래도 역시 위험한 장난이긴 했어요."

"물론이지." 리고베르토씨는 고개를 끄덕였다. 리고베르토씨는 공평하게 균형을 맞추어 양 젖가슴을 부지런히 옮겨다니고 있었다. "그래서 몸이 달아올랐겠지? 서로 가슴을 만지다보니 입맞춤까지 하게 된 거겠지? 서로 빨고 핥게 된 거겠지?"

리고베르토씨는 즉시 후회했다. 엄격한 규칙을 위반한 것이었다. 사랑을 나누는 중에는 더러운 말을 사용하지 않기로 한 약속이었다. 특히 어떤 환상이라도 무참히 깨어버리는 빨다 혹은 핥다라는 말은 사용할 수가 없었다.

"빨고 핥았다는 말은 안 들은 걸로 해." 사과했다. 시간을 거슬러 올라가 그 말을 지워버리고 싶었다. "입맞춤을 나누고 있었던 거지. 두 사람 중에 누가 먼저 시작한 거요? 여보, 당신이 먼저 시작했소?"

부인의 목소리가 어렴풋이 들렸다. 그러나 그녀의 모습은 이제 볼 수 없었다. 거울을 만졌을 때 생긴 자국처럼, 입김을 불었을 때 생긴 자국처럼, 부인은 순식간에 사라져 버렸다. "그래요, 저였어요. 당신이 시킨 일이었잖아요. 당신이 원했던 게 아니었나요?" '아니다.' 리고베르토씨는 생각했다. '내가 원하는 것은 유령의 모습이 아니라 살과 뼈를 가진 당신의 모습을 여기 붙잡아두는 것이라오. 왜냐고? 당신을 사랑하니까.' 서글픔이 소나기처럼 떨어져 내렸다. 맹렬하게 쏟아져 내리는 빗줄기가 정원도, 대사관저도, 박하 향기도, 송진 냄새도, 민트향도, 인동 덩굴 냄새도, 한증탕도, 사랑스런 두 여자친구도 모조리 앗아가 버렸다. 잠시 전까지 훈훈했던 온기도 꿈도 달아나 버렸다. 새벽 한기가 뼛속까지 파고들었다. 파도는 한결같이 사납게 벼랑을 때리고 있었다.

그때 문득 생각났다. 소설에서 — 빌어먹을 오네티! 고마운 오네티! — 케카와 고르다는 브라우센 몰래, 아르세라는 가공의 인물 몰래 서로 입을 맞추며 서로의 몸을 더듬었다. 그리고 그 창녀, 아니 한때 창녀였던 여자, 브라우센의 이웃 여자, 끝내 죽임을 당하는 케카는 자신의 아파트가 괴물로, 땅의 정령으로, 반인반수의 괴물로, 눈에 띄지 않는 추상적 짐승으로 가득 차 있고, 이 모든 것들로 자신이 시달리고 있다는 생각에서 헤어나지 못한다. '케카와 고르다.' 생각했다. '루크레시아와 대사 부인.' 브라우센과 같은 정신분열증 환자. 이제 유령조차 그를 구원할 수 없다. 오히려 유령들은 날마다 더 깊어지는 고독 속으로 그를 파묻고 있다. 이제 그의 서재는 사나운 짐승들이 차지하고 있다. 케카의 아파트와 마찬가지다. 이놈의 집구석을 확 불 싸질러버려야 할까? 자신과 폰치토를 집 안에 가둔 채로?

후안 마리아 브라우센의 에로틱한 꿈이 노트 안에서 반짝이고 있었다('폴 델보의 그림에 나온 것과 같다. 오네티는 『짧은 생애』를 쓸 때 이 그림에 대해 알 수 없었다. 이 벨기에 출신 초현실주의 화가는 그 당시 이 그림을 그릴 생각도 못했으니까.' 괄호 속에 주석이 달려 있었다).
'의자 등받이에 몸을 던진다. 아가씨의 어깨가 닿는다. 수상한 집들로 이루어진 작은 마을에서 점점 멀어지는 내 모습을 상상해 본다. 은밀한 마을, 벌거벗은 연인들이 정원을, 이끼 낀 포장도로를 돌아다닌다, 연인들은 불이 켜지면, 호색한과 마주치면 손바닥을 펴서 얼굴을 가린다…….' 브라우센과 같은 결말을 맞게 될 것인가? 벌써 브라우센처럼 된 것은 아닐까? 평범한 파산자. 가톨릭 이상주의자로서도 실패. 복음으로 사회를 개혁하려 했으나 그것도 실패. 개인주의를 신봉하는 무정부주의자로서도 실패. 불가지론적인 쾌락주의자로서도 실패. 고상한 환상을 꿈꾸는 사조직의 조직원로서도 실패. 예술 감각이 뛰어났던 사람으로서도 실패. 모든 것으로부터, 사랑하는 여자로부터, 자신이 낳은 자식으로부터, 실현시키고자 했던 꿈으로부터 배반당한 남자. 전도양양한 보험회사 지배인이라는 오만불손한 가면 뒤에서 날마다, 밤마다 시들어 가는 남자. 오네티의 소설에서 '순수 절망'이라고 말한 바로 그런 상태에 빠진 남자. 『짧은 생애』의 그 비관주의에 빠진 마조히스트를 그대로 빼다 박은 듯한 남자. 브라우센은 적어도 막판에 가서는 부에노스 아이레스에서 탈출하기 위한 시도를 감행했다. 그는 기차, 자동차, 배 혹은 버스를 잡아타고 자신이 지어낸 산타 마리아라는 리오 델 라 플라타 인근 식민지에 도착했다. 그러나 리고베르토씨는 아직까지 정신이 말짱했다. 그래서 허구 속으로 몸을 피할 수 없다는 사실을, 꿈속으로 달아날 수 없다는 사실을 잘 알고 있었다. 아직까지는 브라우센과 같은 처지로 몰리지 않았던 것이다. 아직까지는 반격할 시간이, 뭔가를 할 수 있는 시간이 남아 있었다. 하지만, 대체 뭘 어떻게 한단 말인가. 도대체 뭘.

투명인간 놀이

비록 산타클로스는 아니지만 굴뚝을 통해 당신 집으로 들어갑니다. 그리고 당신의 침실로 흘러갑니다. 당신 얼굴 위로 몸을 바싹 기울이고 모기 소리를 흉내 냅니다. 꿈에 취한 당신은 손을 들어 어둠 속을 휘젓기 시작합니다. 존재하지도 않는 가련한 모기를 쫓기 위해.

모기 놀이에 싫증이 나면, 당신 다리를 들춰내 차가운 바람을 한줄기 불어넣습니다. 바람줄기는 당신을 뼛속까지 얼어붙게 합니다. 당신은 몸을 떨기 시작합니다. 당신은 몸을 웅크립니다. 당신은 모포를 끌어당깁니다. 당신 이가 떨립니다. 당신은 베개를 뒤집어씁니다. 급기야 재채기가 터집니다. 알레르기 때문에 나온 재채기가 아닙니다.

그 순간 나는 아마존의 열병으로 화합니다. 당신은 열병으로 머리끝에서 발끝까지 땀으로 흥건해집니다. 당신은 물에 빠진 병아리 같습니다. 당신은 발버둥칩니다. 모포가 바닥으로 떨어집니다. 당신은 위아래 잠옷을 모조리 벗어 던집니다. 이제 당신은 벌거벗은 몸입니다. 당신은 땀을 흘립니다. 땀을 비오듯 쏟으며 풀무처럼 헐떡입니다.

이제 나는 깃털이 됩니다. 그리고 당신의 발바닥, 당신의 귀, 당신의 겨드랑이를 간지럽힙니다. 히히, 하하, 호호. 당신은 잠이든 채 웃습니다. 얼굴을 찡그리고, 왼쪽으로 오른쪽으로 바동댑니다. 당신의 웃음소리가 사방으로 퍼집니다. 마침내 당신은 깨어납니다. 멍청한 표정을 짓습니다. 비록 나를 보진 못해도, 무언가 어둠 속을 나돌아다닌다는 것은 눈치 챕니다.

당신이 서재로 가기 위해, 그림 속에 파묻히기 위해 자리에서 일어나는 동안 나는 함정을 준비합니다. 나는 의자·장식품·탁자 등의 위치를 바꾸어버립니다. 당신은 의자·장식품·탁자 등에 부딪혀 '아야야야야야!'라고 소리치며 정강이를 문지릅니다. 당신의 실내복이나 슬리퍼를 감추기도 합니다. 당신이 잠에서 깨어나 마시기 위해 침대 머리에 준비해둔 자리끼를 쏟아버리기도 합니다. 당신은 눈을 뜨고 더듬어 보다가 바닥이 물바다가 되어 있는 것을 보고는 엄청나게 골을 냅니다.

이런 장난도 다 사랑이 아니겠습니까?

사랑에 빠진 유령
당신의 영원한 종

8_ 거울 속의 맹수

"나 어젯밤에 갔다." 엉겁결에 말이 튀어나오고 말았다. 루크레시아 부인은 자신이 무슨 말을 했는지 알아차리기도 전에 폰치토의 목소리를 들었다. "어디에, 새엄마?" 루크레시아 부인은 머리끝까지 새빨개졌다. 창피해 죽을 것만 같았다.

"잠시도 눈을 붙일 수 없었단 얘기야." 거짓말이었다. 거침없이 솟아나는 욕망과 사랑의 갈증으로 뒤척이긴 했지만 실로 오랜만에 깊은 잠에 빠질 수 있었던 것이다. "너무 피곤해서 무슨 말을 하고 있는지도 모르겠다."

아이는 다시 책으로 돌아가 있었다. 아이가 숭배하는 에곤 실레의 사랑을 다룬 페이지가 펼쳐져 있었다. 사진도 한 장 실려 있었다. 스튜디오에서 커다란 거울 앞에 서 있는 사진이었다. 거울은 에곤 실레의 전신을 비추고 있었다. 호주머니에 찔러 넣은 두 손, 헝클어진 짧은 머리. 청년의 날씬한 몸매, 떼었다 붙였다 할 수 있는 칼라가 달린 하얀색 셔츠를 입고 있었다. 넥타이는 매고 있었지만 윗도리는 벗었다. 물론 손은 바지 호주머니 속에 감추어져 있었다. 강을 걸어서 건

넜는지 바짓단이 접혀져 있었다. 폰치토는 집에 도착한 이후로 줄곧 그 거울 얘기만 늘어놓고 있었다. 아이는 그 사진에 대해 얘기를 나누기 위해 몇 차례 부인에게 말을 걸어왔다. 그러나 루크레시아 부인은 아이의 말을 건성으로 듣고 있었다. 부인은 자기 생각에 빠져 있었다. 부인은 자신이 쓴 익명의 편지로 일깨워진 격정·의심·희망에서 어제부터 조금도 벗어나지 못하고 있었다. 부인은 폰치토의 머리를 쳐다보았다. 곱슬거리는 금발. 부인은 폰치토의 표정을 살펴보았다. 아이는 무슨 비밀이라도 캐내려는 듯 심각한 표정으로 사진만 들여다보고 있었다. '아직 눈치 못 챈 거야, 아직 이해 못하는 거야.' 그러나 도무지 속을 알 수 없는 아이였다. 잘 알고 있으면서도 시치미를 떼고 있는지도 몰랐다. 부인의 입장을 더이상 난처하게 만들지 않기 위해.

혹시 저 아이도 이 '간다'라는 단어의 의미를 알고 있는 것은 아닐까? 루크레시아 부인은 생각했다. 옛날 일이었다. 부인과 리고베르토는 음란한 대화를 나누는 중에 한 가지 약속을 했다. 자신들의 삶을 지배하는 그 '짓'에 대해서는 서로만 알 수 있는 암호를 정해 밤에, 침대에서, 본격적인 사랑을 나누기 전이나, 나누는 중에나, 나눈 후에 말하기로 했다. 남편은 부인에게 주장했다. 신세대는 이제 '간다'라는 말보다 '온다'라는 말을 더 자주 사용한다, 일상생활에서뿐만 아니라 사랑행위를 일컬을 때도 그렇다, 그것은 영어의 영향이다, 미국 사람들은 남자나 여자나 정사를 벌일 때 '왔다'라고 표현하지 우리들처럼 '갔다'라고 표현하지 않는다. 아무튼 루크레시아 부인은 어젯밤에 '갔고' '왔고' '끝장을 보았다'(이 '끝장을 보다'라는 동사는 부인과 리고베르토씨가 결혼 생활 10년 동안 애용했던 말이었다. 두 사람은 감미로운 정사 끝에 그 몸뚱이와 몸뚱이가 느끼는 황홀한 기분을

'오르가즘'이라는 촌스러운 의학용어나 '사정射精'이라는 우중충하고 호전적인 용어로 표현하지 않기로 합의를 본 것이었다). 어젯밤 부인은 한껏 즐겼다. 더할 나위 없는 황홀경이었다. 고통스럽기까지 했다. 땀에 흠뻑 젖어 깨어났다. 이가 덜덜 떨렸고, 손과 발에 경련이 일었다. 꿈이 생각났다. 부인은 편지를 보낸 익명의 남자와의 약속을 지켰다. 해괴한 요구 사항을 충실히 이행했다. 부인은 어둠에 잠긴 리마 중심가와 변두리를 헤매고 다녔다. 부인은, 물론 눈을 천으로 가린 채, 어느 집으로 들어갔다. 코에 익은 향기. 부인은 계단을 통해 2층으로 올라갔다. 처음부터 바란코의 집이라는 것을 확실히 알 수 있었다. 부인은 옷을 벗고 침대에 누웠다. 부인이 밤마다 잠을 청했던 바로 그 침대였다. 무언가가 몸으로 감겨드는 것 같았다. 무언가가 몸을 보듬고 몸 안으로 비집고 들어와 가득 채우는 것 같았다. 그것은 물론 리고베르토의 몸뚱이였다. 두 사람은 함께 '갔고', '왔고', '끝장을 보았다'. 좀처럼 맛보지 못한 기분이었다. 두 사람 모두에게 좋은 징조 같았다. 이제 어처구니없는 이별이 끝나고 새로운 경지로 들어선 것 같았다. 희망이 엿보이는 것 같았다. 바로 그 순간 잠에서 깨어났다. 몸이 축축했다. 나른했다. 혼란스러웠다. 그 강렬했던 행복이 단지 꿈이었다는 사실을 받아들이기까지 한참을 헤맸다.

"이 거울은 실레의 엄마가 실레에게 선물한 거야." 루크레시아 부인은 폰치토의 말소리에 현실로 돌아왔다. 산 이시드로의 우중충한 집으로 돌아왔다. 올리바르 공원에서는 아이들이 공을 차며 소리를 지르고 있었다. 아이가 고개를 돌려 부인을 쳐다보고 있었다. "실레가 거울을 달라고 조르고 또 졸랐어. 자기 엄마한테서 거울을 훔쳤다고 하는 사람도 있어. 거울을 갖고 싶어 죽을 지경이었는데. 그래서 어느 날 자기 엄마 집으로 가서 억지로 가져왔다는 거야. 엄마는 할 수

〈거울 앞에 있는 실레〉, 1915

없이 거울을 포기했고, 실레는 거울을 스튜디오로 가져갔데. 실레가 생전 처음 갖게 된 거울이야. 실레는 거울을 잘 간수했어. 스튜디오를 옮길 때마다 거울도 가져갔어. 죽을 때까지 거울과 함께 한 거지."

"무엇 때문에 그 거울이 그렇게 중요한 걸까?" 루크레시아 부인은 억지로라도 관심을 보이는 척 했다. "알다시피 그 사람은 나르시스였어. 이 사진에 잘 나와 있잖니. 자기 자신에 푹 빠져 거울을 쳐다보는 거잖아. 무슨 희생양이라도 된 듯한 표정으로 말야. 세상 사람들이 자길 사랑하고 우러러보길 바란 거겠지. 자기가 자신을 사랑하고 우러러보듯이 말야."

폰치토가 웃음을 터뜨렸다.

"와, 상상력 한번 끝내준다, 새엄마!" 아이가 외쳤다. "이래서 새엄마와 얘기하는 게 좋단 말이야. 새엄마 생각은 내 생각과 똑같단 말이야. 새엄마도 이야기를 잘 지어내네. 우린 닮은꼴이야, 그지? 새엄마랑 있으면 전혀 지루하지 않아."

"나도 너랑 있으면 안 지루해." 부인은 아이에게 손으로 키스를 날려보냈다. "내 생각은 말했으니까, 이제 네 생각을 말해봐. 왜 그렇게 거울에 매달리는 거니?"

"이 거울이 꿈에 보여." 폰치토가 털어놓았다. 그리고 음흉한 미소를 지으며 덧붙였다. "에곤에게는 아주 중요한 거울이었어. 그 수많은 자화상을 어떻게 그렸을 것 같아? 바로 거울 때문이었어. 모델들을 그릴 때도 거울을 이용했어. 거울에 비친 모델들을 그린 거야. 괜한 변덕이 아니었어. 그건, 그건 말이지……."

아이는 적당한 단어가 떠오르지 않는 듯 인상을 찡그렸다. 그러나 루크레시아 부인은 알 수 있었다. 적당한 말이 떠오르지 않아서가 아니었다. 아직까지 구체적으로 생각을 정리하지 못한 것이었다. 저 다 익은 머리통 속에서 아직도 생각을 굴리고 있었다. 이젠 확실히 알 수 있었다. 화가에 대한 아이의 집착은 병적인 것이었다. 그러나, 어쩌면, 바로 저렇기 때문에, 이런 확신이 드는지도 몰랐다. 폰치토의 미래는 평탄하지 않을 것이다, 엉뚱한 예술가, 괴팍한 화가가 될지도 모른다. 리고베르토와 약속이 정해지고 다시 합치게 되면 반드시 말해주어야겠다. '아이를 괴팍한 천재로 만들고 싶어요?' 그리고 또 물어볼 것이다. 에곤 실레와 같이 배배꼬인 성격의 화가를 닮으려들다가는 아이의 정신 건강을 망치고 말 것인데 걱정스럽지도 않느냐. 그러면 리고베르토가 이렇게 따질 것이다. '뭐라고? 당신, 폰치토를 계속 만나온 거야? 우리가 별거중일 때 말야? 내가 지난 일을 잊고, 지난 일을 용서하고, 사랑의 편지를 쓰고 있을 때, 당신은 몰래 아이를 집으로 끌어들였단 말이야? 당신이 당신 침대로 끌어들여 망쳐놓은 그 아이를 말야?' '세상에나, 세상에나, 다시 또 무슨 엉뚱한 생각이야.' 루크레시아 부인은 생각했다. 약속을 정해 만난다 해도 반드시 조심해야 할 일이 있다. 폰치토의 이름을 언급하면 절대 안 된다는 것이다.

"안녕, 후스티타." 아이가 후스티니아나에게 인사했다. 후스티니아나가 식당으로 들어왔다. 한 치의 오차도 없었다. 풀먹인 앞치마, 찻쟁반, 버터와 마멀레이드를 곁들인 식빵, 빠져서는 안 되는 것이었다. "가지 마. 보여줄 게 있어. 이게 뭐게?"

"뭐긴 뭐겠어. 네가 즐기는 게 허튼 수작일게 뻔하지." 후스티니아나는 눈을 굴리며 한참 동안 책을 들여다보았다. "어느 뻔뻔한 남자가 땀을 질질 흘리며 벌거벗은 계집애 두 명을 쳐다보는 그림이네. 계집애들이 스타킹과 모자를 쓰고 보란 듯이 폼잡는 거잖아."

"그렇게 보이지, 그지?" 폰치토가 그것 보라는 듯이 소리쳤다. 아이가 루크레시아 부인에게 책을 건네주며 그 그림을 잘 살펴보라고 했다. "모델은 두 명이 아냐. 한 명이야. 왜 두 명으로 보이게? 한 명은 앞쪽, 한 명은 뒤쪽이지? 거울 때문에 그래! 새엄마, 알겠어? 제목을 보면 다 알 수 있어."

<거울 앞에 선 누드모델을 그리는 실레>(1910)(삼므룽 알베르티나 사진, 빈). 루크레시아 부인이 제목을 읽었다. 그림을 살펴보는 동안 무언지 알 수 없는 생각에 휩쓸렸다. 그림 속에 있는 무언가가, 아니 그림에서 빠진 무언가가 부인을 불안하게 만들었다. 부인은 폰치토의 말을 흘려듣고 있었다. 아이는 점점 흥분해가고 있었다. 실레 얘기를 할 때면 항상 그랬다. 아이는 후스티니아나에게 설명하고 있었다. "거울은 지금 우리가 있는 자리, 우리가 지금 그림을 보고 있는 자리에 있어." 몸 앞쪽을 보이고 있는 모델은 실제 모델이 아니라 거울에 비친 모습이라고 했다. 화가와 등을 보이고 있는 모델이 거울에 비친 모습이 아닌 실제의 모습이라고 했다. 바로 이런 얘기였다. 에곤 실레는 거울 앞에 선 모아라는 계집애의 뒷모습을 그리기 시작했다. 그런데 거울에 비친 계집애의 모습에 반해 그 그림을 그런 식으로 그렸다. 그래서, 거울을 이용해, 두 명의 모아를 그릴 수 있었다. 실제로는 한 명인 모아를 말이다. 완벽한 모아, 반반씩의 모아, 실제로는 아무도 볼 수 없는 모아. "그 이유는 말이야, 우리는 앞면만 볼 수 있잖아. 이 앞면 뒤에 있는 것은 볼 수 없잖아." 에곤 실레에게 그 거울이 왜 그렇게 중요했는지 이젠 알겠는가?

"부인, 정말 굉장한 아이 아니에요?" 후스티니아나가 이마를 치며 호들갑을 떨었다.

"응, 조금." 루크레시아 부인은 고개를 끄덕였다. 부인은 폰치토를

〈거울 앞에 선 누드모델을 그리는 실레〉, 1910.

돌아보며 물었다. "그 모아라는 여자는 어떤 사람이니?"

타히티 여자였다. 모아는 빈으로 건너와 어원 도미니크 오즈라는 화가와 살림을 차렸다. 그 화가 역시 응석받이에 미친놈이었다. 아이가 책장을 바삐 넘기며 루크레시아 부인과 후스티니아나에게 모아의 여러 모습을 보여주었다. 모아는 형형색색의 튜닉을 걸치고 춤을 추고 있었다. 옷자락 사이로 젖꼭지가 툭 튀어나온 작은 젖가슴이 드러났다. 겨드랑이 털은 두 마리 거미 같았다. 모아는 카바레를 돌아다니며 춤을 췄다. 모아는 시인들과 화가들의 뮤즈였다. 모아는 에곤 실레의 모델이었을 뿐만 아니라 그의 정부이기도 했다.

"그럼 그렇지. 초장부터 짐작하고 있었지." 후스티니아나가 토를 달았다. "저 도둑놈은 그림을 그리고 난 다음에 꼭 모델들을 데리고 잤다니까. 다 아는 얘기야."

"그림을 그리기 전에 자기도 했고, 그림을 그리는 중에 자기도 했어." 폰치토가 담담하게 후스티니아나의 말을 인정했다. "그렇다고 모델 전부와 다 잔 건 아냐. 실레가 죽은 해인 1918년 수첩을 보면, 스튜디오를 찾아온 모델이 모두 117명이야. 그렇게 짧은 시간에 그렇게 많은 여자와 다 잘 수 있었을 것 같아?"

"그랬다면 폐병에도 걸리지 않았겠지." 후스티니아나가 깔깔거렸다. "폐병으로 죽었지, 그지?"

"스물여덟 살 때 스페인 독감으로 죽었단 말야." 폰치토가 후스티니아나에게 대들었다. "나도 그렇게 죽을 거야, 알지도 못하면서."

"장난으로라도 그런 소리 마라. 말이 씨가 된다 너." 후스티니아나가 아이를 놀렸다.

"그런데 말이야, 앞뒤가 안 맞는 게 있는데." 루크레시아 부인이 두 사람 사이로 끼어들었다.

부인은 아이에게서 책을 빼앗아 다시 찬찬히 살펴보기 시작했다. 오징어 먹물 바탕에 섬세한 선으로 그린 그림, 화가와 거울로 둘로 분열된('아니, 둘로 절단되었다고 해야 할까?') 모델이 있는 그림이었다. 거울에 비친 실레의 눈은 증오심으로 가득 차 있었지만, 모아의 눈은 그리움에 젖어 비단결처럼 부드럽게 반짝이며 화가의 눈을 쳐다보는 것 같았다. 무희의 속눈썹에 파란색이 칠해져 있었다. 무언가 루크레시아 부인을 불안하게 만드는 것이 있었다. 바로 이것이다. 여자의 뒷모습에 보이는 모자였다. 이 모자를 제외하고는 나머지는 완벽했다. 타히티 여자의 가냘프지만 육감적인 몸매와 거미가 달라붙은 것 같은 음모와 겨드랑이 털은 완벽했다. 거울이라는 존재를 알고 나니 화가가 그린 모델의 반쪽짜리 두 모습이 완전히 일치하는 것도 같았다. 그러나 모자는 아니었다. 등을 보이고 있는 여자는 머리에 무언가를 얹어 놓고 있었는데 이쪽에서 보면 모자처럼 보이지 않았다. 어딘지 불안하게 보이는 그 무엇, 어딘지 고깔모자같이도 보이는 그 무엇이었다. 계속 들여다보니 맹수의 머리처럼도 보였다. 그랬다. 호랑이 종류의 맹수였다. 그것은 정면을 보이고 있는 모아의 머리를 장식하고 있는 여성스럽고 우아하고 귀여운 모자와는 전혀 별개의 것이었다.

"정말 이상해." 루크레시아 부인이 중얼거렸다. "등을 보이고 있는 여자의 모자는 가면 같아. 맹수의 머리처럼 보여."

"아빠가 새엄마한테 거울 앞에서 이렇게 해보라고 시킨 거야?"

루크레시아 부인의 미소가 대번에 얼어붙었다. 그 순간 알 수 있었다. 아이가 <거울 앞에 선 누드모델을 그리는 실레>라는 그림을 보여준 이후로 계속해서 자신을 불안하게 만들었던 것이 무엇인지를.

"부인, 무슨 일이에요?" 후스티니아나가 부인을 부축했다. "얼굴이 창백해졌네."

"그래, 바로 너야." 부인은 폰치토를 쏘아보며 중얼거렸다. "익명의 편지를 보낸 놈이 바로 네놈이야, 이 순전히 사기꾼 같으니라고."

바로 이 아이였다. 두말할 필요도 없었다. 마지막 편지, 아니면 마지막에서 두번째 편지였다. 찾아볼 필요도 없었다. 그 문장이 토시 하나 빼먹지 않고 생생하게 떠올랐다. '커다란 거울 앞에서 옷을 벗어 줘. 스타킹은 그냥 신고 있어야 해. 당신의 그 아름다운 머리는 사나운 맹수 가면으로 가려. 호랑이나 사자 가면이면 좋겠어. 허리를 오른쪽으로 약간 굽히고, 왼발을 굽혀. 손을 허리에 짚고, 가장 도발적인 포즈를 취해봐. 나는 내 의자에 앉아 당신을 지켜볼 거야. 여느 때와 마찬가지로 당신을 우러러볼 거야.' 지금 바로 이 자세가 아니란 말인가? 저 씹어 죽일 놈이 자신을 갖고 논 것이었다. 루크레시아 부인은 화가 치밀어 올랐다. 폰치토를 향해 책을 힘껏 집어던졌다. 아이는 책을 피할 수 없었다. 정통으로 얼굴을 맞았다. 후스티니아나가 놀라 비명을 내질렀다. 아이는 정통으로 얼굴을 얻어맞고 바닥으로 꼬꾸라졌다. 아이는 손으로 얼굴을 감쌌다. 아이는 바닥에 엎어진 채 부인을 올려다보고 있었다. 절절매고 있었다. 루크레시아 부인은 자신의 실수를 알아차리지 못했다. 너무 화가 치밀어 후회도 뭐도 없었다. 후스티니아나가 아이를 부축해 일으키는 동안 루크레시아 부인은 정신없이 소리를 질러댔다.

"거짓말쟁이 새끼, 뻔뻔한 새끼, 비열한 새끼. 어떻게 나한테 이런 짓을 할 수 있단 말야? 대가리에 피도 안 마른 새끼가 나같이 나이든 여자한테 어떻게 이럴 수 있어?"

"왜 그래? 내가 뭘 어쨌다고 이래?" 폰치토는 후스티니아나의 품으로 숨으며 더듬거렸다.

"진정하세요, 부인. 애가 다쳤잖아요. 보세요. 코에서 피가 나요." 후스티니아나가 부인을 말렸다. "폰치토, 너도 진정해. 어디 좀 보자."

"네놈이 한 짓을 몰라? 이 쌍놈의 새끼." 루크레시아 부인은 아이를 향해 으르렁거렸다. 갈수록 화가 치밀어 올랐다. "이게 보통 일이야? 익명으로 편지를 썼어? 네 아비 놈처럼 날 허수아비로 만들어?"

"익명의 편지라니, 난 절대 보내지 않았네 뭐." 아이도 대들었다. 후스티니아나는 무릎을 꿇고 앉아 종이 냅킨으로 코피를 닦아주고 있었다. "꼼지락대지 마, 꼼지락대지 말라니까! 전신으로 튀잖아!"

"그 빌어먹을 놈의 거울을 보면 알지, 그 빌어 처먹을 에곤 실레를 보면 뻔한 거잖아." 루크레시아 부인은 여전히 악다구니를 쓰고 있었다. "잘도 속여넘겼다고 생각했겠지, 그렇지? 어림없다, 이 바보 새끼야. 어디서 주워듣고 그 따윌 시켰어? 맹수 가면 쓰는 것은 어디서 주워들은 거야?"

"그건 새엄마가 얘기한 거잖아." 폰치토가 주절거리기 시작했다. 그러나 루크레시아 부인이 벌떡 일어서는 것을 보고 곧장 입을 다물었다. 부인이 패지나 않을까 싶어서였는지 두 손으로 얼굴을 가렸다.

"가면 얘기는 한 번도 한 적 없다, 이 거짓말쟁이 새끼야." 루크레시아 부인이 치를 떨며 소리쳤다. "그래 그 편지를 당장 가져와 읽어주지. 주둥아리 닥치고 사과할 준비나 해. 이놈의 집구석에 다시는 발을 못 붙이게 하겠어. 알아들어? 절대 안 돼!"

루크레시아 부인은 잽싸게 후스티니아나와 폰치토 앞을 지나쳤다. 화가 치밀어 눈에 보이는 것이 없었다. 그러나, 익명의 편지를 숨겨둔 화장대로 가기 전에 우선 화장실로 가서 찬물로 얼굴을 씻고 화장수로 이마를 문질렀다. 그래도 마음이 진정되지 않았다. 저 애송이가, 저 애송이 놈이. 그랬다. 놈이 부인을 능욕했다. 새끼 고양이와 어미 쥐. 리고베르토가 쓴 것으로 믿게 하기 위해 대담한 편지를 써 보낸 것이었다. 그래서 재결합에 대한 희망을 부풀리게 만든 것이었다. 무얼 원하는 것일까? 꿍꿍이속이 대체 뭘까? 왜 이런 짓을 저지르는가? 내 감정과 내 삶을 농락하기 위해? 심보가 뒤틀린 놈이었다. 변태였다. 잔뜩 추켜세웠다가 절망으로 무너지는 모습을 즐기려는 것이었다.

루크레시아 부인은 침실로 갔다. 마음을 진정시킬 수 없었다. 오래 찾을 필요도 없었다. 화장대 서랍에서 금방 편지를 찾아냈다. 일곱번째 편지였다. 이렇게 저렇게 하라는 지시가 담긴 문장, 기억하고 있는 것과 별로 차이가 없었다. '……당신의 그 아름다운 머리는 사나운 맹수 가면으로 가려요. 루벤 다리오의 「아술」이라는 시에 나오는 질투에 빠진 암호랑이나, 아니면 수단 암사자 가면이면 좋겠어. 허리를 오른쪽으로 약간 굽히고…….' 기타 등등, 기타 등등. 실레의 그림에 나오는 모아라는 타히티 여자와 똑같은 모습이었다. 노회한 사기꾼이었다. 그야말로 꼬마 책사였다. 파렴치한 놈이었다. 온갖 자세를 다 취하게 만들어 놓고 나중에 그 그림을 보여준 것이었다. 책을 집어던진 것을 후회하지 않았다. 코피쯤이야 상관없었다. 아주 잘 한 거야! 저 악마 같은 꼬맹이가 내 삶을 발칵 뒤집어 놓지 않았단 말인가? 물론 나이 차이 때문에 욕은 얻어먹었겠지만, 부정을 저지른 사람은 그녀 자신이 아니었다. 먼저 꼬리친 놈은 바로 그놈, 바로 그 새끼였다. 나이도 어린 새끼가, 얼굴은 천사 같은 새끼가, 실제로는 메피스토펠레스였다. 사탄마귀였던 것이다. 아직 다 끝나지 않았다. 이 편지를 아가리에 처넣을 것이다. 반드시 그렇게 할 것이다. 이 집에 발도 못 붙이게 할 것이다. 다시는 보지 않을 것이다. 다시는 내 삶에 끼어들지 못하게 할 것이다.
 그러나 루크레시아 부인이 식당으로 돌아와 보니 후스티니아나 혼자 남아 있었다. 후스티니아나는 겁먹은 표정으로 피범벅이 된 냅킨을 보여주었다.
 "울면서 갔어요, 부인. 코를 얻어맞아서가 아녜요. 책을 집어던지실 때 책이 찢어졌나봐요. 가장 아끼는 화가의 책인데 말이죠. 무척 마음이 상했다고 하데요."
 "그만 둬. 너도 안됐다는 생각이 드나보지?" 루크레시아 부인은 맥없이 의자에 주저앉았다. "놈이 내게 어떤 짓을 했는지 모르겠니? 익명의 편지를 보낸 놈이 바로 그놈이란 말야, 그놈!"
 "제겐 아니라고 맹세하던 걸요, 부인. 편지를 보낸 사람은 지 아빠라고 하늘에 대고 맹세하던 걸요."
 "거짓말이야." 루크레시아 부인은 맥이 풀리는 것 같았다. 이러다가 기절이라도 하는 건 아닐까? 침대로 가고 싶었다. 눈을 감고 싶었다. 일주일 내내 잠이나 잤으면 싶었다. "가면과 거울 따위를 들먹이는 바람에 꼬리가 잡힌 거지."
 후스티니아나가 루크레시아 부인에게 다가와 귓속말로 속삭였.
 "그 편지를 놈에게 읽어주지 않으신 게 확실해요? 가면 얘기도 않으셨어요? 폰치토가 얼마나 약삭빠른 놈인데요, 부인. 놈이 그렇게 멍청하게 속을 드러냈을 것 같아요?"
 "편지를 읽어준 적도, 가면 얘기를 꺼낸 적도 절대 없어." 루크레시아 부인은 한마디로 잘라 말했다. 그러나 바로 그 순간 망설여졌다.
 혹시 읽어준 건 아닐까? 어제? 아니면 그제? 요즘 들어 정신이 없었다. 익명의 편지가 쏟아지기 시작하면서 어두운 숲을 헤매고 다녔다. 추측과 짐작과 의심과 환상에서 벗어날 수 없었다. 읽어줬을 수도 있는 일인데? 편지 얘기를 했거나, 간접적으로라도 언급했거나, 읽어줬을 수도 있는 일이었다. 벌거벗은 몸으로 스타킹을 신고 맹수 가면을 쓴 채 거울 앞에서 포즈를 취하라는 그 해괴한 부탁을 얘기해 줬을 수도 있는 일이었다. 만일 진짜로 그랬다면, 몰상식한 짓을 저지른 것이다. 욕을 해대고 두들겨 패기까지 했으니.

"지겹다, 지겨워." 루크레시아 부인은 쏟아지려는 눈물을 참으며 얼버무렸다. "지겨워, 후스티타, 이젠 신물이 다 난다. 얘기한 걸 깜박했을 수도 있지. 내 머리가 어떻게 된 걸까. 그럴지도. 이 도시를, 이 나라를 벗어나고 싶어. 아무도 모르는 곳으로 가고 싶어. 리고베르토와 폰치토 곁에서 멀리 벗어나고 싶어. 그 두 인간 때문에 함정에 빠진 거야. 다시는 빠져나오지 못할 것 같아."

"슬퍼하지 마세요, 부인." 후스티니아나가 부인 어깨에 손을 올리고 이마를 쓸어주었다. "자책하지 마세요. 걱정할 필요도 없어요. 그 편지를 폰치토가 썼는지 리고베르토 아저씨가 썼는지 알아낼 방법이 있어요. 아주 간단해요."

루크레시아 부인은 고개를 들었다. 후스티니아나의 두 눈이 반짝이고 있었다.

"진짜 있어요, 부인." 후스티니아나는 손으로, 눈으로, 입술로, 이빨로 얘기하고 있었다. "마지막 편지로 약속을 정했죠? 그럼 됐어요. 약속 장소로 나가시는 거예요. 편지에 쓰인 그대로 하시는 거예요."

"지금 나보고 멕시코 영화 같은 광대짓을 하란 얘기야?" 루크레시아 부인은 짐짓 말도 안 된다는 표정을 지었다.

"그래야 편지를 누가 썼는지 알 수 있잖아요." 후스티니아나가 단정지었다. "원하신다면 제가 따라가 드리죠. 혼자 가기 싫으시면요. 저도 궁금해 미칠 지경이에요, 부인. 아비일까, 자식놈일까? 대체 누굴까?"

 후스티니아나가 흥허물없이 깔깔거렸다. 항상 이런 식이었다. 루크레시아 부인도 마침내 웃고 말았다. 아무튼, 이 미친년 얘기가 맞을지도 모른다. 그 어처구니없는 약속을 지키면 실마리를 잡을 수 있을 것이다. 어쨌든.

 "나타나지 않을 거야. 또다시 날 속여먹으려 들 거야." 말은 했지만 자신은 없었다. 알 수 있었다. 마음속으로는 이미 결정을 내렸던 것이다. 갈 것이다. 그게 아비든 자식이든, 요구한 대로 광대 짓을 다 이행할 것이다. 원했든 원하지 않았든 오래 전부터 이어온 놀이를 계속 놀아 나갈 것이다.

 "열이 내리도록 미지근한 소금물로 목욕물을 준비할까요?" 후스티니아나는 신이 나 있었다.

 루크레시아 부인은 고개를 끄덕였다. 자신이 생각해도 몹쓸 년이었다. 가엾은 폰치토에게 몰상식한 짓을 저질러놓고는 이제 와서 조바심치는 자신이 싫었다.

『플레이보이』 독자에게 보내는 편지, 혹은 미학에 관한 소논문

 에로티시즘이 육체적 사랑을 지적이며 감각적으로 인간화하는 것이라면, 포르노그라피는 육체적 사랑을 천박하게 만드는 것입니다. 『플레이보이』나 『펜트하우스』를 탐독하는 당신, 나는 당신을 고발합니다. 하드코어 포르노 영화를 상영하는 침침한 극장과, 전동 바이브

레이터, 고무 인형, 닭 벼슬 모양이나 대주교 고깔모자처럼 생긴 콘돔을 파는 섹스숍을 뻔질나게 들락거리는 당신, 신(물론 이교도들의 신입니다. 이 신들은 성에 관한 문제에 있어서는, 우리가 알고 있는 것처럼, 순결이라는 것도 모르고 점잔을 빼지도 않습니다)에 버금간다고 자부하는 우리 남자 여자에게 부여된 가장 효과적인 자질을 버리고 단지 동물적인 교미 수준으로 허겁지겁 달려드는 당신, 당신을 고발합니다.

당신은 달이면 달마다 대놓고 죄를 범하고 있습니다. 당신은 당신 자신의 상상력을 포기해버리고 말았습니다. 욕망의 불길로 휘저어서 말이지요. 당신은 시의 규정에 굴복해버리고 말았습니다. 당신은 당신의 그 섬세한 충동을, 육체적 욕구를 마구잡이로 찍어낸 공산품에 의지해 풀고 있습니다. 그 공산품들은 겉으로 보기에는 성욕을 만족시켜주는 것 같아도 실제로는 성욕을 억압합니다. 섹스를 추잡하게 만드는 만화경을 통해 성욕에 물을 먹이고, 천편일률적으로 만들고, 시들하게 만듭니다. 섹스에서 독창성과 신비성과 아름다움을 제거해 무덤덤한 것으로 만들어버리고 만다는 애깁니다. 고상한 사람들이 보기에는 얄팍한 수작일 뿐입니다. 내가 어떤 사람인지 알고 싶습니까? 내 생각을 들어보면 내가 어떤 사람인지 알 수 있을 겁니다 (나는 일부일처제를 고수하는 사람이지만 간통에 대해서도 관대한 편입니다). 나는 저 존경받아 마땅할 이스라엘의 정치인 골다 마이어 여사(이미 돌아가셨습니다)와 영국의 여걸 마거릿 대처 여사를 존경하다 못해 에로틱한 정까지 느끼는 사람입니다. 마거릿 대처 여사는 수상으로 재임하는 동안 머리카락 한 올 바꾸지 않았다고 합니다. 실리콘으로 빵빵하게 부풀린 젖가슴과 색색으로 물들인 보송보송한 사타구니 털을 자랑하는 그 인형 같은 아가씨들을 보고도 말입니다. 풀빵

찍어내듯 찍어낸 모습이 하나같지 않습니까. 멍청함에 엉뚱함을 더한다고나 할까요. 그런 여자들이 에로스의 원수라고 할 수 있는『플레이보이』잡지에 실리는 겁니다. 책 한 가운데 접힌 페이지에, 토끼 새끼들처럼 우단 천으로 귀와 꼬리를 만들어 달고 말입니다. 소위 '이 달의 바니걸'이지요.

나는『플레이보이』나『펜트하우스』나 또 그와 유사한 것들을 공연히 미워하는 것이 아닙니다. 이 따위 잡지는 섹스의 타락을 알리는 상징입니다. 섹스를 둘러싸고 있던 아름다운 터부들이 이젠 사라지고 없다는 사실을 보여주는 증거인 것입니다. 우리 인간은 그런 터부들이 있었기 때문에 반항심을 키울 수 있었습니다. 개인의 자유권을 행사하고 각자의 개성을 드러낼 수 있었던 겁니다. 그리고 은밀하고도 신중하게 제의, 행동방식, 이미지, 예배, 환상, 의식을 개발해가며 자신을 점차 자주적인 개인으로 형성시켜갔습니다. 그래서 윤리적으로 고상해질 수 있었던 겁니다. 사랑놀이에 심미적인 요소를 가미할 수 있었고, 그래서 점진적으로 그 사랑놀이를 동물적인 단계에서 창조적인 행위로 이끌어갈 수 있었던 겁니다. 사랑놀이는 창조적인 행위입니다. 그렇기 때문에 한 남자와 한 여자(정통적인 방법을 말하는 겁니다. 물론 신사 한 분과 물오리 한 마리일 수도 있고, 여자만 둘일 수도 있고, 남자만 두세 명일 수도 있고, 다 합해 셋을 넘지 않는다면 어떠한 조합이라도 상관없습니다. 내친 김에 두 쌍까지는 봐줄 수 있습니다)가 그들만의 은밀한 침실에서 몇 시간 동안이라도 호머와 피디아스와 보티첼리와 혹은 베토벤과 경쟁할 수 있는 겁니다. 당신이 나를 이해하지 못하리라는 점, 알고 있습니다. 그래도 상관없습니다. 나를 이해 못하는 당신, 당신이 당신의 발기와 오르가즘을 휴 헤프너라는 양반의 시계(이 시계가 진짜 금딱지에 방수가 되는 시계일까요?)에 맞

341

추고 있다고 해서 웃길 것도 없습니다.

　문제는 윤리적이거나 철학적이거나 성적이거나 심리적이거나 혹은 정치적인 면을 따져보기 전에 먼저 미학적인 점을 살펴야 한다는 겁니다. 뭐니 뭐니 해서 더 상세히 나눌 수도 있겠지만, 사실 나는 이러한 구분법을 받아들일 수 없습니다. 거시적으로 보든 미시적으로 보든 미학적인 문제 외에는 모두 쓸모없기 때문이지요. 포르노그라피는 에로티시즘에서 예술적인 내용을 말끔히 지워버리고 말았습니다. 영적이거나 정신적인 면보다는 육체적인 면을 중시한다는 말입니다. 마치 욕망과 쾌락이 자지나 보지에게 주연을 맡긴 것처럼 말이지요. 자지나 보지는 우리의 영혼이 지배하는 환상의 하수인에 불과한데도 말입니다. 그리고 포르노그라피는 우리 인간의 여타 경험으로부터 육체적 사랑을 분리시켜 버렸습니다. 그에 반하여, 에로티시즘은 육체적 사랑을 우리의 모든 것, 우리가 가진 모든 것과 더불어 하나로 일치시킵니다. 그래서 포르노그라피에 미친 당신은 사랑을 나눌 때 배설행위 이외에는 아무것도 할 수 없을 겁니다. 개새끼나 원숭이나 말이 그러하듯 말이지요. 그러나 루크레시아와 나는, 약 좀 오를 겁니다, 밥을 먹으면서도, 옷을 입으면서도, 말러의 음악을 들으면서도, 친구들과 얘기를 하면서도, 구름이나 바다를 쳐다보면서도 사랑을 나눌 수 있습니다.

　내가 미학적이라는 말을 사용하면 당신은 어쩌면 이렇게 생각할지도 모릅니다 — 포르노그라피에 미친 사람에게도 생각할 머리가 있다면 말이지만요. 아하, 당신도 집단주의라는 덫에 걸린 거다, 가치라는 것은 대체적으로 여러 사람이 공유하는 것이 아니냐, 그러니 이제 당신은 당신 자신이라기보다는 집단의 일부일 뿐이다. 나 역시 그럴 위험이 있다는 것을 인정합니다. 그러나 나는 그 위험에 맞서 끊임없이, 밤낮없이, 싸울 겁니다. 내 독립성을 지키기 위해 내 자유 의지를 유감없이 발휘해 어떠한 역경이라도 헤쳐나갈 겁니다.

섣불리 판단하지 말고 이 특별한 미학에 관한 소논문을 일단 읽어보고 나서 판단하십시오(나는 이 논문을 많은 사람들에게는 보여주지 않을 겁니다. 그리고 이 논문은 아직 완성된 것이 아닙니다. 이 논문은 솜씨 좋은 토기장이의 손에 들어간 진흙반죽처럼 계속해서 다듬어질 겁니다).

반짝이는 모든 것은 추악한 것입니다. 빈, 부에노스아이레스, 파리와 같이 휘황찬란한 도시들이 있습니다. 움베르토 에코, 카를로스 푸엔테스, 밀란 쿤데라, 존 업다이크같이 빛을 발하는 작가들이 있습니다. 앤디 워홀, 마타, 타피에같이 빛나는 화가들이 있습니다. 이 모든 것이 반짝반짝 빛을 내지만, 나는 거들떠보지도 않습니다. 예외가 없습니다. 모든 현대 건축 기사들은 빛을 발합니다. 그래서 건축학은 예술분야에서 밀려나 홍보나 광고의 수단으로 전락하고 말았습니다. 따라서 이제는 건축 기사들을 모두 없애버리고 미장이들이나 찾아다니는 것이 더 나을 겁니다. 거장이네 뭐네 다 필요 없고 대중들의 입맛만 맞추면 될 겁니다. 빛을 발하는 음악가는 찾아볼 수 없습니다. 모두 대가가 되겠다고 기를 썼지만 모리스 라벨이나 에릭 사티 같은 작곡가만이 겨우 그런 경지에 오를 수 있었습니다. 자유롭게 즐길 수 있는 오락물인 영화는 예술작품으로 보기에는 좀 그렇습니다. 따라서 미학적인 면을 다루는 이 자리에 포함시킬 수 없습니다. 하지만 파격적인 인물이 몇몇 있기는 합니다(오늘밤 나는 서양인으로는 비스콘티, 오손 웰스, 부뉴엘, 베를랑가, 존 포드라면 용서하겠고, 일본인으로는 구로사와를 용서하겠습니다).

'핵가족' '문제제기' '의식화' '가시화' '사회성' 따위의 말, 특히

'지구촌'이라는 말을 끄적이는 놈들은 하나같이 개쌍놈(혹은 개쌍년)입니다. 다른 사람들 앞에서 이쑤시개로 이빨을 파는 놈들, 시야를 망치는 그 혐오스러운 짓거리로 이웃사람을 불편하게 만드는 놈들도 다 마찬가집니다. 빵 부스러기를 이리저리 굴리다가 공 모양으로 만들어 식탁 위에 버젓이 올려놓는 그 역겨운 놈들도 마찬가지지요. 그런 추악한 짓거리를 저지르는 자들이 왜 개쌍놈(혹은 개쌍년)인지 내게 묻지를 마십시오. 이러한 것들은 순간적으로 감을 잡고 깨닫는 것입니다. 저절로 알게 되는 것이지 배운다고 되는 것이 아니란 말입니다. 위스키라는 말을 스페인어식으로 만든답시고 그위스키로 쓰고, 진저 에일을 인예렐이라고 쓰고, 하이볼(highball)을 하이볼(jaibol)로 쓰는 작자들은 남녀 가릴 것 없이 이에 해당됩니다. 이 따위 놈들은, 이 따위 년들은, 죽어 없어져야 합니다. 쓰잘 데 없는 삶을 살아서 뭐 하자는 겁니까.

책이나 영화는 나를 즐겁게 해주어야 할 의무가 있습니다. 만일 내가 영화를 보거나 책을 읽다가, 한눈을 팔거나 꾸벅꾸벅 졸거나 아님 그냥 잠들어버린다면, 그 영화나 책은 자신의 의무를 다하지 못한 것이 됩니다. 다시 말해 형편없는 영화, 형편없는 책이란 것이지요. 왜 그 유명짜한 것들이 있지 않습니까. 무질의 『특성 없는 남자』랄지, 올리버 스톤이나 쿠엔틴 타란티노 같은 사기성 짙은 놈들이 만든 영화들 말입니다.

회화나 조각 분야에 있어서의 내 예술적 가치 기준은 아주 단순합니다. 내 능력으로 그릴 수 있고 조각할 수 있는 것은 모조리 똥덩어리일 뿐입니다. 내 조잡한 상상력으로는 도저히 따라잡을 수 없는 작가들, 그러니까 내가 아무리 애써도 따라하지 못할 그런 작품들만 나는 인정하는 것입니다. 나는 이런 가치 기준으로 뭐든 한눈에 척하니 알아볼 수 있습니다. 앤디 워홀이랄지 프리다 칼로랄지 하는 '예술가'들의 작품은 한마디로 쓰레기일 뿐입니다. 그와 반대로, 게오르그 그로츠, 칠리다, 발튀스 같은 사람들의 작품은 대충 끄적거린 스케치라 할지라도 천재적인 작품으로 여깁니다. 이와 같은 일반적인 기준 외에 한 가지 기준이 더 있습니다. 그림은 나를 흥분시켜야(내가 좋아하지 않는 표현법입니다만 어쩔 수 없이 사용했습니다. '나를 엿물처럼 녹이는'이라는 촌스러운 비유보다는 그나마 낫기 때문입니다. 진지한 얘기를 장난삼아 할 수는 없는 노릇 아닙니까) 할 의무가 있습니다. 성욕을 자극하지 못하는 그림들, 사타구니 근처가 근질근질하다가 자지가 발딱 서는 그런 기분을 주지 못하는 그림들은 별로 좋아하지 않습니다. 그런 그림들에는 별반 흥미를 느낄 수 없다는 말이지요. <모나리자> <가슴에 손을 얹은 남자> <게르니카> <야간 순찰> 같은 그림일지라도 말입니다. 이런 사실을 알면 당신은 기겁을 하겠지요. 괴팍한 천재라고 할 수 있는 고야, 그 고야의 그림 중에서도 나를 즐겁게 하는 것은 그림 속 귀부인들이 신고 있는 금박 버클이 달린 뾰족 구두, 융 실내화, 레이스가 달린 새하얀 스타킹뿐입니다. 르누아르의 그림을 본다 해도, 나는 시골 아낙네들의 장밋빛 엉덩짝만 하염없이(때로는 짜릿한 기분과 함께) 바라볼 뿐 나머지 신체 부위는 쳐다보지도 않습니다. 특히 『플레이보이』에 실리는 바니걸을 연상시키는 오종종한 상판때기나 희번덕거리는 눈깔 — 어이 썩 물렀거라 — 따위는 말입니다. 쿠르베의 그림에서는 레즈비언 여자들과 신경질쟁이 유제니 황후를 약올렸던 펑퍼짐한 엉덩짝 정도가 그런 대로 봐줄 만합니다.

  음악은 나를 순수한 감동의 소용돌이 속으로 이끌어들여야 의무를 다했다고 할 수 있습니다. 국민된 도리나 시민된 의무 등 내 자신의 가장 따분한 부분을 잊게 만들고, 내 모든 근심걱정을 씻어주고, 나를 에워싸고 있는 이 추잡한 현실로부터 나를 이끌어 나만의 안전한 공간으로 인도하여, 내가 내 삶의 버팀목이라고 할 수 있는 환상(대체적으로 에로틱한 환상입니다. 이 환상 속에서 내 집사람은 언제나 주연으로 등장합니다) 속에서 정신을 집중하게 만들어야 한다는 말입니다. 그런 까닭에, 음악소리가 너무나 생생하게 들려 — 지나치게 내 마음에 든다거나 혹은 지나치게 소리가 크거나 해서 — 내 생각을 방해하고 내 의식을 음악소리에만 집중하게 만든다면(생각나는 대로 예를 들어보자면, 가르델, 페레스 프라도, 말러, 메렝게 음악 전부, 오페라의 5분의 4정도가 그렇습니다) 그 음악은 좋지 않은 음악으로 간주되어 내 서재에서 추방당하고 맙니다. 이런 원칙이 있기 때문에 내가 바그너를 사랑하고(트럼펫 소리와 호른 소리가 귀에 거슬리기는 하지만) 쇤베르크를 존경하나 봅니다.

  대충 들어본 몇 가지 예로 내가 말하고자 하는 바가 명확히 밝혀졌다고는 생각지 않습니다. 그리고 그것으로 당신이 나를 이해하리라고는 바라지도 않습니다(이해한다 해도 사양하겠습니다). 나는 확신합니다. 에로티시즘은 사적인 놀이(저 위대한 요한 호이징가가 이 말에 부여한 고상한 의미에서)입니다. 이 놀이에는 자아와 환상과 놀이꾼들만 참가할 수 있습니다. 이 놀이의 성공 여부는 대중들이 알아차릴 수 없도록 비밀을 유지하느냐 못하느냐에 달려 있습니다. 대중들이란 여러 법규 따위나 반자연적인 수작을 통해 에로틱한 놀이를 억압하기 때문입니다. 나는 털이 덥수룩한 여자의 겨드랑이라면 질색입니다만, 상대방 남자나 여자를 설득시켜 겨드랑이 털을 무성하게 기르도록 만드는 풋내기들은 존경합니다. 입술과 이빨로 겨드랑이 털을 빨고 씹어야 뽕가는 기분을 경험할 수 있다면 말입니다. 실로 안타깝지 않을 수 없습니다. 자신의 환상을 여지없이 짓뭉개버리는 저 안쓰러운 꼴통들이 말입니다. 겨드랑이와 사타구니에 인조 털(값이 비싼 것들은 '자연산 털'을 달았다고 떠벌리기도 합니다)을 단 인형들, 생긴 모양과 크기와 맛과 색이 다양한 그 상품들을 사대는 놈들이 말입니다(독일의 경우, 한때 비행사였던 베아테 우셰라는 여자가 포르노용품 가게를 퍼뜨렸다고 합니다).

  에로티시즘을 합법화하고 대중화시킨 결과, 이제 에로티시즘은 개나 소나 껄떡대는 하찮은 것으로 전락하고 말았습니다. 포르노그라피 꼴이 되고 말았단 말입니다. 포르노그라피, 한심한 일입니다. 나는 포르노그라피를 주머니가 가볍고 정신이 피폐한 놈들의 에로티시즘으로 규정합니다. 포르노그라피는 수동적이며 집단적인 것입니다. 에로티시즘은 창조적이며 개인적인 것입니다. 둘이 혹은 셋이 함께 하는 것이라 해도 그렇습니다(다시 한 번 말하겠습니다. 나는 참가자의 수를 늘리는 것에 반대하는 사람입니다. 참가자 각 개인은 자신의 개성을 확보해야 하고, 또 자신의 주권을 마음대로 사용할 수 있어야 하며, 또 무슨 모임이나 운동이나 서커스와 같은 꼴사나운 꼴을 보이면 안 되겠기 때문입니다). 이런 이유는 나는 알렌 긴스버그(알렌 영과의 대담집 『소돔의 집정관』이라는 책을 읽어보기 바랍니다)라는 비트닉 시인의 말에 실소를 금할 수 없었습니다. 알렌 긴스버그는 침침한 욕탕에서 벌어지는 집단 난교 파티를 이런 말로 변명했습니다. 그와 같은 난교 파티는 민주적이고 정당한 것이다, 어둠은 모든 것을 평등하게 만든다, 따라서 잘 생겼든 못 생겼든, 말라깽이든 뚱뚱보든, 젊은이든 늙은이든, 쾌락을 누릴 수 있는 기회를 똑같이 나눠 가질 수 있다. 구조주의를 대변한다는 작가의 말치고는 참으로 엉뚱한 변명입니다. 민주주의라는 것은 한 개인의 공적인 영역에 속하는 문제입니다. 그러나 사랑 — 욕망과 쾌락 — 은 종교와 마찬가지로 한 개인의 사적인 영역에 속하는 문제입니다. 사적인 영역에서는 다른 사람들과의 차이가 무엇보다 중요한 문제입니다. 다른 사람들과의 일치는 문제가 될 수 없습니다. 섹스는 민주주의와는 상관없는 겁니다. 섹스에는 엘리트 의식이 필요합니다. 섹스는 귀족주의적인 것입니다. 어느 정도의 전제주의(상호간에 합의된)는 섹스에 필수적인 요소입니다. 비트닉 시인이 에로티시즘의 모델로 제시한 침침한 욕탕에서의 집단 난교 파티는 목장에서의 암말과 수말의 억지 교미나, 어수선한 닭장에서 수탉이 자발머리없게 암탉을 올라타는 짓거리와 너무 흡사해 보입니다. 한껏 부풀어 오른 상상력을 육체로 구현하는 그 아름다운 창조행위와 그 따위 짓거리들을 어찌 혼동할 수 있단 말입니까? 우리 인간의 육체와 영혼이, 상상력과 호르몬이, 숭고함과 천박함이 동시에 참여하는 그 창조행위와 말입니다. 보험회사 직원이라는 한 시민의 몸 안에 숨어 있는 이 점잖은 무정부주의 쾌락주의자가 생각하는 에로티시즘은 바로 그런 것입니다.

『플레이보이』(내가 죽거나 당신이 죽어 더이상 이 문제를 언급할 필요가 없을 때까지 나는 이 문제를 물고늘어질 겁니다)가 보여주는 섹스는 에로스에서 두 가지 본질적인 요소, 즉 두려움과 수치심을 제거해 버립니다. 내 보기에 그렇단 말입니다. 알겠습니까. 소심한 남자가 하나 있습니다. 이 남자가 버스를 탑니다. 그리고 이 남자와 같은 버스를 타고 갈 수밖에 없는 운명에 놓인 넉살좋은 여자가 하나 있습니다. 남자는 수치심과 두려움을 이겨내고 코트자락을 제쳐 빳빳하게 선 자지를 4초 동안 여자의 눈앞에 들이댑니다. 남자는 그 순간적인 충동으로 어떤 대가를 치러야 할지 잘 알고 있습니다. 몽둥이 찜질을 당할 수도 있고, 집단 구타를 당할 수도 있고, 감방에 갇힐 수도 있습니다. 무덤에까지 지니고 가겠다고 했던 비밀이 탄로날 수도 있고, 개망나니에 정신병자에 사회적 위험인물로 낙인찍힐 수도 있습니다. 그러나 그 남자는 모든 위험을 감수합니다. 왜냐하면 그런 잠깐의 노출로 그가 맛보는 희열은 두려움과 수치심을 반드시 필요로 하는 것이기 때문입니다. 그런 사람과 프랑스산 향수를 듬뿍 바르고 롤렉스 시계(롤렉스가 아니면 어떤 시계겠습니까?)에 팔려 몸을 파는 인형 같은 아가씨들에게 껄떡대는 사람은 얼마나 차이가 크겠습니까 — 정확하게 에로티시즘과 포르노그라피의 차이만큼 차이가 클 겁니다. 듣기 좋은 블루스 음악이 흐르는 현대식 바에서『플레이보이』최신호를 넘겨보는 남자. 마치 세상 모든 사람들에게 자신의 자지를 내보이기라도 하듯 자지를 꺼내는 남자. 자신은 평범한 사람이다, 편견이 없는 사람이다, 현대적인 사람이다, 은밀히 즐기는 사람이다 하면서 말입니다. 칠칠치 못한 놈이라니! 이런 놈은 앞서 얘기한 사람이 고귀한 사람이라는 것을 모르는 놈입니다. 이런 놈은 그저 다른 사람들을 따라하는 놈이고, 선전 광고에 귀가 얇은 놈이고, 몰개성적인 유행에 민감한 놈입니다. 그리고 자신의 자유를 거부하는 놈이기도 합니다. 자신의 상상력을 발휘하면 될 텐데, 그걸 마다하고 면면히 이어온 노예근성에서 헤어 나오지 못하는 놈입니다.

따라서 나는 당신, 그 따위 잡지, 그 따위 잡지를 읽는(뒤적거리는 사람까지 포함해서) 모든 사람을, 그리고 마구잡이로 찍어낸 그 따위로 자신의 리비도를 살찌우는 — 그러니까 죽이는 — 사람들을 싸잡아 고발합니다. 바로 당신네들이 섹스의 존엄성을 훼손시켰고 그래서 섹스를 추잡한 것으로 만들어버렸기 때문입니다. 현대의 야만적인 섹스를 부추긴 작자들이 바로 당신네이기 때문입니다. 문명은 섹스를 안으로 감추며 갈고 다듬어 좀더 나은 형태로 발전시켜왔습니다. 섹스를 다양한 의식과 암호로 감싸왔던 것입니다. 이제 섹스는 오로지 종족 번식을 위해서만 짝짓기를 해왔던 원시 남녀들이 생각도 못했던 영역까지 그 범위를 넓혀왔습니다. 우리 문명은 장도를 달려왔습니다. 어떤 면에서 보자면 에로틱한 놀이의 점진적인 발전이 우리 문명의 중추를 이루고 있을지도 모릅니다. 그러나 이제 우리는 엉뚱한 길 ― 눈감아주는 사회와 관용적인 문화 ― 로 접어들었고, 그래서 처음 출발했던 곳으로 되돌아가고 있습니다. 이제 사랑놀이는 반(半)공개적으로 행해지는 체육이나 다를 바 없이 되고 말았습니다. 아무런 감흥 없이 이루어지는 행위. 무의식이나 생각에 따라 움직이는 것이 아니라, 시장 분석가들에 의해 조작된 흥분에 따라, 멍청한 욕구에 따라 움직이는 행위. 수소들이 사정을 하면 그 정액을 모아 나중에 인공수정에 사용하기 위해 발정난 수소들 코앞에 가짜 암소의 질을 들이대는 것이나 마찬가지가 아닙니까.

자 스스로 무덤을 파는 양반아, 이제 어서 나가 『플레이보이』 최신호를 사서 보십시오. 사랑의 묘약이라고 할 수 있는 은밀한 상상력과 환상이 빠져버린 그 세계, 값싼 흥분이나 유발시키는 그 석남석녀(石男石女)들의 세계에 빠져 모래성이나 쌓으시지요. 나는 지금 당장 시바의 여왕과 클레오파트라, 이 두 여인과 더불어 사랑을 나누고자 합니다. 이 장면은 아무에게도 보여주기 싫습니다. 특히 당신과 같은 사람에게는 절대 보여줄 수 없습니다.

전족纏足

 '지금은 새벽 네 시오, 사랑하는 루크레시아.' 리고베르토씨는 생각했다. 리고베르토씨는 거의 매일 눅눅한 새벽녘에 잠에서 깨어났다. 루크레시아 부인이 산 이시드로의 올리바르 공원근처로 떠나버린 이후 반복적으로 치러온 의식을 행하기 위해서였다. 백일몽 꾸기, 유령들이 둥지를 틀고 있는 이 노트에 적혀 있는 대로 부인의 모습을 창조하고 재창조하기. '그래, 이 노트, 내가 당신을 알고 난 이후로 당신은 이 세계의 여왕이었고 주인이었지.'

 그러나 여느 다른 황량하거나 애끓는 새벽녘과는 다른 날이었다. 오늘은 그녀를 그려보고, 갈망해보고, 혼잣말로 대화를 나누고, 환상 속에서 가슴 — 그녀는 그의 가슴 속에서 한 번도 벗어난 적이 없었다 — 으로 사랑을 나누고 하는 것으로는 만족할 수 없었다. 오늘은 좀더 구체적으로, 좀더 확실하게, 좀더 분명하게 만나볼 필요가 있었다. '오늘이라면 자살이라도 할 수 있겠군.' 생각했다. 고통스럽지도 않았다. 편지라도 쓰겠단 말인가? 그 자극적인 익명의 편지에 마침내 답장을 보내겠단 말인가? 펜이 손에서 떨어져 내렸다. 겨우 펜을 집어들었다. 편지를 쓸 수는 없을 것이다. 편지를 쓴다고 해도 차마 부칠 수는 없을 것이다.

 손에 걸리는 대로 노트를 펼쳤다. 뒤적였다. 아무데나 펴고 씹어뱉듯 읽어나갔다. '새벽마다 놀라 잠에서 깨보면 송곳처럼 당신의 모습이 나를 찌르오. 본래의 모습인지 꾸며낸 모습인진 알 수 없지만, 그 모습이 내 욕망에 불을 지피고, 내 외로움을 미치게 만들고, 나를 갈피도 못 잡게 만든다오. 그러면 나는 죽음을 피해 이 서재로 기어들어와, 내 노트와 그림과 책이라는 방어벽 뒤에 몸을 숨긴다오. 이래야만 나는 살아남을 수 있소.' 분명 그랬다. 하지만, 오늘은 다른 새벽녘과 달리 몸에 익은 이러한 처방도 별 효과를 발휘하지 못했다. 당혹스러웠다. 괴로웠다. 어수선한 느낌에 잠을 깼었다. 일종의 자애로운 반란과 같은 것을 느꼈다. 18세 때 그는 누군가를 따라 가톨릭 행동대에 가본 적이 있었다. 그는 그곳에서 선교사가 되겠다는, 복음으로 무장한 세상의 혁신자가 되겠다는 충동을 가슴 가득 품게 되었다. 그때의 느낌과 같은 것이었다. 그리고 길에서 스쳐 지나간 아시아 여인의 작은 발에 대한 아련한 추억과 같은 느낌도 있었다. 시내 거리에서 붉은 신호등에 걸렸을 때 옆에 서 있던 남자의 어깨 너머로 잠시 훔쳐본 여인의 발이었다. 니콜라스 에드메 레티프 드 라 브르톤이라는 18세기 프랑스인 얼치기 작가에 대한 기억도 있었던 것 같았다. 그 사람에 관한 책은 서재에 한 권밖에 없었다 ― 책을 찾아볼 것인가? 날이 밝기 전에 책을 찾아낼 수 있을까? 아주 오래 전에 파리 고물상점에서 구입한 초판본이었다. 그 책을 손에 넣기 위해 상당한 출혈을 감수해야 했다. '뭐 이렇게 복잡해.'

겉으로 보기에는 이것들 중 어느 것 하나 루크레시아와 직접 연관되는 것은 없었다. 그렇다면 대체 무슨 이유로, 그렇게나 다급하게 그녀를 만나보라고, 그녀의 목소리를 직접 들어보라고 채근한단 말인가? 도대체 무슨 까닭으로 그렇게나 상세한 내용을 들이대며 조바심을 치게 만든단 말인가? '거짓말이오, 여보.' 생각했다. '당신과 관계있는 것들이 분명하오.' 리마 중심부에 있는 보험회사에서 월요일부터 금요일까지 하루 8시간씩 그의 사지를 옭아매는 그 멍청한 관리사무까지 포함해서 그가 하는 모든 일은 루크레시아와 깊이 연관되어 있는 것이었다. 다른 사람은 상관없는 일이었다. 그러나 그는 그 무엇보다도 그의 밤들을, 그의 밤들을 장악한 광기를 꿈을 정열을 그녀에게 바쳤다. 마치 종살이를 하듯, 신사도를 다해 충성을 바쳤던 것이다. 지금 뒤적거리고 있는 바로 이 노트들의 페이지 하나하나에 속에서 우러난, 반론의 여지가 없는, 지극히 고통스러운 증거가 있지 않은가 말이다.

도대체 무슨 이유로 반항을 생각한단 말인가? 조금 전에 그를 잠에서 깨웠던 느낌이 새끼를 치는 것 같았다. 그날 아침 신문에 난 기사를 읽으면서 불쾌감과 실망감을 느꼈었다. 루크레시아 역시 그 기사를 읽었을 것이었다. 리고베르토씨는 노트를 펼쳐 빈 페이지에 기사 내용을 거칠게 옮겨 적었다.

웰링턴(로이터). 뉴질랜드의 한 여선생(24세)이 성추행 혐의로 웰링턴 지방 판사에 의해 4년형을 선고받았다. 이 여선생은 자기 아들의 학교 친구인 10세 소년과 육체관계를 맺어왔다. 판사는 한 남성이 10세 소녀를 추행했을 때 선고되는 형과 똑같은 형을 여교수에게 선고했다고 밝혔다.

'내 사랑, 사랑하는 루크레시아, 내가 이 기사를 여기 적는다 해도, 그게 우리 사이에 있었던 일로 당신을 비난하려는 뜻은 없음을 알아주기 바라오.' 생각했다. '심술을 부리는 것도 아니고, 과거를 들쑤신다거나 같잖은 원망을 품고 있는 것도 아니라오.' 아니다. 정확히 그 반대로 생각해야만 했다. 왜냐하면, 그날 아침, 눈앞에 놓인 이 짤막한 기사를 내려다보며 씁쓰레한 아침 커피를 홀짝거렸을 때 (설탕을 넣지 않아 씁쓰레한 것이 아니었다. 신문기사에 대해 얘기를 나눌 루크레시아가 곁에 없었기 때문이었다), 리고베르토씨는 판사의 선고에 대해 어떤 고뇌도 고통도 느낄 수 없었고, 감사함이나 고무적인 느낌 따위는 생각도 못 할 것이었다. 오히려, 그 운 좋은 아이에게 이슬람교적인 천상의 쾌락(리고베르토씨가 이해하기로는 이슬람교야말로 종교를 파는 시장에 나와 있는 물건 중 가장 색정적인 종교였다)을 알게 해 주었다는 이유로 가당치도 않은 형벌을 받은 그 뉴질랜드 여선생에 대해 청년 데모대와 같은 맹렬한, 충동적인 연대감을 느꼈었다.

'그래요, 그래, 사랑하는 루크레시아.' 안절부절. 거짓이 아니었다. 과장도 아니었다. 그 멍텅구리 판사 때문에 생긴 분노가 아침부터 하루 종일 그를 괴롭혔다. 그 멍청한 판사는 페미니스트들의 주의 주장을 기계적으로 받아들여 적용했던 것이다. 성인 남자가 열 살짜리 철딱서니 계집아이를 추행하는 것과 스물네 살 먹은 여인이 열 살짜리 사내아이에게 육체의 쾌락과 섹스의 기적을 가르쳐준 것이 어찌 같을 수 있단 말인가. 사내놈이라면 어설프게라도 자지를 세우고 사정까지 할 수 있지 않은가. 첫번째 경우에 있어서, 추행범이 희생자를 힘으로 제압해 추행했다고 가정한다면(여자아이가 충분히 철이 들어 그 행위에 동의를 했다고 할지라도, 여자아이는 물리적 공격에 의해 처녀막을 훼손당한 희생자라고 볼 수 있을 것이다), 그러나 두번째 경우는 가당치도 않은 일이다. 만일 서로 몸을 섞었다면 그것은 사내아이 쪽에서 동의와 함께 능동적으로 달려들었기 때문에 가능했던 것이다. 사내아이가 동의도 하지 않고 능동적으로 달려들지도 않았다면 성교란 이루어질 수 없는 것이기 때문이다. 리고베르토씨는 펜을 집어들고 열에 받혀 휘갈겨 쓰기 시작했다. '나는 비록 유토피아라는 것을 혐오하고, 그것이 우리 인생에게 있어 대재앙이라는 것을 알지만, 이런 유토피아라면 환영하겠다. 이 나라 모든 사내아이들은 만 10살이 되면 30대 유부녀에 의해 동정을 버리도록 조치한다. 상대 여자로는 이모나 고모, 학교 선생 혹은 새엄마가 좋다.' 한숨이 터져 나왔다. 숨통이 터지는 것 같았다.

웰링턴 여자의 일이 하루 종일 리고베르토씨를 괴롭혔다. 리고베르토씨는 그 여자가 겪었을 공개적인 모욕과 조롱과 야유에 대해 마음 아파했다. 직장을 잃었을 것이고, 활자, 전자·디지털 매체, 신문 등 소위 미디어라는 것으로 미성년자 추행범, 화냥년 취급을 받았을 것이다. 그녀에게는 잘못이 없었다. 그녀는 마조히즘 같은 희극을 연출한 것이 아니었던 것이다. '아니야, 루크레시아, 맹세컨대 분명 아니야.' 자신의 전부인의 모습 속에 투영된 여선생의 얼굴이 하루 낮 하루 밤 동안 내내 수도 없이 눈앞에 나타났다. 바로 지금, 바로 지금. 자신이 얼마나 후회하고 있는지, 자신이 얼마나 부끄러워하고 있는지 지금 당장 그녀에게 알려줘야만 했다('내 사랑, 당신에게 알려주고 싶단 말이오'). 그 역시 웰링턴의 판사만큼이나 냉담했고 우둔했고 비인간적이었고 잔인했던 것이다. 자비를 베풀고 모범을 보였다는 이유로, 자식을 살해한 계집년들, 도둑년들, 사기꾼년들, 소매치기년들(앵글로색슨계든 마오리족 출신이든)에게 둘러싸여 대가를 치르고 있을 그 존귀하고 존엄한 여교사의 발치에 향기로운 붉은 장미를 듬뿍 뿌려주고 싶었다.

그 뉴질랜드 여교사의 발은 어떻게 생겼을까? '여교사의 사진을 한 장 구할 수만 있다면, 지금 당장 그 사진 앞에 촛불을 밝히고 향을 피워 올릴 텐데.' 생각했다. 루크레시아 부인의 발만큼 아름답고 우아하기를 기대했다. 그날 낮 『타임』 잡지의 반들반들한 페이지에서 본 발만큼, 라 콜메나 길모퉁이에서 빨간 불에 걸렸을 때 어느 행인의 어깨 위에 올라앉아 있던 여자의 발만큼 예뻤으면 했다. 클럽 나시오날에 있는 미겔 그라우 살롱으로 가는 길이었다. 클럽 나시오날은 넥타이쟁이 바보멍청이들이, 또 그들에게 빌붙어 부동산이나 동산에 대한 보험으로 밥벌이를 하는 그런 바보멍청이들이 약속 장소로 정하는 그런 곳이었다. 그 역시 그들 중 한 명이기는 마찬가지였다. 순간적인 환상이었다. 그러나 너무나 생생했고 찬란했고, 너무나 강력했고 확실했다. 날개 단 천사 가브리엘이 갈릴리 마을의 한 처녀에게 나타나 복음(이로 인해 인류는 그 후로 수도 없는 폭력에 시달려야 했다)을 전했을 때의 모습이 과연 그랬을 것이다.

옆면으로 보이는 전족한 발 하나였다. 둥그스름한 뒤꿈치, 날아갈 듯한 발등. 그 발이 섬세하게 그려진 나무 위에 우아하게 솟아올라 있었다. 정교하게 그려진 발가락들이 절정을 이루고 있었다. 티눈 하나 없는, 굳은 살 하나 없는, 물집 하나 없는, 튀어나온 뼈 하나 없는 여성의 발이, 전체적으로 보든 부분적으로 보든 흠잡을 곳 하나 없는 완벽한 여성의 발이 도도하게 나타나 있었다. 부드러운 양탄자에 발을 내려놓는 순간 사진사의 주의에 약간 경직된 것 같기도 했다. 그런데 왜 하필 아시아 여성의 발이란 말인가? 아마도 그쪽 지역 항공기 회사 — 싱가포르 에어라인스 — 안내문이 쓰여 있었기 때문일 것이다. 아니면, 자신의 경험으로 아시아 여자들이 세상에서 가장 아름다운 발을 지녔다고 믿고 있었기 때문인지도 모른다. 감격이 밀려들었다. 사랑하는 여인의 사랑스러운 손발에 입을 맞추며 '필리핀 여자의 발', '말레이시아 여인의 뒤꿈치', '일본 여인의 발등' 이라고 속삭였던 일이 생각났다.

새로 친구가 된 웰링턴 여교사의 불행에 대한 분노와 『타임』 잡지 광고란에서 본 여인의 전족이 하루 종일 리고베르토씨의 의식을 괴롭혔다. 리고베르토씨는 불안한 꿈에 시달리며 기억 깊숙한 곳으로부터 아주 어렸을 때 들었던 신데렐라 이야기를 끄집어낼 수 있었다.

그 이야기 중에서도 유독 주인공 계집아이의 의미심장한 작은 구두가 구체적으로 떠올랐다. 오로지 그 계집아이의 작은 발에만 맞았던 구두가 리고베르토씨의 에로틱한 환상을 일깨웠다('자지가 조금 발기되면서 몸이 더워지기 시작한다. 기술적으로 정확하게 그려낼 수 있을까.' 소리를 질렀다. 그날 새벽에 처음으로 갖는 기분 좋은 느낌이었다). 자신의 명제에 대해 루크레시아와 얘기를 나눈 적이 있었던가? 20세기의 그 모든 시답잖은 반(反)에로틱한 포르노그라피보다는 사랑스런 신데렐라야말로 남성들의 페티시즘 세계 형성에 큰 공을 세웠다는 자신의 주장에 대해? 기억이 나지 않았다. 금이 가버린 결혼생활, 언젠가는 반드시 회복해야 했다. 잠이 깨었을 때에 비해 상태가 상당히 좋아졌다. 그래도 흥분에서 벗어날 수 없었고, 아쉬웠고, 화가 치밀어 올랐고, 외로웠고, 고통스러웠다. 이제 방금 겨우 정신을 차릴 수 있었다. 그래서 환상까지 그려볼 수 있게 — 절망에 빠져들지 않기 위해서는 날마다 그럴 수밖에 없었다 — 되었다. 그러나 오늘 리고베르토씨가 봐야 할 것은 루크레시아의 머리카락이나 가슴이나 허벅지나 엉덩이와 더불어 볼 수 있는 환상이 아니었다. 그것은 오로지 발과 더불어 볼 수 있는 것이었다. 세 권으로 이루어진 니콜라스 에드메 레티프 드 라 브르톤(1734~1806, 손수 적어놓은 쪽지가 끼어 있었다)의 초판본 소설은 이미 그의 곁에 놓여 있었다. 엉망으로 뒤섞인 책장에서 책을 찾는 데 한참이나 걸렸었다. 이 음탕한 작가의 수많은 작품 중에서 수중에 있는 유일한 소설이었다. 『프랑셰트의 발 혹은 프랑스의 고아 계집. 흥미 있고 도덕적인 이야기』(파리, 훔블로 키요, 1769, 2부 3권, 각권 160~148~192쪽) 생각했다. '이제 책을 넘기오. 이제 당신이 나타나오, 루크레시아. 신을 신거나 맨발로. 모든 장에, 모든 페이지에, 모든 단어에.'

이 말많은 작가 레티프 드 라 브르톤의 작품 속에서 리고베르토씨의 호감을 살 수 있는 내용은, 이 이슬비 내리는 새벽에 루크레시아와 연결시킬 수 있는 내용은 단 하나 뿐이었다. 다른 오만가지 내용들(그래 그보다는 적다고 치자)은 눈에 들어오지도 기억에 남지도 않았다. 심지어 비위에 거슬리기까지 했다. 이 작가에 대해 루크레시아와 얘기를 나눈 적이 있었던가? 밤마다 치르던 부부간의 축제 중에 이 작가의 이름이 언급된 적이 있었던가? 리고베르토씨는 기억할 수 없었다. '하지만 말이요 여보, 늦었을지 모르지만, 내 이 남자를 소개하겠소. 당신 발치에 이 남자를 대령시키겠소(아주 적당한 표현이지 않소?).' 이 남자는 18세기라는 프랑스의 격동기에 태어나서 살았다. 하지만 이 사람 좋은 니콜라스 에드메가 자기 주변 세계가 혁명의 물결로 모조리 파괴되고 재창조되고 있다는 사실을 파악하고 있었는지는 알 수 없다. 이 남자는 자기 자신의 혁명 속에 함몰되어 있었다. 그것은 사회적 혁명도 경제적 혁명도 정치적 혁명 ― 이런 혁명에 참가했더라면 호평을 받았을 것이다 ― 도 아니었다. 그것은 육체적 욕망이라는 지극히 개인적인 혁명에 불과했다. 바로 그 점이 리고베르토씨의 마음에 들었다. 그래서『프랑셰트의 발』이라는 소설을 초판본으로 구입했던 것이다. 억지로 꿰어 맞춘 줄거리에 우스꽝스러운 불법 행위, 얽히고설킨 내용에 말 같지도 않은 대화, 권위 있는 비평가나 안목 있는 독자라면 거들떠보지도 않을 소설이었다. 하지만 리고베르토씨가 보기에 이 소설은 자신의 욕망을 위해 기존 체제에 도전하는, 환상을 이용해 세상을 변혁시키려는 인간의 권리를 주장하는 소설이었다. 가히 지독한 신성모독으로 받아들여질 만한 것이었다. 비록 책을 읽을 때나 꿈을 꿀 때처럼 덧없는 순간에 불과한 것이었지만.

『프랑셰트의 발』을 읽고난 후에 레티프에 대해 노트에 적어놓은 내용을 큰 소리로 읽어보았다. '나는 이 시골뜨기가, 농부의 자식놈이, 얀세니스트 신학원을 나왔다고는 하지만 거의 독학으로 더러운 언어와 교리를 익힌 이 작자가, 식자공과 책 발행인(말 그대로 두 가지 의미에서 그렇다. 그는 책을 쓰고 책을 만들었다. 책을 쓸 때보다 만들 때 공을 더 들이긴 했지만)으로 밥벌이를 한 이 작자가, 자신의 책이 시대를 초월해 주목(상징적이고 윤리적인 면에서는 중요하지만 미학적인 면에서는 그렇지 않다)을 받을 거라고 생각하지는 않았을 것으로 본다. 이 작자는 자신을 매료시켰던 파리의 노동자들과 직공들의 거주지역이나 프랑스 시골마을을 끊임없이 들쑤시고 다니며 지가 무슨 사회학자나 되는 것처럼 자신이 목격한 것을 기록으로 남겼다. 그러면서도 사랑행각 ─ 간통에 근친상간에 돈으로 사는 여자들. 그러나 항상 정통적인 방법만을 썼다. 동성연애는 감히 생각도 못 할 것이었던 것이다 ─ 에 많은 시간을 할애했다. 이 작자는 자신의 사랑행각을 머리에 떠오르는 그대로 마구 써 갈겼다. 수정도 교정도 하지 않았다. 거칠고 조악한 문장, 프랑스어란 프랑스어는 모조리 동원한 듯한 어수선하고, 반복적이고, 헝클어지고, 상투적이고, 저속하고, 내용도 없고, 도무지 갈피를 잡을 수 없는 문장. 한마디로 저질이라고 밖에 표현할 수 없는 문장이다.'

　그렇다면 리고베르토씨는 도대체 무슨 이유로 그날 새벽을 그 어처구니없는 판결로 골치를 썩이다가, 이제 다시 그 형편없는 작품, 그 오자투성이 장난질 생각으로 시간을 허비하고, 그것도 모자라 그걸 구실 삼아 또 다시 역겨운 일을 벌이려 한단 말인가? 노트에는 그 작자에 대한 정보가 넘쳐났다. 그 작자는 2백여 권의 책을 냈다. 말 그대로 모두 해독이 거의 불가능한 책이었다. 그럴진대, 도대체 무슨 이유로 그 작자와는 전혀 무관한, 가장 완벽한 여인인 루크레시아 부인과 그 작자를 연결시키려고 기를 썼단 말인가? 이유야 있지. 생각했다. 잡지 광고란에 실린 어느 아시아 여인의 날아갈 듯한 작은 발을 목격했을 때 느낀 그날 정오의 감정을 이해해줄 수 있는 사람이 아무도 없었기 때문이었다. 바로 루크레시아 여왕의 발을 보고 싶은 열망 때문에 그날 밤 그 작은 발을 떠올렸다는 사실을 이해해줄 수 있는 사람은 바로 그 어줍잖은 작가 한 사람뿐이었던 것이다. 그랬다. 레티프와 같은 사람은 전혀 없었다. 그 작자는 발을 숭배하는 사람이었다. 그래서 심리학자랄지 정신분석학자랄지 하는 가증스러운 족속들이 페티시즘이라고 부르는 그 예배 의식을 너무나 잘 이해했던 사람이었다. 그 외에는 어느 누구도 그 거룩한 작은 발에 대한 찬양과 경배를 이해할 수도 없고, 함께 참여할 수도 없고, 더불어 얘기할 수도 없을 것이다. '고맙소, 루크레시아.' 리고베르토씨는 경건하게 기도했다. '푸쿠사나 해변에서 당신 발을 발견한 이후로, 내가 당신 발로 인하여 누릴 수 있었던 행복했던 시간에 대해 감사하오. 밀려오는 파도, 나는 그 물 밑에서 당신 발에 입을 맞추었지.' 괴로웠다. 리고베르토씨는 짭짤한 맛을 다시 느낄 수 있었다. 입안에서 작은 손가락들이 날렵하게 움직이는 것 같았다. 목구멍으로 넘어간 바닷물 때문인지 구역질이 났다.

   그랬다. 니콜라스 에드메 레티프 드 라 브르톤이 빠져들었던 것은 바로 여자의 발이었다. 그리고, 연금술사들의 표현을 빌자면, 그 외연과 교감을 합쳐 말한다면, 발을 감싸는 것, 즉 스타킹, 구두, 샌들, 장화까지 포함되었다. 도시로 이주해온 그 촌놈은 천연덕스럽게 여자의 발과 발을 감싸는 것에 대한 집착을 뻔뻔스럽게 노골적으로 보여주었다. 가히 개종자들의 광신이라고 할만했다. 그는 헤아릴 수조차 없이 많은 작품 속에서 실제의 세계를 허구의 세계로 대체했다. 단조롭고, 예측 가능하고, 무질서하고 멍청한 허구의 세계. 형편없는 글 솜씨에 주제는 오로지 하나뿐이었다. 그 세계에서 빼어나게 두드러져 남성들의 욕정을 부추기는 것은 여인네들의 요염한 얼굴도, 폭포수와 같은 머릿결도, 낭창낭창한 허리선도, 상아빛 목선도, 터질 듯한 젖가슴도 아니었다. 그것은 언제나 오로지 여인의 아름다운 발이었다. (만일 레티프라는 작자가 아직까지 살아 있다면 지금 당장 루크레시아의 허락을 받아 올리바르 공원에 있는 집으로 그 작자를 데려갔을 것이다. 그래서 다른 부분은 다 가리고 발만 보여줬을 것이다. 옛날 할머니들처럼 값비싼 천으로 감싼 발을 보여주면서 그 작자 자신이 직접 풀어보게까지 했을 것이다. 그랬다면 그 작자는 어떤 반응을 보였을까? 황홀경에 빠져들었을까? 몸서리를 치며 울부짖었을까? 행복에 겨운 강아지처럼 혀를 빼물고, 코를 킁킁거리며, 껄떡대며, 그 발을 핥고 난리를 치지 않았을까?)

비록 글 솜씨는 형편없었다 해도, 인간의 쾌락에 경의를 표하고 자신의 환상을 철두철미하게 지켜낸 사람이라면 존경받아야 마땅하지 않겠는가? 비록 어줍잖은 글을 썼다고는 해도 그 레티프라는 작자는 '우리와 한 부류'의 사람은 아니었을까? 아무렴 그렇고말고. 바로 그랬기 때문에 그날 밤 꿈에 나타났던 것이다. 미얀마 여자인지 싱가포르 여자인지는 모르겠지만, 잠깐 스치고 지나간 어느 여자의 전족을 뒤이어 슬그머니 나타나 그날 새벽 친구가 되어주었던 것이다. 느닷없이 음란한 생각이 리고베르토씨를 짓눌렀다. 추위가 뼛속까지 스며들었다. 그 순간 간절했다. 그가 얼마나 후회와 고통으로 시달리는지 루크레시아가 알아주었으면 싶었다. 벌써 1년 전 일이었다. 리고베르토씨는 멍청하게 굴었기 때문에 매몰차게 굴었기 때문에 루크레시아와 끝장을 보지 않을 수 없었다. 바다 건너 웰링턴의 야비한 판사와 하나 다를 게 없었다. 그 야비한 판사는 그 여교사에게, 그 여자 친구('이 여자 또한 우리와 한 부류의 사람이다')에게 4년 금고형을 선고했던 것이다. 그 행복한 사내아이에게, 그 뉴질랜드의 폰치토라고 할 수 있는 사내아이에게 천상의 기쁨을 짐작하게 해주었다는 이유 — 아니 그곳의 맛을 보여주었다 — 로 말이다. '당신에게 고통을 안기고 욕을 퍼붓는 대신, 나는 당신에게 고마워했어야 했소, 여보 내 사랑.' 파도가 아우성치며 하얗게 부서져 내리는 그 새벽에, 안개비로 젖어드는 그 새벽에 그는 감사하고 있었다. 충직한 레티프가 옆에서 거들고 있었다. 그의 소설 『프랑셰트의 발』, 제대로 된 제목이었다. 그러나 '혹은 프랑스의 고아 계집. 흥미 있고 도덕적인 이야기'라는 부제목은 엉뚱했다(어쨌든 도덕적이라고 부를 만한 구석이 있기는 했지만). 리고베르토씨는 그 책을 무릎 위에 올려놓고 두 손으로 쓰다듬고 있었다. 마치 아름다운 한 쌍의 발을 어루만지는 것처럼.

키츠는 '아름다움은 진리이고, 진리는 아름다움이다'(이 인용문은 노트를 펼쳐볼 때마다 시도 때도 없이 나타났다)라고 썼을 때 루크레시아 부인의 발을 염두에 두고 있었을까? 그렇다. 그 불행한 남자는 비록 모르고 있었겠지만 말이다. 레티프 드 라 브르톤은 35세가 되던 해인 1769년에 『프랑셰트의 발』을 완성하여 출판했는데, 이 또한 어느 여인에게서 영감을 받아 그렇게 할 수 있었던 것이다. 그 여인은 거의 2세기가 지난 다음에야 세상에 태어날, 라틴아메리카라고 불리는(이렇게 불리는 게 정당한가?) 변방에서 태어날 미래의 여인이었다. 리고베르토씨는 노트에 메모를 해놓았기 때문에 그 소설의 내용을 기억해낼 수 있었다. 어거지로 꿰어 맞춘 구태의연한 소설, 그야말로 발가락으로 쓴(아니다. 이건 생각도 못 할, 입에 담을 수도 없는 말이

다) 소설이었다. 소설의 주인공은 프랑셰트 플로랑지스라는 곱상한 처녀 고아가 아니라 프랑셰트 플로랑지스의 도발적인 작은 발이었다. 바로 이 점 때문에 그 소설이 특이하게 보였던 것이다. 바로 이 점 때문에 소설에 생동감이 넘쳤고 또 예술작품이 갖는 설득력도 있었다. 프랑셰트라는 처녀아이의 외씨 같은 작은 발이 불러일으키는 소동, 그 발이 주변 사람들 사이에 불지피는 욕정은 상상할 수도 없는 것이었다. 그녀의 후견인이었던 노인네 아파테온씨는 값비싼 구두를 선물한다느니 하며 이런저런 핑계거리를 만들어 처녀아이의 발을 만져보고 싶어 환장을 한다. 몸이 단 노인네는 급기야 자신의 피후견인인 처녀아이를, 자신의 가장 친한 친구의 딸내미를 겁탈하기에 이른다. 돌상스라는 마음 착한 젊은 화가는 황금빛 꽃으로 장식된 앙증맞은 파란 구두에 감싸인 처녀아이의 발을 본 이후로 그 발에 완전히 빠져버린다. 젊은이는 막무가내로 원망을 품게 되고, 이윽고 범죄까지 계획하게 되고, 급기야 그 범죄로 인해 목숨까지 잃고 만다. 루산빌이라는 팔자 늘어진 부자 젊은이는 꿈에 그리던 아리따운 처녀아이를 품에 안고 따먹기 전에 몰래 훔친 그녀의 구두 한 짝으로 위안을 삼기도 한다. 그 젊은이 역시 발을 열렬히 숭배하는 사람이었던 것이다. 그녀의 발을 한 번이라도 본 적이 있는 모든 바지씨들 ─ 금융업자든 상인이든 연금생활자든 귀족이든 평민이든 ─ 은 처녀아이의 매혹적인 발 앞에서 사족을 못 썼다. 그들 모두 육욕에 떠밀려 처녀아이의 발을 소유하기 위해 기를 쓰고 달려들었다. 그래서 소설의 화자는 다음과 같이 단언하고 있는 것이다. 리고베르토씨는 그 대목을 노트에 옮겨 적어 놓았다. '아름다운 발이 모든 범죄를 부추긴다.' 그렇다. 바로 그것이다. 모든 범죄가 바로 그 아름다운 발 때문에 벌어졌던 것이다. 이쁜이 프랑셰트의 덧신이며 샌들이며 장화

며 구두는 모두 마력을 내뿜는 물건이었다. 그것들은 사정(射精)할 때와 같은 아찔한 빛으로 처녀아이를 감싸며 소설 속을 배회하고 있는 것이다.

멍청함 놈들이야 변태라고 수군덕거리겠지만, 리고베르토씨는, 아니 어쩌면 루크레시아 역시, 레티프를 이해할 수 있었다. 다른 사람들 앞에서 자신은 다를 수 있다는 권리를, 이 세상을 자신의 형상에 맞추어 변혁시키겠다는 권리를 용감무쌍하게 표현한 레티프를 축하해줄 수도 있었다. 리고베르토씨와 루크레시아가 10년에 걸쳐 매일 밤 치러온 일이 바로 그것이 아닌가? 자신들의 욕정에 따라 삶을 흐트러뜨리고 재정비해오지 않았단 말인가? 그런 일을 언젠가 다시 할 수 있을까? 아니면 모든 것이 추억 속에 매몰되고 말 것인가? 현실이라는, 사실이라는 절망에 굴복하지 않기 위해 기억 속에 비축해둔 이미지만 겨우 남을 것인가?

그날 그 꼭두새벽, 리고베르토씨는 자신이 프랑셰트의 발에 넋을 빼앗긴 남자들 중 하나처럼 생각되었다. 공허한 삶이었다. 밤이면 밤마다, 새벽이면 새벽마다, 루크레시아의 부재를 환상으로 달래보았지만 위로를 받기에는 충분하지 않았다. 해결책이라고는 전혀 없단 말인가? 시간을 거슬러 올라가 실수를 바로잡기에는 이미 너무 늦어버렸단 말인가? 뉴질랜드의 대법원도 헌법재판소도 웰링턴의 아둔한 판사가 내린 판결을 재심하여 여교사를 사면해줄 수 없단 말인가? 어느 공평한 주지사가 나타나 그 여교사를 사면해줄 수도 없단 말인가? 거기에 더해 어린아이에 대한 그녀의 헌신으로 국민적 영웅으로 추대할 수도 있지 않은가 말이다. 그 자신도 산 이시드로의 올리바르 공원에 있는 집을 찾아가 루크레시아에게 털어놓을 수 없단 말인가? 그 멍청한 인간의 판결은 실수투성이다, 놈들은 권리도 없으면서 그 여교사를 정죄했다, 그 여교사에게 명예와 자유를 회복시켜주어야 한다. 그러나 무얼 위한? 도대체 무엇을 위한 자유를? 망설였다. 그러나 할 수 있는 한 내처나갔다.

그것이 유토피아라는 것일까? 페티시즘에 미쳐 있던 레티프 드 라 브르통이 꿈꾸었던 유토피아가 바로 그런 것이었을까? 아니라도 상관없었다. 리고베르토씨가 때때로 감미로운 무기력증에 빠져들어 꿈꾸는 유토피아는 타인들에게 주책없이 강요할 수 없는 지극히 개인적인 유토피아였다. 많은 사람들이 공유할 수 있는 유토피아와 전혀 다르다고 해서 정당하지 않다고 할 수 있단 말인가? 많은 사람들이 공유하는 유토피아란 자유와는 철천지원수로 바로 그 자체 안에 대재앙의 씨가 담겨 있는 것이 아니란 말인가?

바로 이 점이 니콜라스 에드메의 위험천만한 약점이었다. 그것이 바로 그 당시 대부분의 사람들이 무릎을 꿇었던 당대의 질병이었다. 계몽주의 시대의 위대한 유산이었던 사회적 유토피아에 대한 욕구는 역사의 대변동을 일으켰다. 새로운 지평이 열렸고 쾌락에 대한 권리도 대담하게 주장되기 시작했다. 리고베르토씨는 그런 사실을 하나도 기억할 수 없었지만 그의 노트는 알고 있었다. 그 사실을 고발하는 자료가, 도저히 달랠 수 없는 분노가 노트에 적혀 있었다.

레티프는 여성의 작은 발과 신발을 사랑 — 하나님이 계신다면야 그런 자네에게 상이라도 내리실 텐데 말이야 — 했던 섬세한 남자였다. 그러나 그런 남자 속에 위험한 사상가, 구세주(잔혹하게 얘기하면 백치라고 할 수 있지만, 좋게 봐준다면 망상가라고 할 수 있었다)가, 제도 개혁자, 사회적 약자의 구원자가 도사리고 있었다. 그가 쓴 글이 산더미를 이루었다. 그는 산처럼 쌓인, 언덕처럼 쌓인 종이에 대중의 유토피아라는 감옥을 쌓고 또 쌓았다. 매춘을 규정하고 매춘

부들에게 행복을 강요하기 위해서였다(그의 소름끼치는 집념은 『포르노그라프』라는 그럴싸한 제목의 책 속에서 엿볼 수 있다). 그는 극장의 기능과 배우들의 습관을 완성하기 위해 노력했다(『미모그라프』). 여성들의 의무를 지정하고 한계를 제시하면서 여성들의 삶을 조직화하려고도 했다. 남성과 여성 사이에 조화를 이루려고 말이다(그 무모한 작품에는 쾌락을 예찬하는 것처럼 보이는 『지노그라프』라는 제목이 붙어 있다. 그리고 실제로 자유를 억압하는 수갑과 족쇄가 언급되고 있다). 그의 가장 야심만만하면서도 가장 위협적인 점은 인간종의 행위를 규정 ─ 실제로는 숨통을 조이고 ─ 하고 초법적인 법령을 도입하려는 그의 시도였다(『안드로그라프』). 그것은 개인의 가장 은밀한 부분을 침해하는 것이었다. 인간 욕구의 자연스런 발생과 그 자연스런 처치를 더이상 그대로 두고 보지 않겠다는 뜻과 같은 것이었다(『테르모그라프』). 지나친 참견이 아닐 수 없었다. 세속 일에 뛰어든 종교재판관과 진배없었다. 레티프는 개혁자로서의 면목을 유감없이 발휘한 나머지 급기야 철자법의 전면적인 개편까지 주장하게 되었다(『글로소그라프』). 이것을 치기로 봐야만 할까. 레티프는 이 모든 유토피아를 『비범한 생각들』(1769)이라는 한 권의 책 속에 묶어두었다. 그야말로 비범한 생각들이었다. 그러나 그것은 '비범한'이라는 단어의 사악하고 범죄적인 의미에서 볼 때 그런 것이었다.

　노트에 적힌 판단은 어디에 호소할 수도 없는 것이었다. 리고베르토씨는 그 판단이 옳다는 것을 알고 있었다. '틀림없어. 이 부지런한 인쇄업자가, 이 다큐멘터리 작가가, 여성의 손과 발에 안목이 있는 작자가 정치권력을 손에 넣었더라면 프랑스를, 어쩌면 유럽 전체를, 잘 길들여진 집단수용소로 만들고 말았을 것이다. 그 속에서 금지와 의무라는 촘촘한 그물이 자유라는 것은 한 조각도 남김없이 걸러내 버리고 말았을 것이다. 다행스럽게도 그 작자는 너무 이기적이어서 권력을 탐하지는 않았다. 그는 자신의 허구 속에서 인간 세상을 재구성하는 것에 깊이 침잠해 있었다. 그가 주장한 인간 세상에서는,『프랑세트의 발』에서 보는 바와 같이, 최고의 가치 즉 두 발 가진 수컷들이 최고로 치는 것은, 무력침공을 통해 무공을 세우는 것도 신성에 도달하는 것도 물질이나 삶의 비밀을 캐는 것도 아니었다. 그것은 올림포스의 신들을 먹여 살렸던 불로불사의 양식처럼 상큼하고 감미롭고 감칠맛 나는 여자의 작은 발이었던 것이다.' 리고베르토씨가『타임』지 광고란에서 본 발과 같은, 기억에 생생한 루크레시아의 발과 같은 여성의 발. 첫새벽 빛에 움찔했다. 이 심정을 병에 담아 바다에 던져 넣으면 사랑하는 그녀에게 닿을 수 있을까? 아니다. 불가능하리라는 것을 잘 알고 있었다. 존재하지도 않는 것이, 꿈의 붓으로 속절없이 벼려낸 것이 어찌 그녀에게 가 닿을 수 있단 말인가?

리고베르토씨는 그 절망적인 자문자답을 마무리지었다. 눈을 감았다. 애절한 한숨이 입술을 통해 터져 나왔다. '아! 루크레시아!' 왼손에 들려있던 노트들 중 한 권이 바닥으로 떨어졌다. 리고베르토씨는 노트를 집어 올려, 떨어지면서 펼쳐졌던 페이지에 눈길을 던졌다. 인상이 구겨졌다. 우연치고는 너무나 야속했다. 리고베르토씨와 루크레시아 부인도 사랑을 나누는 중 종종 확인한 바 있었다. 대체 무슨 내용이기에? 아주 오래 전에 적어둔 두 개의 메모였다. 기억이 희미한 첫번째 메모. 세기말에 그려진 어느 이름 모를 삽화가의 그림에 대한 평이었다. 헤르메스 신이 요정 칼립소에게 오디세우스 — 칼립소는 오디세우스를 사랑하여 그를 섬에 가두어두고 있었다 — 를 놓아주라고, 페넬로페에게 달려가도록 놓아주라고 명령했다. 두번째 메모. 이 또한 우연이란 말인가! 처절한 고백이 담겨 있었다. '요하네스 베르미어의 섬세한 페티시즘. <디아나와 친구들>이라는 그림. 여성의 몸뚱이 중 제대로 대우받지 못하는 신체부위에 바치는 경의. 정성을 다해 디아나의 발을 해면으로 닦아주는 — 아니 애무해주는 — 요정 하나. 다른 요정 하나는 따로 떨어져 있지만 만족스러운 듯 자신의 발을 매만지고 있다. 모든 장면이 섬세하고 육감적이다. 형태의 완벽함 속에 감추어진 미묘한 관능성. 그림 전체를 적시는 부드러운 안개. 바로 당신의 몸과 같은 비현실적이고 마술적인 면모가 인물들 속에 나타나 있소, 루크레시아. 매일 밤 보는 당신의 그 몸이, 매일 밤 내 꿈을 방문하는 당신의 그 환영이 말이오.' 너무나 분명한 것이었다. 너무나 생생한 것이었다. 너무나 적절한 것이었다.

만일 그 익명의 편지에 답장을 보냈더라면? 정말로 그녀가 그에게 편지를 보낸 것이었다면? 바로 그날 오후에 보험회사 지배인으로서의 하루 일과를 마치자마자 그녀의 집을 찾아가 문을 두드린다면? 그녀를 보자마자 무릎꿇고 앉아 그녀가 딛고 있는 바닥에 입을 맞추며 용서를 빈다면? '여보 내 사랑이여' '나의 뉴질랜드 여교사여' '나의 프랑셰트여' '나의 디아나여' 라고 부르며 그녀를 웃게 만들려고까지 한다면? 그녀는 웃어줄 것인가? 그의 품으로 달려들며 입술을 내밀까? 온몸으로 부딪쳐오며 얘기해줄까? 다 지나간 일이에요, 우리 둘만의 유토피아를 우리 둘이서 새롭게 만들어갈 수 있어요 라고 말해줄 것인가?

호랑이 스튜

　나는 당신과 하와이 사람들처럼 사랑을 나누오. 당신은 나를 위해 보름날 밤이면 '우케렐레' 춤을 추오. 당신은 허리와 발목에 방울을 달고 있소. 도로시 라무르와 같은 모습이오.
　나는 당신과 아즈텍 사람들처럼 사랑을 나누오. 나는 번쩍번쩍 빛나는 돌로 쌓은 높은 피라미드 위에서, 탐욕스러운 구릿빛 신들에게, 깃털 달린 뱀 형상의 신들에게, 당신을 제물로 바치오. 피라미드 주변에는 울창한 밀림이 깔려 있소.
　에스키모 사람들의 사랑, 고래 기름으로 횃불을 밝힌 차가운 이글루 안에서의 사랑. 노르웨이 사람들의 사랑, 우리는 스키를 타면서 사랑을 나누오. 우리는 시속 100킬로미터의 속도로 눈 덮인 산자락을 타고 내리오. 룬 문자가 새겨진 토템들이 산 전체에 널려 있소.
　사랑하는 사람아, 이 밤 내가 간절히 원하는 것은 현대적이면서도 아프리카 식인종과 같은 것이오.
　당신은 체경 앞에서 옷을 벗으시오. 검은색 스타킹과 붉은색 스타킹 가터를 착용하시오. 그리고 사나운 맹수 가면으로 당신의 그 아름다운 얼굴을 가리도록 하시오. 루벤 다리오의 「아술」이라는 시에 나오는 질투에 빠진 암호랑이, 아니면 수단 암사자 가면이면 좋겠소.
　허리를 오른쪽으로 약간 굽히고, 왼쪽 발을 구부리시오. 손을 허리춤에 걸치고, 아주 앙칼지고 도발적인 자세를 취하시오.
　나는 의자에 등을 기대고 앉아 당신의 바라보며 경탄해 마지않을 거요. 항상 그래왔듯이 말이오.
　당신이 발톱으로 내 눈을 후빈다 해도, 그 새하얀 송곳니를 내 목덜미에 박는다 해도, 내 살을 파먹는다 해도, 사랑으로 들끓는 내 피로 당신의 갈증을 해소한다 해도, 나는 눈도 깜박이지 않을 것이고 소리도 지르지 않을 거요.

  이제 나는 당신 속에 있소. 이제 내가 바로 당신이요. 끼니거리로 나를 먹어치운 여인이여.

9_ 쉐라톤호텔에서의 약속

"용기를 내기 위해, 자신감을 가지기 위해, 위스키를 스트레이트로 몇 잔 했어." 루크레시아 부인이 말했다. "변장하기 전에 마셔둬야지."

"취하시겠어요, 부인." 후스티니아나는 신이 나서 말했다. "왜 그렇게 자꾸 홀짝거리세요?"

"뻔뻔한 것, 지는 어떻고." 루크레시아 부인이 벌컥 화를 냈다. "무슨 일이 벌어질지 재미있어 죽겠지? 너도 홀짝거렸잖아. 날 돕는답시고 깔깔거리고 웃고만 있으면서. 그래, 지금 내 꼴이 이게 뭐니?"

"천박한 계집이죠 뭐." 후스티니아나는 부인에게 루즈를 발라주며 깔깔거렸다.

'내 생전 이 같은 미친 짓은 처음이다.' 루크레시아 부인은 생각했다. '폰치토보다 더 미친 것이다. 미친 리고베르토와 결혼한 것보다 더 미친 짓이다. 만일 약속을 지킨다면 죽을 때까지 후회하게 될 것이다.' 그러나 약속을 지키려 하고 있었다. 붉은 가발을 썼다. 머리에 딱 맞았다. 가발을 맞춘 가게에서 미리 확인해보았다. 산처럼 높은 구불구불한 머리채는 불길이 날름거리는 것 같았다. 자신을 알아 볼 수 없었다. 색기가 질질 흐르는 여자, 긴 모조 속눈썹을 붙인 여자, 커다란 둥근 귀고리를 단 여자, 입술에 붉은 루즈를 덕지덕지 처바른 여자. 50년대 멕시코 영화에서나 볼 수 있었던 눈가가 푸르스름한 요녀를 그대로 빼다 박은 모습이었다.

"세상에나, 세상에나, 아무도 못 알아보겠어요." 후스티니아나는 신기한다는 듯 손으로 입을 막으며 소리쳤다. "저도 누군 줄 모를 정도예요, 부인."

"천박한 계집쯤으로 보이겠지 뭐." 루크레시아 부인이 말했다.

위스키가 위력을 발휘하고 있었다. 주저하던 기색도 아주 사라지고 없었다. 이제 부인은 확연히 달라진 자신의 모습을 재미있다는 듯 거울에 비쳐보고 있었다. 후스티니아나 역시 점점 흥분해가고 있었다. 후스티니아나는 침대에 걸쳐두었던 옷을 부인에게 입혔다. 미니스커트는 너무 꼭 끼어 숨쉬기도 힘들었다. 끝에 금장식 붉은 대님이 달린 검은색 스타킹, 젖꼭지까지 드러날 정도로 가슴이 깊게 파인 알록달록한 블라우스. 크롬 도금한 뾰족구두도 신겨주었다. 후스티니아나는 한 걸음 떨어져 부인의 모습을 위에서 아래로, 아래에서 위로 살펴보았다. 후스티니아나는 부인을 넋을 잃고 쳐다보면서 감탄사를 연발했다.

"부인, 부인이 아닌 것 같아요. 아주 딴 사람 같아요. 이렇게 나가실 거죠? 그렇죠?"

"물론이지." 루크레시아 부인이 고개를 끄덕였다. "내일 아침까지 돌아오지 않으면, 경찰에 신고해."

부인은 지체 없이 비르헨 데 필라르 역으로 택시를 불렀다. 택시가 왔다. 부인은 거만하게 운전사에게 말했다. "쉐라톤호텔." 그제, 어제, 그리고 오늘 아침, 옷가지를 준비하는 동안에도 여전히 불안했다. 가지 않겠다고 다짐했었다. 그따위 터무니없는 짓거리는 돌아보지도 않겠다고 다짐했었다. 지독한 장난이 분명했던 것이다. 그러나 일단 택시를 타고나니 자신감이 생겼다. 그래, 끝까지 가볼 참이다. 될 대로 되라지. 시계를 쳐다보았다. 약속 시간은 밤 11시 30분에서 12시 사이였다. 이제 겨우 11시였다. 조금 일찍 도착하겠지. 술기운에 의지해 마음을 진정시켰다. 택시는 인적이 드문 산혼 가를 지나 시내로 향하고 있었다. 이런 생각이 들었다. 쉐라톤호텔에서 변장한 자신을 알아보는 사람이 있으면 어떻게 하지? 딱 잡아 뗄 것이다. 새된 소리로, 바로 그 천박한 계집들처럼 콧소리를 섞어가며 이렇게 쏘아붙일 것이다. '루크레시아라니? 난 아이다예요. 둘이 닮았나보죠? 그럼, 먼 친척뻘쯤 되겠네.' 시치미를 딱 잡아 뗄 것이다. 두려움이 완전히 사라졌다. '하룻밤쯤 창녀로 즐기는 거지 뭐.' 생각했다. 만족스러웠다. 택시운전사가 끊임없이 백미러를 통해 힐끔거리는 것을 알 수 있었다.

쉐라톤호텔로 들어가기 전에 짙은 색 선글라스를 썼다. 그날 오후 라파스 거리 노점에서 산, 안경테를 조개껍질로 작살처럼 만든 선글라스였다. 생긴 모양이 너무 촌스러워서, 또 크기가 얼굴 반을 가릴 수 있는 것이어서 고른 것이었다. 재빨리 로비를 지나 바로 향했다. 유니폼을 입은 보이들이 노골적으로 그녀를 쳐다보고 있었다. 그들 중 하나가 다가와 누구냐, 왜 왔느냐 하고 물어볼까, 아니 뻔한 겉모습만 보고 묻지도 않고 그냥 내쫓지나 않을까 두려웠다. 그러나 아무도 다가오지 않았다. 부인은 서두르지 않고 계단을 올라 바로 향했다. 어둠 속으로 들어오니 안심이 되었다. 호텔 입구는 너무 밝아 정신을 잃을 뻔했던 것이다. 위압적인, 감옥과 같은 초고층 건물. 벽·

복도·난간·침실이 겹겹이 쌓인 건물. 그 건물 아래 바가 자리 잡고 있었다. 불빛은 희미했고 담배연기가 떠다녔다. 손님이 있는 자리는 얼마 되지 않았다. 한물간 가수 — 도메니코 모두그노 — 가 반주에 맞춰 이탈리아 노래를 부르고 있었다. 클라우디아 카르디날레와 비토리오 가스만이 주연했던 옛날 영화가 생각났다. 바에서 사람들의 그림자가 얼씬거렸다. 바 안쪽 벽에 진열해 놓은 글라스와 술병이 파랗고 노랗게 빛나고 있었다. 한쪽에서는 어린 계집아이가 술에 취해 혀 꼬부라진 소리로 횡설수설하고 있었다.

다시 용기를 냈다. 무슨 일이 벌어져도 감당해낼 자신이 있었다. 안으로 들어가 바 앞에 있는 높은 의자를 차지하고 앉았다. 정면에 붙은 거울에 도깨비 같은 형상이 나타났다. 역겹다거나 우스꽝스러워 보이지 않았다. 오히려 사랑스럽게 보였다. 바텐더의 목소리를 듣는 순간 놀라 자빠질 뻔했다. 뻣뻣한 머리에 무스를 떡칠한 혼혈이었다. 몸에 헐렁한 조끼를 걸치고, 목을 조르는 것만 같은 줄 넥타이를 매고 있었다. 그 바텐더가 무례하게 반말을 지껄였던 것이다.

"돈 내지 않을 거면 그냥 꺼져."

발끈할 뻔했다. 그러나 다시 생각해보았다. 그래 오히려 다행한 일이다, 놈이 이렇게 나오는 것은 변장을 완벽하게 했다는 것을 증명하는 것이다. 목소리를 가다듬었다. 알랑거리는 코맹맹이 소리로 주문했다.

"블랙 라벨 언더락 한잔, 부탁해요."

남자는 의심스럽다는 듯이 물끄러미 부인을 쳐다보고 있었다. 진담인지 농담인지 재보는 것 같았다. 마침내 중얼거렸다. "언더락 한잔, 접수." 그리고 멀어져갔다. 부인은 생각했다. 그래, 변장은 완벽하다, 여기에 입만 삐죽거리면 금상첨화다. 엑스트라라지 박하향

'쿨' 담배도 달래야겠다. 그리고 담배를 피우며 깜박이 등이 반짝이는 천장으로 연기를 뿜어낼 것이다.

바텐더가 위스키와 함께 계산서도 가져왔다. 그러나 부인은 바텐더의 불신에 이의를 달지 않았다. 술값을 치렀다. 팁은 주지 않았다. 술잔을 막 입에 대려는 순간 누군가 옆자리에 앉았다. 몸이 가볍게 떨렸다. 놀이가 심각한 경지로 들어서고 있었다. 그러나 아니었다. 남자가 아니었다. 여자였다. 아주 젊은 여자였다. 바지에 목깃이 높은 짙은 색 민소매 폴로 티셔츠를 입고 있었다. 생머리가 찰랑거렸다. 얼굴이 뻔뻔스러워 보였다. 천박한 분위기였다. 에곤 실레의 그림에 나오는 계집애들 같았다.

"안녕." 간드러진 목소리가 귀에 익은 듯 했다. "우리 서로 아는 사이 아닌가?"

"아닌 것 같은데요." 루크레시아 부인이 대답했다.

"아는 사람 같아서, 미안해." 계집애가 말했다. "사실 난 기억력이 형편없거든. 여기 자주 오는 편이야?"

"가끔." 루크레시아 부인은 주저했다. 아는 아인가?

"쉐라톤호텔도 예전처럼 안전하지 않아." 계집애가 신음을 토했다. 계집애는 담배를 피워 물고 연기를 한 입 내뿜었다. 연기가 서서히 사라졌다. "사람들이 그러는데 금요일에 한 번 싹 잡아갔대."

루크레시아 부인은 상상해보았다. 번쩍 들려 경찰차에 처박힌다, 경찰서로 끌려간다, 창녀 리스트에 이름이 오른다.

"돈 내지 않을 거면 그냥 꺼져." 바텐더가 손가락질을 하며 옆에 앉은 계집애를 위협하고 있었다.

"엿이나 처먹어라, 이 냄새나는 잡종 새끼야." 계집애는 눈길도 돌리지 않고 맞받아 쳤다.

375

"언제 봐도 뻔뻔하단 말야, 아델리타." 바텐더가 이를 드러내며 웃었다. 루크레시아 부인이 보니 치석으로 이가 누런 것 같았다. "그냥 있어. 집처럼 생각해. 네 앞에서는 쪽을 쓸 수 없네."

바로 그 순간 루크레시아 부인은 계집애를 알아보았다. 세상에! 아델리타라니! 에스더의 딸이라니! 세상에나, 세상에나. 바로 그 내숭쟁이 에스더의 딸이 틀림없었다.

"에스더 부인의 따님이라구요?" 후스티니아나가 배꼽을 잡고 웃어젖혔다. "아델리타요? 그 꼬맹이 아델리타요? 폰치토 대모의 딸이라구요? 쉐라톤호텔에서 손님을 꼬시더라구요? 도저히 믿을 수 없어요, 부인. 아무리 그래도 그렇지, 도저히 못 믿겠어요."

"바로 그 아이였어. 어떤 꼴이었는지 넌 상상도 못 할 거야." 루크레시아 부인이 말했다. "얼마나 아양을 떨어대든지. 쫑알쫑알 거리며 물 만난 물고기처럼 바를 휘젓고 다니더라니까. 리마에서 가장 경험 많은 창녀 같았다니까."

"그럼 그 계집앤, 부인을 알아보지 못했어요?"

"모르더라고. 다행이었지. 지금까지 얘기는 아무것도 아냐. 우리가 거기서 얘기를 나누고 있는데, 그 작자가 불쑥 나타난 거야. 아델리타도 그를 알아보는 것 같았어."

큰 키, 단단한 몸집, 약간 뚱뚱해보였다. 약간 술에 취한 것 같았다. 안하무인격으로 거만을 떠는 것 같지는 않았다. 양복에 조끼까지 차려 입고 있었다. 마름모꼴 무늬가 지그재그로 난 반짝이는 넥타이가 풀무처럼 오르락내리락했다. 50대로 보였다. 남자는 두 여자 사이에 비집고 앉아 두 여자를 껴안았다. 마치 오래된 친구를 대하는 척했다. 남자가 인사조로 말했다.

"제 방으로 가실까? 좋은 술에 코를 호강시킬 만한 것도 있는데. 말

잘 듣는 아가씨라면 달러를 마구 쏟아 부을 수도 있지."

루크레시아 부인은 아찔했다. 남자의 입김이 얼굴에 닿았다. 얼굴이 너무 가까웠다. 조금만 움직여도 입술이 닿을 것 같았다.

"아저씨, 혼자야?" 계집애가 아양을 떨며 물었다.

"더이상 누가 필요해?" 남자는 지갑이 들어있을 것 같은 주머니를 툭툭 치며 입술을 핥았다. "두당 큰 걸로 한 장, 오케이? 선불로 계산하지."

"10달러나 50달러짜리가 없다면 솔이 좋겠는데." 아델리타가 즉시 대답했다. "100달러짜리는 대부분 위조지폐거든."

"오케이, 오케이. 50짜리 좋아." 남자가 약속했다. "자 가실까요, 아가씨들."

"전 누굴 좀 기다려요." 루크레시아 부인은 사양했다. "죄송합니다."

"좀 기다리라지." 남자가 재촉했다.

"안 돼요, 정말이에요."

"정 그렇다면, 우리 둘만 올라가지 뭐." 아델리타가 남자의 팔짱을 끼며 끼어들었다. "끝내주게 해줄게, 아저씨."

그러나 남자는 실망한 듯 아델리타를 뿌리쳤다.

"너 혼자라면 됐네. 오늘밤 자축할 일이 있단 말야. 경마에서 세 번이나 이겼다구. 특별 경기에서도 이겼단 말야. 무슨 말인지 알아? 며칠 전부터 별러오던 일을 해치워야겠어. 뭔지 말해줄까?" 남자는 두 여자를 하나하나 진지한 눈빛으로 쳐다보았다. 남자는 넥타이를 느슨하게 풀더니 다시 꼭 조였다. 모양에는 신경도 쓰지 않았다. "오늘은 두 여자를 한꺼번에 따먹고 싶단 말야. 거울을 통해 볼 거야. 두 여자를 권좌에 앉혀 서로 더듬고 핥는 꼴을 보고 싶어. 물론 그 권좌

377

는 내 몸뚱이지."

'에곤 실레와 판박이네.' 루크레시아 부인은 생각했다. 천박하게 노는 남자가 그리 혐오스럽지 않았다. 남자의 번쩍이는 눈동자에 남자의 욕구가 그대로 드러나 있었다.

"욕심 많게 한꺼번에 그렇게 많은 걸 원하다니, 아저씨, 대머리 되시겠어." 아델리타는 종주먹질을 하며 깔깔거렸다.

"내 평생소원이야. 경마에도 이기고 했으니, 오늘밤 해치우고 말 거야." 남자가 으스대며 말했다. 남자가 작별인사를 건넸다. "바쁘다니 유감이네, 광대 아가씨. 빨강머리이긴 해도 마음에 들었는데 말야. 잘 있어, 아가씨들."

남자가 탁자 사이로 멀어져갔다. 아까보다 사람들이 더 많았다. 담배연기도 더욱 짙어졌다. 사람들의 얘기소리도 한층 소란스러워졌다. 음악도 후안 루이스 게라의 메렝게로 바뀌어 있었다. 아델리타가 실망했다는 표정으로 루크레시아 부인 쪽으로 고개를 기울였다.

"약속 있다는 거 진짜야? 저 사람 저거 순 거저먹기였는데. 경마 얘기는 둘러댄 얘기일 뿐이야. 저 사람 저거 중독이야. 세상이 다 알아. 항상 저런 식이야. 저 사람 별명이 조루증이야. 얼마나 급한지, 시작도 하기 전에 종치는 거지. 에이 씨, 거저먹기였는데."

루크레시아 부인은 알 만하다는 미소를 지으려했으나 실패했다. 에스더의 딸내미가 어떻게 이따위 말을 늘어놓을 수 있단 말인가? 그렇게나 거만하고, 그렇게나 돈이 많고, 그렇게나 시건방지고, 그렇게나 우아를 떨고, 그렇게나 믿음이 강한 여자의 딸내미가 말이다. 에스더의 딸, 바로 폰치토의 대모의 딸이 아닌가. 계집애는 계속해서 낯뜨거운 얘기를 주절거리고 있었다. 루크레시아 부인은 벌어진 입을 다물 수 없었다.

"어느 덜떨어진 년 때문에 기회를 날렸네. 반시간, 아니 15분 만에 100달러를 벌 수 있었는데." 계집애가 투덜거렸다. "난 말이야, 심심풀이 삼아 너와 함께 올라가 한탕 뛰고 싶었는데, 정말이야. 금방 빠져나올 수 있었다구. 처음 만난 사이에 할 얘긴 아니지만, 내가 지겨운 건 말이야, 부부가 부르는 거야. 마누라쟁이를 주물러대고 있으면 남편이라는 작자는 눈깔이 빠져라 보고 있다니까. 아주 더러워 죽겠어! 그런 짓거리를 하는 년이 얼마나 창피한지 알아? 웃어주어야지, 알랑거려야지, 입에 술까지 갖다 바쳐야 한다니까. 씨발, 어쩔 땐 구역질까지 난다니까. 진짜야. 그러다가 울음이라도 터뜨려 봐. 아주 죽을 맛이지. 그런 연놈들은 싹 다 죽여버리고 싶어. 그런 연놈들하고 몇 시간씩 지내봐. 원하든 말든, 돈만 버리는 짓거리라니까. 난 말이야, 성질이 급해서 말이야. 너도 그런 일 당해봤어?"

"그게, 그러니까." 루크레시아 부인은 대답을 해줘야 할 것 같았지만, 말이 제대로 나와주지 않았다. "가끔은."

"더 지랄 같은 경우도 있어요. 친구 두 놈이라거나, 계집 둘이라거나, 한 떼의 패거리들이 불러내면 그땐 죽었다 복창해야지. 그렇지 않아?" 아델리타가 한숨을 내쉬었다. 목소리가 변해 있었다. 루크레시아 부인은 이 계집애가 무슨 큰일을 당했는가 싶었다. 변태나 미친 놈이나 짐승 같은 놈을 만난 모양이지. "사내새끼들이란 둘만 모여도 얼마나 지랄발광을 부리는지 원. 온갖 이상한 짓을 다 시켜요. 나팔불기, 샌드위치 만들기, 아이 놀리기. 지 에미 애비한테나 시켜볼 일이지. 초면에 실례지만 말이야, 난 말이야, 아이 놀리기는 죽었다 깨어나도 싫어. 정말 싫어. 역겨워. 아주 병까지 날 지경이야. 2백 달러를 준다 해도 그따위 짓은 못하겠어. 넌 어때?"

"나, 나도 그래." 루크레시아 부인은 더듬거렸다. "역겹고 병까지나, 너와 마찬가지야. 그따위 짓은 2백 달러가 아니라 천 달러를 준다 해도 사양이야."

"그래? 천? 글쎄." 계집애가 웃었다. "이거 알아? 우린 서로 닮은꼴이야. 그래, 여기서 약속이 있다고 했지 아마. 그럼 덜떨어진 경마쟁이는 다음 기회에 한 번 같이 털어먹지 뭐. 안녕, 재미 많이 봐."

계집애는 일어나 가까이 다가온 호리호리한 그림자에게 자리를 양보했다. 루크레시아 부인은 희미한 빛으로 젊은 사람이라는 것을 알 수 있었다. 금발에 앳돼 보이는 얼굴이었다. 누군가를 닮은 것 같았다. 누굴 닮았을까? 폰치토! 폰치토의 10년 후 모습이었다. 강인한 눈빛에 잘빠진 몸매였다. 맵시 나는 푸른색 정장, 넥타이 색과 같은 장밋빛 손수건을 윗도리 주머니에 꽂고 있었다.

"'개인주의'라는 말을 발명한 사람은 알렉시스 데 토크빌입니다." 인사조로 하는 말이었다. 날카로운 음성이었다. "맞습니까, 틀립니까?"

"맞습니다." 루크레시아 부인은 식은땀을 흘리기 시작했다. 이제 무슨 일이 벌어지려고 이러나? 끝까지 가볼 작정이었다. 부인은 덧붙였다. "알돈사라고 합니다. 로마에서 태어난 안달루시아 여자랍니다. 창녀로 별도 따고 훔치기도 합니다. 분부만 내리십시오."

"창녀라는 말밖에는 모르겠는데요." 후스티니아나가 토를 달았다. 후스티니아나는 부인의 얘기에 온통 빠져 있었다. "진지하게 그러셨어요? 웃지는 않으셨어요? 이런, 끼어들어 죄송해요, 부인."

"따라 오십시오." 남자가 말했다. 농담기라고는 조금도 없었다. 남자는 로봇처럼 움직였다.

루크레시아 부인은 의자에서 내려왔다. 바텐더가 알 만하다는 듯한 눈초리로 부인을 쳐다보고 있었다. 부인은 금발의 젊은이를 따라

〈자화상〉, 1912

갔다. 젊은이는 사람들로 가득 찬 테이블 사이를 누비며, 연기로 가득 찬 허공을 가르며 바 입구 쪽으로 서둘러 걸어 나갔다. 젊은이는 복도를 지나 엘리베이터 쪽으로 향했다. 루크레시아 부인은 젊은이가 24층 버튼을 누르는 것을 보았다. 심장이 두근거렸다. 빠른 엘리베이터 속도 때문에 빈속이 울렁거렸다. 엘리베이터에서 나오자 방문이 하나 열렸다. 스위트룸 입구였다. 커다란 크리스털 유리창을 통해 발치까지 빛줄기가 밀려들었다. 그림자가 어른거렸다.

"가발을 벗고 욕실에서 옷을 벗어." 젊은이가 방 하나를 가리켰다. 출입문 바로 옆이었다. 그러나 루크레시아 부인은 한발자국도 뗄 수 없었다. 젊은이의 얼굴에서 시선을 뗄 수 없었다. 눈빛이 강렬했다. 머리카락 — 금발이라고 생각했는데 밝은 불빛 아래에서 보니 밝은 갈색이었다 — 이 이마로 흘러 내려와 있었다. 세상에 이럴 수가? 닮아도 너무 닮았다.

"에곤 실레와 그렇게 닮았더란 말이죠?" 후스티니아나가 끼어들었다. "폰치토가 사족을 못 쓰는 그 괴짜 화가 말이죠? 그림을 그릴 때 모델들과 몰염치한 짓을 저질렀던 그 뻔뻔한 화가 말이죠?"

"왜 내가 놀랐을 거라고 생각하는 거니? 놀란 사람은 바로 그 사람이었어."

"내가 그 화가와 닮았다는 사실은 이미 알고 있어." 젊은이가 루크레시아 부인에게 설명했다. 여전히 사무적이고 딱딱한 비사교적인 어조였다. 젊은이는 부인을 처음 만났을 때부터 줄곧 이런 식으로 말했다. "그래서 그렇게 쩔쩔매시는 거야? 그래, 닮았어. 그래서? 에곤 실레가 나를 통해 환생한 거라고 믿는 거야? 너무 웃기는 얘기 아냐? 안 그래?"

"그게, 너무 닮아서 말문이 막혔어." 루크레시아 부인은 젊은이를 찬찬히 살펴보았다. 확실했다. "얼굴만이 아냐. 빼빼 마른 몸매도 똑같아. 커다란 손도 똑같고. 손가락으로 장난하는 것도 그래. 엄지손가락을 감추는 것까지 말이지. 똑같아. 사진으로 본 에곤 실레의 모습과 진짜 똑같아. 어떻게 이럴 수 있지?"

"공연히 시간 낭비하지 말자구." 젊은이가 말했다. 냉정했다. 불쾌한 표정을 지었다. "그 역겨운 가발, 그 촌스런 귀고리와 목걸이는 벗어던져. 침실에서 기다리지. 옷 벗고 와."

도전적인, 그러나 쉽게 상처 입을 것 같은 표정이었다. 루크레시아 부인은 생각했다. 버르장머리는 없어도 머리는 똑똑하겠는걸. 난폭하고 무례하고 시건방을 떠는 것이 어미 속깨나 썩였을 것 같았다. 부인은 그때 에곤 실레를 생각하고 있었을까, 아니면 폰치토를 생각하고 있었을까? 루크레시아 부인은 확신할 수 있었다. 리고베르토의 아들도 조만간 저 젊은이와 같이 될 것이다.

'바로 이 순간부터 힘겨운 일이 시작되겠지.' 루크레시아 부인은 생각했다. 부인은 확실히 알 수 있었다. 폰치토와 에곤 실레를 닮은 저 젊은이는 방문을 이중으로 잠갔을 것이다. 그러니 원한다고 해서 이 방을 빠져나갈 수는 없을 것이다. 이곳에서 밤을 꼬박 새야 할 것이다. 두려움이 밀려들었지만 궁금증도 그에 못지않았다. 심지어 짜릿짜릿한 흥분까지 느낄 수 있었다. 저 냉정한, 날씬한 젊은이에게 몸을 내맡기는 수밖에 없다. 무슨 일이야 있겠어. 거의 어른 같은 젊은 폰치토나 회춘한 리고베르토, 그러니까, 거의 아이 같은 젊은 리고베르토와 정사를 치르는 정도겠지 뭐. 그런 생각을 하니 웃음이 비어져 나왔다. 욕실 거울을 들여다보았다. 느긋한 표정, 즐기는 듯한 표정이었다. 옷을 벗는 데 애를 먹었다. 두 손은 눈 속에 파묻혔던 것처럼 뻣뻣했다. 꼴사나운 가발을 벗고 허리를 졸라매던 미니스커트를 벗었다. 숨통이 트였다. 브래지어와 앞만 살짝 가린 검은색 레이스 팬티는 벗지 않았다. 욕실을 나가기 전에 마음의 여유를 찾았다. 문 앞에 잠시 머물러 머리에 쓰고 있던 머리 그물을 벗고 머리를 매만졌다. 다시 두려움이 엄습했다. '여기서 살아서 빠져나가지 못할지도 몰라.' 그러나 여기까지 온 것을 후회하지는 않았다. 이런 어처구니없는 짓거리도 결국 리고베르토(아니 폰치토일까?)를 즐겁게 해주기 위한 것이었다. 욕실을 빠져나왔다. 젊은이는 방안의 모든 불을 꺼버렸다. 한쪽 구석에 작은 전기스탠드 하나만 켜져 있었다. 엄청나게 큰 창문, 뒤집힌 하늘, 그 하늘 아래 수천 마리의 반딧불이들이 빛을 깜박이고 있었다. 어둠에 잠긴 리마, 대도시의 탈을 쓴 리마. 누더기도 기름때도 악취도 어둠 속에 감춘 리마. 잔잔한 음악이, 하프·플루트·바이올린 음색이 어스름을 적시고 있었다. 초조한 심정으로 젊은이가 가르쳐준 방문을 향해 걸어가는 동안 강렬한 흥분이 물밀듯 밀려들었다. 젖꼭지가 발딱 일어섰다('리고베르토는 이걸 보면 매번 사족을 못 썼지'). 카펫 위를 조용히 미끄러지듯 걸었다. 손가락 마디로 문을 두드렸다. 소리 없이 문이 열렸다.

"그러니까, 아까 그 사람들이 거기 있었단 말이죠?" 후스티니아나가 못 믿겠다는 듯 소리쳤다. "세상에 그럴 수가 있을까. 아까 그 두 사람이 말이죠? 에스더 부인의 딸내미 아델리타가 말이죠?"

"게다가 경마에 미친 사람이라나, 중독 환자라나 하는 남자도 있었어." 루크레시아 부인이 대답했다. "그래, 그 두 사람이 침대에 있더군."

"물론 홀딱 벗고 있었겠죠." 후스티니아나는 눈을 번뜩이며 손으로 입을 막고 웃음을 터뜨렸다. "둘이서 부인을 기다리고 있었단 말이죠?"

방은 보통의 호텔 방보다 크게 보였다. 아무리 사치스런 스위트룸이라 해도 지나치게 큰 것 같았다. 루크레시아 부인은 방의 크기를 정확하게 가늠할 수 없었다. 침대 머리맡에 등이 하나 켜져 있을 뿐이었다. 동그란 불빛, 전갈색 등피를 통해 나온 붉은 빛 한 줄기가 역청색 시트 — 짙은 루쿠모 열매 무늬 시트가 더블 베드를 뒤덮고 있었다 — 위에서 벌거벗은 몸으로 껴안고 있는 한 쌍의 남녀를 고스란히 드러내고 있을 뿐이었다. 방의 나머지 부분은 어둠에 잠겨 있었다.

"이리와, 이쁜이." 남자는 아델리타의 하반신을 올라탄 채 몸을 핥아대며 손을 들어 루크레시아 부인을 맞았다. "한 잔 해. 탁자 위에 샴페인이 있어. 저기 은 담배 케이스에 코카인도 있어."

루크레시아 부인은 아델리타와 경마에 미친 남자를 보고 놀라긴 했지만 입이 험하고 몸매가 날씬한 젊은이를 잊지는 않았다. 이미 사라져버렸단 말인가? 어둠 속에서 훔쳐보고 있단 말인가?

"안녕, 동업자." 아델리타가 남자의 등 너머로 장난기가 서린 얼굴을 내밀었다. "그래 잘 생각했어. 약속 따위가 무슨 대수야? 이리와, 어서. 춥지 않아? 여긴 따스해."

두려움이 완전히 사라졌다. 루크레시아 부인은 탁자로 다가가 얼음 통에 간수해둔 샴페인 병을 꺼내 한잔 마셨다. 내친김에 코카인도 한 번 빨아봐? 루크레시아 부인은 어둠 속에서 샴페인을 홀짝거리며 생각했다. '이건 뭐에 홀린 게 분명해. 기적일 리가 없어.' 남자는 옷을 입고 있을 때보다 훨씬 뚱뚱한 편이었다. 반점이 있는 허여멀건 몸뚱이, 배에 층층이 잡힌 주름살, 반질반질한 엉덩이, 짧은 팔다리, 시커먼 털. 반면에 아델리타는 생각했던 것보다 더 마른 몸매였다. 바싹 마른 몸뚱이, 가무잡잡한 피부, 골반 뼈가 툭 튀어나온 가녀린 허리. 아델리타는 경마쟁이 남자와 서로 뒤엉켜 서로의 몸뚱이를 빨아대고 있었다. 그러나 루크레시아 부인은 알 수 있었다. 아델리타는 시늉만 낼 뿐 남자의 몸에 입을 대기는커녕 오히려 피하고 있었다.

"빨리 와, 빨리. 더이상 참을 수 없어." 남자가 다급하게 사정했다. "아이고 죽겠다, 아이고 죽겠다. 지금이야, 어서."

조금 전의 흥분은 말끔히 사라져버렸다. 이젠 역겹기까지 했다. 그러나 루크레시아 부인은 단숨에 술을 들이키고 남자의 말에 따랐다. 침대로 다가가며 다시 창문 밖을 내다보았다. 저 아래, 저 위에, 코르디예라 산맥이 시작되는 아득한 곳에서 빛의 홍수가 쏟아지고 있었다. 루크레시아 부인은 침대 한 귀퉁이에 걸터앉았다. 두렵지는 않았다. 그러나 심란했고 갈수록 역겨워졌다. 손이 하나 불쑥 나와 부인의 팔을 붙잡고, 푸석푸석한 보잘것없는 몸뚱이 밑으로 부인을 끌어당겨 억지로 눕게 만들었다. 부인은 몸에서 힘을 뺐다. 하는 대로 내버려두었다. 의욕을 잃고 말았다. 체면을 버렸다. 될 대로 되라. 계속 혼자 중얼거렸다. '울면 안 돼, 루크레시아, 울면 안 돼.' 남자는 왼손으로는 루크레시아 부인을 오른손으로는 아델리타를 붙잡고, 고개를 돌려가며 두 여자의 목덜미·귓불·입술을 번갈아 핥아댔다. 루크레시아 부인은 아델리타의 얼굴을 바로 코앞에서 볼 수 있었다. 머리는 산발이었고 얼굴은 벌겋게 상기되어 있었다. 무슨 음모나 조롱이나 경멸감 같은 것이 눈에 번뜩였다. 부인은 용기를 냈다. 남자의 입술과 이빨이 부인의 입으로 달려들어 부인의 입을 벌리려 하고 있었다. 남자의 혓바닥이 부인의 입안으로 파고들었다. 마치 한 마리 뱀 같았다.

"널 쑤시고 싶어." 남자는 부인을 깨물며, 부인의 젖가슴을 주물럭거리며 애원했다. "올라 타, 올라 타. 빨리, 지금 갈 것 같아."

부인은 망설였다. 아델리타가 부인을 도와 남자의 몸을 올라타게 했다. 다리 하나를 들어 남자를 올라탔다. 부인은 면도로 털을 밀어버린 보지를 남자의 자지 앞에 갖다댔다. 남자의 자지에도 털이 별로 남아 있지 않았다. 그때 뭔가가 밑을 쑤시는 것 같았다. 조금 전에 발로 문질러주었던 저 한심한 물건이, 변변히 서지도 못하던 저 물건이 내 속으로 들어올 정도로 커졌단 말인가? 대번에 파고들었다. 충격에 몸이 들썩거렸다. 구멍이 뚫렸다. 눈앞이 아찔할 정도로 엄청난 힘이었다.

"둘이 키스해, 둘이서 쪽쪽 빨라구!" 경마쟁이 남자가 징징거렸다. "잘 안 보여, 이런 씨팔. 거울이 빠졌잖아!"

머리끝에서 발끝까지 땀으로 흥건히 젖었다. 정신이 없었다. 너무 아팠다. 눈을 뜰 수도 없었다. 루크레시아 부인은 팔을 뻗어 아델리타의 얼굴을 찾아 더듬거렸다. 얇은 입술이 손끝에 닿았다. 입으로 당겼다. 그러나 소녀는 입술을 비벼대면서도 입을 열지 않았다. 부인이 혀끝으로 입술을 벌리려 했지만 벌어지지 않았다. 바로 그 순간, 속눈썹 사이로, 이마로 흘러내리는 땀방울 사이로 부인은 볼 수 있었다. 사라졌던 젊은이가 눈을 빛내며 부인을 바라보고 있었다. 천장까지 닿는 높은 사다리 위에서 몸의 균형을 잡으며 부인을 내려다보고 있었던 것이다. 붓글씨가 쓰여진 래커를 칠한 병풍 같은 것으로 몸을 반쯤 가리고 있었다. 쫑긋한 귀, 불꽃이 튀는 눈, 일그러진 입. 젊은이가 부인의 모습을, 세 사람의 모습을 새하얀 판지에 기다란 목탄으로 정신없이 그리고 있었다. 마치, 접이식 사다리 위에 웅크리고 있는 한 마리 사나운 새 같았다. 그 젊은이가 세 사람을 바라보고 있었다. 세 사람을 재고 있었다. 세 사람의 모습을 일필휘지로 그려내고 있었다. 살기등등한 눈빛으로. 젊은이의 눈은 판지에서 침대로, 침대에서 판지로 왔다 갔다 했다. 다른 것에는 아랑곳하지 않았다. 창문 발치에 흩어져 내린 리마의 빛도 아랑곳하지 않았다. 바지 앞섶 단추가 열리면서 빠져나온 자지가 방안을 가득 채울 태세로 뻣뻣하게 부풀어 올라도 신경 쓰지 않았다. 하늘을 나는 뱀처럼 사다리 위에서 균형을 잡고 있었다. 외눈박이 거인과 같은 눈으로 루크레시아 부인을 바라보고 있었다. 부인은 놀라지 않았다. 부인 역시 신경도 쓰지 않았다. 루크레시아 부인은 남자를 올라탄 채, 흥분으로 몸을 꼬며, 아득한 눈으로, 감사함을 느끼며, 충만함을 만끽하며 생각했다. 폰치토일까? 리고베르토일까?

"왜 계속 방아질이야, 나 이미 간 것 몰라?" 경마쟁이 남자가 징징거렸다. 어스름 속에서 보니 얼굴이 똥색이었다. 남자는 버릇없는 아이처럼 얼굴을 찡그렸다. "이런 씨팔, 항상 이 지랄이야. 시작이다 싶으면 땡이야. 참아낼 수가 없어. 방법이 없어, 방법이. 전문가 놈에게 찾아갔더니 진흙 목욕을 하라더구먼. 니미미 씹이다. 복통에 구역질까지. 마사지는 또 어떻구. 지랄 염병. 라 비토리아 거리에 있는 돌팔이도 찾아가 봤어. 날 똥물 냄새가 나는 풀물 욕조에 처넣더구먼. 재미 보았냐구? 천만에. 예전보다 더 심해졌어. 씨팔 좆도. 무슨 죄로 이 꼴인지."

남자는 신음을 토하고 흐느꼈다.

"아저씨, 울지 마. 원대로 했잖아." 아델리타가 남자를 위로했다. 아델리타는 흐느끼는 남자의 목에 다리를 걸어 옆으로 넘어뜨렸다.

두 사람은 에곤 실레, 아니 그 분신을 보지 못한 것 같았다. '그'는 1미터 정도 높은 곳에서 균형을 잡고 있었다. 사다리 위에서 떨어지지 않기 위해, 무게 중심을 잃지 않기 위해 안간힘을 쓰고 있었다. 다행히 침대 위에서 흔들거리는 그 거대한 자지가 균형을 잡아주고 있

〈거울 앞에 선 누드 모델을 그리는 실레〉, 부분.

었다. 희미한 빛 속에서 자지에 돋은 선홍색 잔주름과 꿈틀거리는 핏줄이 번쩍이고 있었다. 아델리타와 남자는 '그'의 소리도 전혀 못 듣는 것 같았다. 루크레시아 부인은 분명히 들었다. '그'는 끊임없이 중얼거리고 있었다. 무슨 주문처럼 들렸다. 무서워 떠는 소리도 같았고, 싸움을 거는 소리도 같았다. '나는 세상에서 가장 겁쟁이다. 나는 신성한 존재다.'

"이제 쉬어, 동업자. 뭐 하는 거야? 작업 종료야." 아델리타가 부드럽게 말했다.

"가면 안 돼. 먼저 벌을 줘야지. 그냥 가게 해선 안 돼. 벌을 줘. 지금 당장 두 여자를 두들겨 패란 말야."

폰치토였다. 당연한 일이었다. 아니었다. 열심히 그림에 매달린 화가가 아니었다. 바로 그 아이였다. 자신의 의붓자식이었다. 리고베르토의 아들이었다. 리고베르토도 여기 있는 건 아닐까? 그랬다. 어디? 어딘가에 숨어 있겠지. 이 방 어딘가에, 어둠 속에 숨어 있겠지. 루크레시아 부인은 입을 다물었다. 몸이 웅크려들었다. 흥분이 싹 가셨다. 겁이 났다. 루크레시아 부인은 손으로 젖가슴을 가리고 좌우를 둘러보았다. 마침내 찾아냈다. 커다란 거울에 모습이 나타났다. 자신의 모습도 볼 수 있었다. 에곤 실레의 그림에 나오는 모델과 같은 모습이었다. 희미한 빛이었지만 두 사람의 모습을 또렷이 볼 수 있었다. 아버지와 아들 — 아버지는 흐뭇한 표정으로 세 사람을 지켜보고 있었고, 아들은 폭발 일보 직전으로 흥분해 있었다. 아이의 천사 같은 얼굴은 '두들겨 패, 두들겨 패'라고 소리치느라 벌겋게 달아올라 있었다 — 은 침대 앞 의자 — 특별관람석처럼 보였다 — 에 나란히 앉아 있었다.

"아저씨와 폰치토까지 그 자리에 나타났단 말이지요?" 후스티니아나가 소리쳤다. 불쾌하고 한심스럽다는 투가 역력했다. "정말이지 아무도 믿지 못할 얘기네요."

"느긋하게 앉아 우릴 보고 있더군." 루크레시아 부인이 고개를 끄덕였다. "리고베르토는 이해하고 용서한다는 표정을 진지하게 짓고 있었고, 아이 놈은 여느 때와 같이 촐랑대며 나대고 있었지."

"저는 부인을 정말 모르겠어요." 후스티니아나가 부인의 말허리를 자르며 자리를 박차고 일어났다. "지금 당장 찬물을 한 번 뒤집어써야 할 것 같아요. 밤새 뒤척거리긴 싫거든요. 재미있는 얘기였지만 골치가 아프고 몸서리가 나네요. 못미더우시면 여길 만져보세요. 얼마나 벌렁거리는지 아실 수 있을 거예요."

구더기의 침

나는 당신이 일종의 필요악이라는 사실을, 당신 없는 세상은 살맛 나지 않는 세상이라는 사실을 너무나 잘 알고 있습니다. 그러나 나는 당신이야말로 내가 혐오하는 모든 것을 대변하는 사람이라는 점을 밝히지 않을 수 없습니다. 사회 전체적으로 봐도 그렇고 내 개인적으로 봐도 그렇습니다. 나는 적게 잡아도 4반세기가 넘도록, 월요일부터 금요일까지, 아침 9시부터 저녁 6시까지, 열심히 일해온 사람입니다. 그리고 제대로 살아남기 위해서는 이런저런 시시껄렁한 일들(칵테일파티, 세미나, 피로연, 회의)도 피할 수 없습니다. 나 역시 일종의 관료라고 할 수 있습니다. 공공기관이 아니라 일반 회사에서 근무하지만 말입니다. 나는 당신과 마찬가지로, 아니 바로 당신 잘못으로,

이 25년 동안 내 에너지와 시간과 재능(내게도 재능이 있었다면 말이지만)을 모두 탕진하고 말았습니다. 수속절차네 업무처리네 신청서 작성이네 청원이네 소송이네 하는 것으로 바닥나고 만 겁니다. 이 모든 일은 당신이 월급을 받아먹기 위해, 당신 엉덩이 붙일 곳을 확보하기 위해 꾸며낸 것들이었습니다. 그 때문에 내게는 내 의지대로 일을 처리할 수 있는 짬이 전혀 없었고, 창조적이라고 부를 만한 일을 꾸려 나갈 여지가 전혀 없었습니다. 보험 업무라는 것과 창조성이라는 것이 이 우주의 토성과 명왕성처럼 전혀 별개의 것이라는 사실을 나는 알고 있습니다. 그러나 그 거리도 그렇게 까마득한 것만은 아닐 겁니다. 당신이, 규정만 따지는 히드라 같은 당신이, 한없이 뺑뺑이를 돌리는 당신이, 산더미 같은 서류를 요구하는 당신이 그 거리를 그렇게 아득하게 만들지 않았다면 말입니다. 보험이네 재보험이네 하는 삭막한 업무 중에서도 우리 인간의 상상력은 충분히 발휘될 수 있습니다. 지적 욕구를, 심지어 쾌락까지 이끌어낼 수 있습니다. 그러나 당신은, 사람의 숨통을 조이는 규정이라는 그물 — 살이 뒤룩뒤룩 찐 당신네 관료들이란 다 그렇지 않습니까. 규정이네 약관이네 해서 공평한 보험금 지급을 엉망으로 만들고, 공갈이나 뇌물 따위를 부추기고, 교통사고나 절도 등에 대한 알리바이를 수도 없이 조장하고 있지 않습니까 — 에서 헤어 나오지 못하는 당신은, 보험회사 업무를 지독하게 따분한 일로 만들고 말았습니다. 마치 장 팅글리가 만든 기계와 마찬가지인 셈입니다. 장 팅글리가 발명한 복잡한 기계. 체인이 돌아간다, 도르래가 오르내린다, 레일이 돈다, 삽이나 숟가락이 돈다, 피스톤이 움직인다 하지만, 결과적으로 나오는 것은 기껏 탁구공 하나뿐이란 말입니다(당신은 팅글리가 누군지 모르겠지요. 당신이 그 사람을 안다면 이상한 일입니다. 나는 확신할 수 있습니다. 당신이 우연이 그 사람 작품을 만났다 하더라도 당신은 거기에 설득되지 않을 만반의 준비를 갖추고 있었을 겁니다. 그래서 그 조각가의 작품이 쏟아대는 혹독한 비난을 나 몰라라 해버렸을 겁니다. 이 조각가야말로 내 심정을 이해할 수 있는 몇 안 되는 현대 예술가 중 한 사람입니다).

    나는 변호사 자격증을 따자마자 이 회사에 입사했습니다. 법률을 담당하는 부서의 말단직이었습니다. 그러나 승진에 승진을 거듭해 입사 5년 만에 지배인 자리에 오를 수 있었고, 이사회 임원이 될 수 있었고, 회사 주식도 상당량 차지할 수 있게 되었습니다. 어떻습니까. 당신은 이렇게 생각할지도 모릅니다. 그런 조건이라면 불평할 게 뭐 있느냐, 배은망덕이 아니냐, 지금 호강에 초를 치는 격이 아니냐. 자기 집과 자기 자가용을 지닌 사람이, 1년에 두세 차례 미국이나 유럽으로 휴가를 떠날 수 있는 사람이, 우리 국민 중 5분의 4 이상이 꿈도 꿀 수 없는 편안함과 안정감을 누리고 사는 사람이 지금 페루에 얼마나 있다고 그 따위 불평이냐 하고 말입니다. 구구절절 옳은 말입니다. 그뿐만이 아니지요. 나는 내 직업으로 성공(당신네는 그렇게 부르지요, 그렇지요?)한 덕에 내 집을 책과 조각품과 그림으로 가득 채울 수도 있었습니다. 그래서 요즘 기승을 부리고 있는 어줍잖은 바보짓(그러니까 당신으로 대변되는 그 모든 것)과 담을 쌓고 살 수 있게 되었고, 나 혼자 환상의 나래를 펼칠 수 있는 자유로운 공간도 확보할 수 있었습니다. 그 안에서 나는 날마다, 아니 밤마다, 당신네들이 조작해내 뜯어먹고 사는 그 짐승 같은 인습과 비천한 일상과 부화뇌동으로 이리저리 떠밀려 다니는 짓거리들로부터 안전하게 지낼 수 있는 겁니다. 그리고 그 안에서 나는 내 자신의 삶을 살고 있습니다. 정말입니다. 낮 동안에는 튼튼한 철창 속에 감춰둘 수밖에 없었던 ― 바로 당신 때문에 말입니다 ― 천사와 악마를 불러내 함께 살 수 있다는 말입니다.

당신은 또 이렇게 말할 수도 있겠지요. '사무실에서 보내는 시간이 그렇게나 지겹고, 편지·보험증권·보고서·약정서·청구서·허가서·변론서 등이 그렇게나 싫증난다면, 용기를 내서 그 모든 것을 팽개쳐버리면 될 게 아니냐? 그리고 환상과 욕망의 삶이 진정한 삶이라면 그 삶을 살면 될 게 아니냐? 밤뿐만 아니라 아침 점심 저녁때까지 말이다. 왜 인생의 반 이상을 관료라는 짐승에게 빼앗기면서 천사와 악마를 감방살이시킨단 말이냐?' 타당한 질문입니다. 나 역시 수도 없이 그런 생각을 해보았습니다. 그렇지만 내 대답은 한결같았습니다. '환상과 쾌락과 자유로운 욕망의 세계는, 내 사랑하는 유일한 조국은, 궁핍하거나 옹색하거나 경제적으로 쪼들리거나 빚더미에 치이거나 하면 살아남을 수 없다. 꿈과 욕망으로 배를 채울 수는 없다. 내 존재 자체가 궁색해지고, 내가 나 자신을 참아내지 못할 것이다.' 나는 영웅이 아닙니다. 예술가도 아닙니다. 내게는 재능도 없습니다. 언젠가는 나를 구원해줄 수 있는 '작품'을 만들 수 있으리라는 기대로 내 자신을 위로할 처지가 아니란 말입니다. 내게는 구별할 수 있는 재능 — 이 점이 내가 당신보다 나은 점입니다. 후천적으로 결정된 당신의 조건 때문에 당신은 윤리적이고 미학적인 차이를 전혀 구별해내지 못하겠지요 — 밖에 없습니다. 나는 나를 둘러싸고 있는 것들이 제 아무리 복잡하게 얽혀 있다 해도 그 속에서 내가 사랑하는 것과 혐오하는 것을, 내 삶을 아름답게 가꾸어주는 것과 바보 같은 짓거리로 추악하게 만드는 것을, 내 기분을 들뜨게 만드는 것과 주눅 들게 만드는 것을, 내게 기쁨을 안겨주는 것과 슬픔을 안겨주는 것을 구별해낼 수 있습니다. 이렇게 정 반대되는 것들을 차분한 마음으로 구별해내기 위해서는 경제적 안정이 필요합니다. 그런데, 온 세상 사람이 다 맡을 수밖에 없는, 구더기에서 침이 질질 흘러나오듯 당신에게서 솔솔 풍겨나는 그 지독한 방귀냄새, 그 복잡한 수속과정을 거쳐야 하는 내 직업이 내게 경제적 안정을 보장해주고 있는 것입니다. 환상과 욕망(적어도 내 자신의 환상과 욕망)을 펼쳐 보이기 위해서는 최소한도의 평안함과 안정감이 필요합니다. 그렇지 않으면 시들어 죽고 말 겁니다. 이제 당신은 이렇게 생각하겠지요. 내 천사와 악마는 그야말로 부르주아적인 놈들이다. 딱 맞는 말입니다.

 나는 언젠가 '기생충'이라는 단어를 언급한 적이 있습니다. 당신은 이렇게 생각하겠지요. 변호사인 주제에, 보험 분야에서 25년이 넘도록 법률 — 관료제도의 최대의 양식이며 관료들을 처음으로 만들어 낸 — 로 먹고 산 주제에, 무슨 권리로 그 따위 언사를 함부로 지껄이느냐. 내게는 그럴 권리가 있습니다. 반은 관료라고 할 수 있는 내 자신도 해당되기 때문입니다. 사실, 부끄럽기 짝이 없는 노릇이지만, 법을 이용해 남에게 빌붙어 사는 것이 내 처음 특기였습니다. 그것이야말로 내게 라 페리촐리 — 국내 기업이라는 점을 나타내려 한 이름인데, 좀 우습지 않습니까 — 라는 회사의 문을 열어준 열쇠였으며, 내 초기 승진을 보장해준 것이었습니다. 대체적으로 법이라는 것은 복잡 미묘한 정글이니, 이 정글 속에서 기술자들은 사기·음모·형식·궤변 등을 이용해 자기 몫을 챙긴다. 이런 사실을 첫번째 법률 수업 시간에 이미 눈치 채버린 사람이 그 얼마나 법이라는 것을 잘 이용해먹었겠습니까? 이런 직업에서는 진리와 정의라는 것이 맥을 추지 못합니다. 외관상 반론의 여지가 없게 꾸며내면 그만이고, 더이상 따지지 못하도록 은근슬쩍 얼렁뚱땅 넘어가면 끝입니다. 진짜 그렇습니다. 그야말로 기생충과 같은 짓거리란 말입니다. 나도 그런 짓거리로 재미를 봤습니다. 그래서 최고의 자리까지 오를 수 있었습니다. 그러나 내 자신을 속인 적은 결코 없었습니다. 나는 내 자신이 다른 사람들의 무지·약점·무능력을 이용해 그들을 등쳐먹는 기생충 같은 놈이라는 사실을 잘 알고 있었습니다. 나는 당신과 달리 '사회의 기둥'(게오르그 그로스가 그린 같은 제목의 그림을 얘기해도 소용없을 겁니다. 당신은 이 화가를 모를 테니까요. 아니, 더 지랄스럽게도 말입니다, 이 화가가 표현주의 화법으로 그린 기막힌 엉덩이들은 알고 있을지 모르겠습니다만, 바이마르 헌법을 신봉하는 독일의 그 당신 동료들을 신랄하게 까는 풍자화는 모르고 있을 겁니다)을 자처하지도 않습니다. 나는 내가 누구인지, 무슨 짓을 하고 있는지 알고 있습니다. 그리고 당신을 싫어하는 만큼, 아니 그보다 더, 내 자신의 이런 부분을 경멸하고 있습니다. 내가 법률가로 성공할 수 있었던 것은 바로 내가 그런 생각 — 법이라는 것은 뻔뻔스런 놈들이 이용해 처먹는 반윤리적인 기술이다 — 을 가지고 있었기 때문입니다. 그리고 내가 어려서부터 이런 사실을 눈치 채고 있었기 때문입니다. 우리나라(모든 나라에서 다 그럴까요?)의 법률 체계는 모순덩어리다, 이 모순덩어리 속에서는 어떤 법률이라도 법률을 적용시키고자 하면 다른 법률의 방해를 받게 된다, 그래서 그 법 자체가 수정되거나 무효가 된다. 그래서 이 나라에서는 우리 모두가 어떤 식으로든 범법 행위를 저지르고 있고 법질서(아니, 법혼돈이라고 해야겠지요)를 해치고 있는 것입니다. 우리는 이런 미로 속을 걷고 있기 때문에 눈깔이 핑핑 돌 정도로 이랬다저랬다 변덕을 부릴 수 있고, 요모양 조모양으로 변신할 수 있는 겁니다. 바로 이 미로 덕분에 우리 법률가들이 살아갈 수 있고, 또 몇몇은 — 내 탓이로소이다 — 승승장구할 수 있는 겁니다.

좋습니다. 비록 지금의 내 삶이 탄탈로스가 받는 극형처럼 곤란한 지경에 빠져 있고, 돌멩이를 짊어진 것과 같은 내 관료로서의 위치가

내 존재 속에 숨어 있는 천사·악마들과 날이면 날마다 윤리적인 싸움을 벌이고 있기는 하지만, 아직 당신이 나를 완전히 이겨먹은 것은 아닙니다. 비록 나는 월요일부터 금요일까지, 오전 9시부터 오후 6시까지 일에 치여 살아가고 있는 형편이지만, 아직까지는 그 일을 무시하고 그 따위 일을 하고 있는 내 자신을 웃어넘길 수 있는 여유는 있습니다. 나머지 시간을 이용해 그에 대한 보상을 받고 있다는 말입니다. 인간적인 면을 회복할 수 있다는 말이지요(그러니까 내 경우에는 어중이떠중이 떼거리로부터 몸을 피하는 것입니다만). 눈에 선합니다. 당신 몸이 근질거리겠지요. 이렇게 묻고 싶어 안달이 나겠지요. '도대체 밤에 하는 일이 뭐란 말이냐, 대체 무슨 짓을 하기에 나와는 다르고, 또 내 존재 따위와는 비교도 안 된다는 것이냐?' 궁금합니까? 나는 요즘 혼자 지냅니다 — 집사람과 헤어졌단 말입니다. 책을 읽거나 그림을 감상하거나 합니다. 노트를 펼쳐보거나 이런 종류의 편지를 노트에 끄적거리기도 합니다. 그러나 그 무엇보다 내가 탐닉하는 일은 환상을 그려보고, 꿈을 꾸고, 군살이나 찌꺼기 — 당신이나 당신이 흘리는 침 — 따위는 깨끗이 씻어버린 보다 나은 현실을 구상하는 것입니다. 그 군살이나 찌꺼기들이 우리 존재 자체를 옹색하고 추잡한 것으로 만들어 우리로 하여금 다른 삶을 꿈꾸도록 요구하지 않습니까. ('우리'라는 말을 사용하다니, 후회막급입니다. 두 번 다시 이와 같은 실수는 저지르지 않을 겁니다.) 내가 구상하는 다른 세상에 당신은 존재할 수 없습니다. 그 세상에는, 오로지, 내가 지금 사랑하고 있고 앞으로도 계속 사랑할 한 여인 — 지금 내 곁을 떠나 있는 루크레시아 — 과 내 아들 알폰소와 내가 필요로 할 때마다 도깨비불처럼 순간순간 나타나는 일시적인 방문객들만 존재합니다. 나는 그 세상 속에서 그들과 함께 있을 때에야 겨우 내 존재를 확인할 수 있고, 그래서 진정으로 행복해질 수 있습니다.

그렇습니다. 그러나 이러한 행복의 빗줄기도 내가 실제 삶에서 겪는 참담한 욕구불만, 말라비틀어진 권태, 숨통을 틀어막는 지겨움이 없다면 불가능할 겁니다. 다시 말하지요. 그러니까 내 삶이 당신이라는 존재 때문에 휘둘림을 당하지 않는다면, 당신이 손아귀에 틀어쥐고 뒤흔드는 그 막강한 권력에 내가 놀아나지 않는다면 말입니다. 이제 알아먹었습니까? 왜 내가 처음부터 당신을 '필요악'이라고 규정했는지 그 이유를 말입니다. 상투적인 당신, 상식선에서 벗어나지 못하는 당신, 당신은 이렇게 생각했겠지요. 내가 이렇게 생각했기 때문에 당신을 그렇게 불렀겠거니 싶었겠지요. 한 사회가 난파당해 무질서 상태로 빠지지 않고 제대로 돌아가기 위해서는 질서와 법률과 의무와 권위가 필요하다. 그리고 이렇게 생각했겠지요. 그 조정자는, 이 난국을 헤쳐나갈 수 있는 인물은, 이 개미 떼처럼 바글거리는 사람들을 조직하고 구원할 수 있는 인물은 바로 나다, 그래서 내가 필요한 것이다. 아아, 지긋지긋한 친구여, 어림없는 소립니다. 당신이 없다면 이 사회는 지금보다 더 훌륭하게 운영되어나갈 겁니다. 그러나, 인간의 자유를 희롱하고 더럽히고 제한하던 당신이라는 존재가 없어져버린다면, 나는 더이상 이 사회를 사랑하지 않게 될 겁니다. 내 상상력도 그렇게까지 높은 경지에 다다를 수 없게 될 것이고, 내 욕망 또한 그렇게까지 당돌한 면모를 보일 수 없게 될 겁니다. 이 모든 것이 바로 당신에 대한 반발심에서 우러나오는 것이기 때문이지요. 인간은 자유의지와 감성을 훼방하는 사람에 대한 반발심에서 자유를 갈구하게 되고 감성을 염원하게 되기 때문이지요. 좁고 험한 길을 걸어야 한다는 말입니다. 알아먹겠습니까? 당신이 없다면 나는 덜 자유롭고 덜 감성적인 사람이 되고 말 겁니다. 당신이 없다면 내 욕망은 시시한 것으로 전락할 것이고, 내 삶은 더욱 허전해지고 말 겁니다.

당신이 이해하지 못하리라는 점은 잘 알고 있습니다. 그래도 무슨 상관이겠습니까. 개구리 눈처럼 툭 튀어나온 당신의 눈깔은 이 편지를 보지도 못할 텐데 말입니다.

관료 양반, 내 비록 당신을 욕하고 있지만 감사하는 마음도 있습니다.

꿈이 삶이어라

땀에 흠뻑 젖은 채, 꿈과 현실이 드나드는 가느다란 경계선을 채 벗어나지 못한 채, 리고베르토씨는 여전히 로사우라의 모습을 보고 있었다. 양복에 넥타이까지 맨 로사우라는 리고베르토씨가 내린 명령을 수행하고 있었다. 로사우라는 바로 다가가 매력적인 물라토 혼혈 아가씨의 훤히 드러난 어깨 위로 고개를 숙였다. 그 아가씨는 그들이 이 싸구려 카바레에 들어온 이후로 계속 그들의 시선을 잡아끌었다.

그들이 있던 곳은 멕시코시티가 아니었던가? 그렇다. 아카풀코에서 1주일을 보낸 후 리마로 돌아가는 길에 잠깐 들른 곳이었다. 짧은 휴가도 끝나가고 있었다. 리고베르토씨는 루크레시아 부인을 남자로 변장시키기를 즐겼고, 남장을 한 부인과 함께 싸구려 카바레를 찾는 별난 취미가 있었다. 로사우라-루크레시아는 혼혈 아가씨에게 웃으며 귓속말을 속삭인 후 — 리고베르토씨는 로사우라-루크레시아가 혼혈 아가씨의 드러난 팔을 꼭 붙잡고 영악한 눈초리로 쳐다보는 것을 볼 수 있었다 — 마침내 그녀를 끌고 춤을 추러 나왔다. 페레스 프라도의 <택시 운전사>라는 음악이 연주되고 있었다. 자욱한 연기와 빽빽한 사람들로 비좁은 댄싱 플로어, 화려하게 깜박이는 조명등에 사람들의 모습이 명멸했다. 그런 와중에서도 리고베르토씨는 확인할 수 있었다. 로사우라-루크레시아는 자신의 역을 썩 훌륭하게 해내고 있었다. 남장을 했지만 어색한 데도 없었다. '사내아이'처럼 자른 머리도 표가 나지 않았다. 상대를 리드해 춤을 이끌어가는 데 있어서도 불편해 보이지 않았다. 리고베르토씨는 점점 달아올랐다. 자기 부인에 대한 존경과 감사가 가득 찼다. 리고베르토씨는 불쑥불쑥 튀어나오는 수많은 머리와 어깨 사이에서 두 여자를 놓치지 않기 위해 목을 뻣뻣하게 쳐들고 있어야 했다. 엉터리 — 그래서 쩔쩔매는 — 악단이 맘보에서 볼레로 — 레오 마리니의 <두 영혼>이라는 곡임을 알 수 있었다 — 로 넘어갔을 때, 리고베르토씨는 자신이 신들과 함께 있는 것 같았다. 리고베르토씨는 로사우라가 갑자기 혼혈 아가씨를 끌어당기는 것을 보고 무슨 꿍꿍이속일까 생각해보았다. 로사우라는 두 팔로 아가씨의 허리를 감싸며 아가씨의 두 손을 자신의 어깨위로 올려놓게 했다. 불빛이 어두워 자세히는 볼 수 없었지만, 사랑스런 자기 부인이, 남자로 변장한 여자가, 아가씨의 목에 입을 맞추고 천천히 깨물고 있음을 확신할 수 있었다. 부인은 욕정에 끌린 진짜 사내가 그러는 것처럼 자신의 배와 젖꼭지를 상대의 몸에 비벼대고 있었다.

잠이 깨어 있었다. 의심할 나위도 없었다. 그러나, 모든 감각이 깨어났음에도 불구하고, 혼혈 아가씨와 루크레시아-로사우라는 여전히 그곳에 버티고 있었다. 두 여자는 색욕에 차 밤을 헤매는 사람들 틈에, 요부처럼 덕지덕지 화장하고 볕에 그을린 엉덩이를 흔들어대는 여자들이 득시글거리는 야단법석 한가운데, 축 늘어진 수염과 토실토실한 뺨과 마리화나에 취한 듯한 눈초리의 사내놈들 틈바구니에 끼어 있었다. 그 사내놈들, 여차직하면 피스톨을 꺼내 서로 쏴 죽이는 놈들. '멕시코의 밤거리를 어슬렁거리다 로사우라와 나는 목숨을 잃을 뻔했지.' 생각했다. 짜릿한 전율을 느꼈다. 저질 주간지에 실릴 법한 타이틀도 생각해보았다. 「이중 살인: 사업가 남자와 남장한 부인이 멕시코 매음굴에서 목이 잘려 죽다」, 「미끼는 혼혈 아가씨였다」, 「방탕함으로 목숨을 잃다」, 「리마에서 온 부부, 멕시코 뒷골목에서 목이 잘리다」, 「화끈한 스캔들: 과욕이 피를 부르다」. 하품이 터지듯 웃음이 터져 나왔다. '죽고 난 다음엔 뭐라고 떠들든 무슨 상관인가.'

이전 장면으로 다시 돌아왔다. 혼혈 아가씨와 남자로 변장한 로사우라는 여전히 춤을 추고 있었다. 이제 두 여자는 리고베르토씨를 기쁘게 해주려는 듯 대놓고 서로의 몸을 만지며 입까지 맞추고 있었다. 하지만 웬 일인가. 직업적인 여성들은 손님들에게 죽어도 입술은 허용하지 않는다고 하지 않았던가? 그렇다. 하지만, 로사우라–루크레시아가 극복하지 못한 장애물은 전혀 없지 않았는가? 무슨 수를 썼기에 저 아리따운 혼혈 아가씨가 두툼한 주홍빛 입술을 벌려 뱀처럼 날렵한 로사우라–루크레시아의 혓바닥을 받아들였단 말인가? 돈이라도 썼단 말인가? 아가씨를 흥분시키기라도 했단 말인가? 방법이야 아무래도 상관없었다. 중요한 점은 거의 액체에 가까운 저 감미롭고 부드러운 혓바닥이 아가씨의 입 속으로 들어가, 저 풍만한 아가씨의 혓바닥에 침을 바르고 또 그녀의 침 — 끈끈하고 향기로울 것 같은 — 을 빨아대고 있다는 것이었다.

이때 한 가지 의문점이 떠올랐다. 왜 하필 이름이 로사우라인가?

로사우라 역시 여자 이름이다. 완벽하게 위장을 하려 했다면, 몸뚱이에 남자 옷을 감싸준 것처럼 이름도 카를로스나 후안이나 페드로나 니카노르라고 붙여주는 게 나았을 것이다. 왜 하필 로사우라란 말인가? 리고베르토씨는 자신도 모르는 사이에 침대에서 일어나 가운과 슬리퍼를 걸치고 서재로 갔다. 시계를 볼 필요도 없었다. 이제 곧 새벽 여명이 바다 위로 빠져나와 어둠 속에 나타날 것이었다. 리고베르토씨는 살과 뼈를 지닌 로사우라라는 이름의 여자를 알고 있기라도 했단 말인가? 생각해보았다. 확실했다. 그런 여자는 한 사람도 없었다. 그렇다면 로사우라는 지어낸 인물이었다. 로사우라는 그날 밤, 리고베르토가 루크레시아 꿈을 꿀 때 슬며시 나타나 루크레시아 속으로 스며든 여자였다. 지금은 잊어버린 어느 소설로부터, 역시 기억에 없는 어느 그림이나, 유화나, 판화로부터 나온 여자였다. 어쨌든지 간에, 그 가명의 여자는 루크레시아와 함께 여전히 그곳에 있었다. 바로 그날 오후, 소나 로사의 어느 상점에서 히히덕거리며 산 남성복과 함께. 리고베르토는 자신의 환상을 실현시켜주겠느냐고 루크레시아에게 물었다. 루크레시아는 그렇게 하겠노라 ― '언제나처럼, 언제나처럼' ― 고 했다. 이제 로사우라는 현실의 여인으로 혼혈 아가씨와 쌍을 이루고 있었다. 두 여자는 팔짱을 낀 채 ― 혼혈 아가씨와 루크레시아는 키가 거의 같았다 ― 춤을 끝내고 좌석으로 돌아오고 있었다. 리고베르토씨는 자리에서 일어나 정중하게 혼혈 아가씨에게 손을 내밀었다.

"안녕하시오, 반갑습니다, 앉으시지요."

"목이 타 죽겠어요." 혼혈 아가씨는 두 손으로 부채질하며 말했다. "뭘 좀 주문해도 돼나요?"

"아무거나 원하는 걸로 해, 사랑스런 아가씨." 로사우라-루크레시아가 즉시 대답했다. 로사우라-루크레시아는 혼혈 아가씨의 뺨을 쓰다듬으며 웨이터를 불렀다. "주문해, 네가 주문해."

"샴페인 한 병." 혼혈 아가씨는 승리의 미소를 지으며 주문했다. "리고베르토가 본명이에요? 아님 별명이에요?"

"본명입니다. 좀 드문 이름이죠."

"아주 드문 이름이에요." 혼혈 아가씨가 리고베르토씨를 똑바로 쳐다보며 고개를 끄덕였다. 눈동자 대신 두 개의 모닥불이 그 둥근 얼굴 가운데서 타고 있는 것 같았다. "그래요, 적어도 특이하긴 하네요. 당신 모습 역시 아주 특이하고 말예요. 이거 아세요? 당신과 같은 귀나 코는 본 적이 없어요. 세상에, 어쩜 저리 클까! 만져봐도 되요? 허락하시겠어요?"

혼혈 아가씨 — 큰 키, 잘 빠진 몸매, 불타는 눈빛, 긴 목, 탄력 있는 어깨, 깊이 파인 카나리아 빛 드레스와 대비되는 매끄럽고 가무잡잡한 피부 — 의 요구에 리고베르토씨는 할 말을 잊었다. 그 요구가 너무 진지해보여 농담으로 넘길 수도 없는 일이었다. 루크레시아-로사우라가 리고베르토씨를 구해주었다.

"아직 안 돼요, 사랑스런 아가씨." 루크레시아-로사우라는 혼혈 아가씨의 귀를 꼬집으며 말했다. "방에서, 우리만 있을 때, 그땐 마음 내키는 대로 아무 데나 만질 수 있어."

"한 방에 셋이서 들어간단 말이야?" 혼혈 아가씨가 매혹적인 인조 속눈썹을 내리깔며 웃었다. "그렇게까지 생각해주니 고마운데. 하지만, 신사분들, 당신들은 둘인데 나 혼자 뭘 어떻게 해? 난 짝이 맞지 않으면 싫은데. 미안. 내 여자 친구를 하나 부르면 짝을 맞출 수 있을텐데. 나 혼자 둘을 상대하다니, 죽어도 못해."

웨이터가 샴페인을 가져왔다. 웨이터는 샴페인이라고 주장했지만,

테레빈 냄새와 녹나무 냄새가 나고 거품이 이는 설탕물에 불과했다. 그제야 혼혈 아가씨(이름이 에스트레야라고 했다)는 나머지 밤을 이 이상한 한 쌍과 같이 보낸다는 생각으로 기분이 풀리는 것 같았다. 아가씨는 농담도 던지고, 활짝 웃기도 하고, 리고베르토씨와 로사우라—루크레시아를 번갈아가며 툭툭 치기도 했다. 아가씨는 중간중간, 무슨 노래 후렴처럼, '신사분의 귀와 코'를 농담거리로 삼았다. 아가씨는 신사분의 귀와 코를 탐욕스럽게, 황홀한 듯 바라보곤 했다.

"이런 귀가 있다면 말이죠, 보통 사람들보다 더 잘 들을 게 틀림없어요, 그죠." 아가씨가 말했다. "또 이런 코가 있다면, 보통 사람들이 맡지 못하는 냄새도 맡을 수 있을 거예요."

'그럴지도 모르지.' 리고베르토씨는 생각했다. 만일 그게 사실이라면? 만일, 그 거대한 두 감각기관 덕분에, 다른 사람들보다 소리를 더 잘 듣고, 냄새를 더 잘 맡을 수 있다면? 리고베르토씨는 이제 막 가닥을 잡아가는 이 우스꽝스러운 이야기가 마음에 들지 않았다 — 잠시 전에 일어났던 욕망도 이젠 꺾여버렸다. 그리고, 에스트레야의 농담 때문인지, 다시 기운을 북돋을 수도 없었다. 루크레시아—로사우라와 혼혈 아가씨에 대한 관심도 떨어져 나갔다. 리고베르토씨는 터무니없이 크기만 한 자신의 청각기관과 후각기관에 대한 생각으로 몰입해 들어갔던 것이다. 리고베르토씨는 우스꽝스러운 중간 단계 이야기를 건너뛰었다. 리고베르토씨는 그 알량한 샴페인이라는 것을 마시며 에스트레야와 흥정했다. 혼혈 아가씨를 카바레에서 데리고 나가기 위해서는 갖은 수작 — 50달러짜리 지폐를 미끼로 던져야 했다 — 을 부려야 했다. 열병에 걸린 환자처럼 몸을 떨어대던 요란한 고물 택시를 탔다. 역겨운 냄새가 진동하는 호텔 — 건물 정면에 걸린 붉은색 푸른색 네온사인에 '시엘리토 린도'라고 쓰여 있었다

— 에 방을 잡았다. 세 사람이 한 방에 들어가기 위해서는, 뭐 먹을 거 없나 코를 킁킁거리던 사팔뜨기 호텔 데스크 직원과도 흥정을 벌여야 했다. 호텔 직원은 말했다. 경찰이 임검 나와 한 방에 세 사람이 투숙한 사실을 알게 되면 호텔 측에 벌금을 물린다고 했다. 리고베르토씨는 호텔 직원을 안심시키기 위해 다시 50달러를 날렸다.

객실 문지방을 넘어서는 순간 — 희미한 불빛 아래 파란색 침대보로 덮인 2인용 침대가 드러났다. 침대 옆에는 세수대 하나, 물통 하나, 수건 한 장, 휴지 한 통, 귀가 떨어져나간 요강이 하나 있었다. 사팔뜨기가 열쇠를 건네주고 세 사람의 등 뒤로 문을 닫고 가버린 후였다 — 리고베르토씨는 마침내 기억해냈다. 바로 그거야! 로사우라! 에스트레야! 리고베르토씨는 이마를 쳤다. 무거운 짐을 벗어버린 듯했다. 그 이름들은 칼데론 데 라 바르카의 <인생은 꿈>이라는 마드리드에서 공연된 연극에서 나온 것이었다. 다시금 심장이 쿵쾅거리는 것을 느낄 수 있었다. 맑은 물이 뿜어져 나오는 것 같았다. 그 깊이 잠들어 있던 기억들이 사무치게 고마웠다. 경이로움과 이미지와 환상과 암시가 끊임없이 솟아 나와 루크레시아의 부재로 인한 고독을 달래기 위해 꾸었던 꿈들에 인물과 배경과 사건을 제공해 주었던 그 기억들.

"에스트레야, 우리 옷 벗어." 로사우라가 말했다. 로사우라는 침대에서 앉았다 일어났다를 반복하고 있었다. "기가 막힌 경험을 하게 될 거야. 그러니 준비해."

"네 친구의 코와 귀를 만져보기 전에는 옷을 벗지 않겠어." 에스트레야가 아주 진지하게 대답했다. "왠지는 모르겠지만, 코와 귀를 만져보고 싶어 죽을 지경이야."

이제 리고베르토씨는 화를 내지 않았다. 오히려 마음이 뿌듯해졌다.

　루크레시아 부인과 리고베르토씨가 마드리드의 어느 극장에서 본 연극이었다. 결혼한지 몇 달이 되지 않아 유럽을 처음으로 여행했을 때였다. 연극 <인생은 꿈>은 너무나 고리타분한 연출로 공연되었다. 그래서인지 공연 내내 어두운 관람석에서는 킥킥거리는 웃음소리가 들려왔다. 세기스문도 왕자 역을 맡았던 말라깽이 껑다리 배우의 연기는 지독했었다. 목소리도 새된 소리였고, 자신의 역할에 짓눌린 듯 보였다. 그래서 관람객 ― '그래, 바로 이 관람객 말이야,' 리고베르토씨는 생각했다 ― 은 미신에 사로잡힌 잔인한 아버지 바실리오 왕에게 정을 느낄 정도였다. 왕은 자식을 어릴 때부터 청년이 될 때까지 외로운 탑 속에 짐승처럼 가두어두었다. 자식이 왕위에 오르면 점성술과 수비학(數秘學)이 예언한 대환란이 일어날 것을 두려워했던 것이다. 그 공연은 모든 면에서 형편없었다. 조잡하고 서툴렀다. 그러나 로사우라라는 아가씨의 모습은 리고베르토씨의 뇌리에 선명하게 남아 있었다. 아가씨는 첫 장면에서 남장을 하고 나타났었다. 그 후에는 허리에 칼을 찬 모습, 전투에 뛰어들 복장으로 나타났었다. 그 모습이 기억에 생생했다. 리고베르토씨는 그때 이후로 수도 없이 이런 생각에 시달렸다. 사랑을 나눌 순간에, 장화를 신고 깃털모자를 쓰고 전투복을 입은 루크레시아의 모습을 보고 싶었던 것이다. 바로 <인생은 꿈>이었다. 몸서리쳐지던 공연, 호랑이나 물어갈 연출자, 형편없었던 연기자들. 하지만 그 아가씨만은 유독 그의 기억에 살아남아 여러 차례 그의 감정에 불을 지폈던 것이다. 게다가 그 연극에는 리고베르토씨를 유혹하는 뭔가가 있었다. 그로부터 얼마 후에 리고베르토씨는 그 희곡을 읽어보기까지 했던 ― 기억에 분명히 남아 있었다 ― 것이다. 그때 남긴 감상문도 있을 법한 일이었다. 리고베르토씨는 서재 양탄자 위에 엎드려 노트를 한 권 한 권 뒤적여보았다. 이건 아니고, 이것도 아니고. 이것이 분명한데. 평생이 걸릴 것 같았다.

"자, 이제 발가벗었어요." 혼혈 아가씨 에스트레야가 말했다. "귀와 코를 한꺼번에 만지게 해줘요. 떼쓰게 만들지 말아요. 그러긴 싫어요. 심각하게 생각마세요. 모르겠어요? 만지고 싶어 죽겠단 말예요. 제발 부탁해요. 행복하게 만들어드릴게."

약간 튀어나온 아랫배, 살짝 쳐진 듯한 풍만한 젖가슴, 르네상스 그림에서 볼 수 있는 약간 주름 잡힌 허리선, 균형 잡힌 통통한 몸뚱이였다. 로사우라-루크레시아에게는 신경도 쓰지 않는 것 같았다. 로사우라-루크레시아도 옷을 벗고 침대에 누워 있었다. 이제 그녀는 남자가 아니었다. 잘 빠진 몸매의 아름다운 여자였다. 혼혈 아가씨는 리고베르토씨에게만 눈을 주고 있었다. 아니, 어쩌면 리고베르토씨의 귀와 코만 쳐다보고 있는지도 몰랐다. 아가씨는 이제 ― 리고베르토씨는 아가씨를 편안하게 해주기 위해 침대 가장자리에 앉아 있었다 ― 리고베르토씨를 허겁지겁 더듬고 있었다. 아가씨의 뜨거운 손가락들이 정신없이 주무르고 비틀고 꼬집고 있었다. 처음에는 귀를, 그리고 코를. 리고베르토씨는 눈을 감았다. 조마조마했다. 자신의 코에 닿은 아가씨의 손길로 이제 곧 코가 알레르기 반응을 보일 것이고, 그렇게 되면 69 ― 얼마나 음탕한 숫자인가 ― 번의 재채기가 터져 나올 것을 리고베르토씨는 알고 있었던 것이다. 칼데론 데 라 바르카로부터 영감을 받은 이 멕시코에서의 모험은 절망적인 재채기라는 그로테스크한 장면으로 끝을 맺을 것이었다.

그래, 바로 이거야. 리고베르토씨는 노트를 들어 불빛에 비춰보았다. 책을 읽으면서 인용하고 감상을 적은 페이지가 나왔다. 페이지

머리에 <인생은 꿈>(1638)이라고 적혀 있었다.

　세기스문도의 대사에서 발췌한 두 개의 인용문은 마치 채찍으로 두 번 내리치는 것 같았다. 하나는 '내 비위에 맞지 않는 것은/ 어느 것도 옳지 않은 것 같다'였고, 다른 하나는 '나는 안다/ 내 속에 사람과 짐승이 공존하고 있음을'이였다. 여기 옮겨 적은 이 두 개의 문장 사이에 무슨 인과율이 존재한단 말인가? 자신의 비위에 맞지 않는 것은 옳지 않다고 생각하기 때문에 자신을 사람과 짐승의 혼합물로 여겼던 것일까? 그럴지도. 하지만, 그 여행에서 돌아와 이 작품을 읽었을 당시, 그는 지치고 외롭고 맥빠진 늙은이가 아니었다. 자신이 처한 처지에서 미쳐버리지나 않을까 자살이라도 하지 않을까 두려워, 오만가지 환상 속을 절망적으로 찾아 헤매던 그런 사람이 아니었던 것이다. 그때 그는 행복한 오십대 남자였다. 원기 왕성한 사내였다. 불꽃같은 두번째 부인 품에 안겨 있던 남자였다. 행복이 존재한다는 사실을 발견한 남자였다. 그가 하루의 나머지 시간을 보내는 그 멍청하고 추잡하고 평범하고 따분한 생활이 침투하지 못하도록 벽을 두른 특별한 성채에서, 사랑하는 여인과 함께 살 수 있는 가능성을 발견한 남자였던 것이다. 그런데, 그 당시, 자신의 처지와는 전혀 상관없는 작품을 읽으면서, 무슨 이유로 이런 글을 인용해두었단 말인가? 혹시 그때의 처지가 그 작품과 같았던 것은 아니었을까?

　"나라면, 이런 귀와 이런 코로 무장한 남자와 함께라면, 자존심이고 뭐고 다 팽개치고 그 남자의 노예가 될 수도 있을 텐데." 혼혈 아가씨가 한숨을 내쉬며 소리쳤다. "뭘 원하든 다 들어줄 수 있을 텐데. 그 남자를 위해서라면 혓바닥으로 바닥이라도 닦을 수 있을 텐데."

　혼혈 아가씨는 발뒤꿈치를 괴고 앉아 있었다. 얼굴은 벌겋게 달아올라 땀을 흘리고 있었다. 마치 펄펄 끓는 냄비 위로 얼굴을 기울이고 있는 것 같았다. 아가씨의 온몸이 떨리는 것 같았다. 아가씨는 축축이 젖은 입술을 혓바닥으로 게걸스럽게 핥았다. 그 입술은 리고베르토씨의 청각기관과 후각기관을 끊임없이 빨고 물고 핥았던 입술이었다. 리고베르토씨는 그 틈을 이용해 한숨 돌릴 수 있었다. 리고베르토씨는 손수건을 꺼내 귀를 닦았다. 잠시 후, 재채기가 큰 소리로 터져 나왔다.

"이 남자는 내 꺼야. 오늘밤만 네게 빌려주는 거야." 로사우라-루크레시아가 단호하게 말했다.

"하지만 당신이 이 멋진 귀와 코의 주인이 아닌가요?" 에스트레야는 로사우라-루크레시아의 말에는 신경도 쓰지 않고 물었다. 아가씨의 두 손이 초조해진 리고베르토씨의 얼굴을 감싸쥐었다. 아가씨의 커다란 입이 먹이를 향해 단호하게 다시 다가왔다.

"아직 눈치 못 챈 거야? 나는 남자가 아니라 여자란 말이야." 로사우라-루크레시아가 벌컥 화를 냈다. "보면 알 것 아냐."

그러나 혼혈 아가씨는 어깨만 들썩였을 뿐 그녀를 무시했다. 아가씨는 흥분한 채 자신의 작업에 열중했다. 아가씨는 뜨겁고 커다란 입으로 리고베르토씨의 왼쪽 귀를 덥석 물었다. 리고베르토씨는 더이상 참을 수 없어 신경질적인 웃음을 터뜨렸다. 사실 리고베르토씨는 매우 흥분해 있었다. 느낌이 왔다. 어느 순간, 에스트레야의 사랑이 증오로 돌변하여 자신의 귀를 한 입에 물어뜯을지 알 수 없었다. '귀가 떨어져 나가면 루크레시아도 더이상 날 사랑하지 않겠지.' 서글퍼졌다. 깊은 한숨이 터져 나왔다. 동굴에서 울려나오는 듯한 을씨년스러운 소리였다. 비밀스런 탑에 몸이 묶여 갇혀 있는 털북숭이 세기스문도 왕자가 하늘에 대고 하염없이 늘어놓는 탄식 같았다. 태어났다는 것만으로도 죄를 저지른 것이란 말입니까.

'멍청한 질문이야.' 리고베르토씨는 생각했다. 리고베르토씨는 자기연민이라는 남아메리카 사람들의 속성을 항상 경멸해왔었다. 이런 점으로 볼 때, 칼데론 데 라 바르카(이 사람은 게다가 예수회 사람이었다)의 울보 왕자 — 사람들 앞에서 '아, 불행한 내 인생, 불운한 처지여' 라고 울먹이는 — 는 리고베르토씨의 관심을 끌 만한 구석이 전혀 없는 사람이었고 자신과 닮은 점도 하나 없는 사람이었다. 그렇다면 도대체 무슨 이유로, 꿈속에서, 환상 속에서, 이 따위 이야기를 지어내고 있단 말인가? <인생의 꿈>이라는 작품에서 로사우라와 에스트레야라는 이름을 따오질 않나, 남장한 여인을 따오질 않나 말이다. 어쩌면, 루크레시아가 떠난 이후로 그의 삶 자체가 순전한 꿈으로 변해버렸기 때문인지도 모른다. 사무실에서 결산을 맞추고, 증권을 논하고, 재보험을 고려하고, 소송을 재기하고, 투자를 계획하고 했던 그 음울하고 신통치 않은 시간들을 삶이라고 할 수 있단 말인가? 삶이라고 이름 붙일 수 있었던 시간은 오로지 밤시간뿐이었다. 꾸벅꾸벅 졸면서 의식적으로 꿈의 문을 열고 들어갔던 그 시간뿐이었다. 깊은 산속, 인적 끊긴 돌탑에 갇혀 있던 세기스문도 역시 분명 그랬을 것이다. 세기스문도 역시 바로 그곳에서 진정한 삶을, 풍족한 삶을, 찬란한 삶을 발견했을 것이다. 자신이 갇힌 감옥에서 벗어나기 위해, 숨이 막힐 듯한 그 단조로운 갇힌 삶에서 벗어나기 위해, 자기 마음대로 조작해낸 거짓된 삶을, 머리와 욕망 — 깨어 있을 때든 잠들어 있을 때든 — 으로 지어낸 삶을. 어쨌든, 이 엉뚱한 꿈에도 다 그만한 이유가 있었다. 이 가엾은 두 꿈쟁이들은 서로 피붙이였고 서로 닮은꼴이었던 것이다.

리고베르토씨는 유치한 말로 이루어진 우스갯소리 하나를 기억해냈다. 아주 엉뚱한 우스갯소리로 리고베르토씨와 루크레시아를 데

굴데굴 구르게 만든 것이었다. '새끼 코끼리 한 마리가 물을 마시기 위해 작은 연못가로 다가갔어. 새끼 악어 한 마리가 새끼 코끼리를 물어 새끼 코가 잘리고 말았지. 새끼 코끼리가 울먹이며 투덜거렸어. 거지새끼 같은 장난꾸러기 새끼.'

"코를 놔줘. 뭐든 다 줄게." 애원했다. 겁이 났다. 코맹맹이 소리가 났다. 게걸스러운 에스트레야의 이빨이 코를 물고 있어 숨을 쉴 수 없었던 것이다. "원하는 대로 돈을 줄 테니, 제발 코를 놔주란 말야!"

"닥쳐요. 한창 재미보는 중인데." 혼혈 아가씨가 더듬거렸다. 아가씨는 잠시 입을 떼었다가 다시 그 게걸스러운 2개의 치열로 리고베르토씨의 코를 깨물었다.

사나운 괴물이었다. 말의 몸통에 독수리 머리와 날개를 가진 히포그리프였다. 아가씨는 서두르고 있었다. 거친 바람이 무색할 정도였다. 아가씨는 온몸을 떨어대고 있었다. 공포에 질린 리고베르토씨의 눈에 로사우라-루크레시아의 모습이 스쳤다. 로사우라-루크레시아는 괴로운 표정으로 어찌할 바를 모르고 있었다. 그녀는 침대에서 어중간하게 몸을 일으킨 채 혼혈 아가씨의 허리를 붙들고 떼어내려 애쓰고 있었다. 힘을 주지 않고 살살 달래는 듯 했다. 에스트레야를 힘껏 당기면 에스트레야가 그 보복으로 남편의 코를 이빨로 물어뜯을지 몰라 두려워하는 것이 분명했다. 세 사람은 서로에게 붙들린 채 한참 동안을 그런 자세로 있었다. 마침내 혼혈 아가씨가 고개를 쳐들고 신음소리를 내뱉으며 리고베르토씨의 후각기관을 거침없이 혀로 핥았다. 리고베르토씨는 정신이 아찔한 가운데 베이컨이 그린 괴물을 기억했다. <남자의 머리>라는 소름끼치는 유화로 한동안 리고베르토씨를 사로잡았던 그림이었다. 그리고 왜 그 그림이 떠올랐는지도 알 수 있었다. 에스트레야가 그 큰 입으로 물어뜯으면 자신도 그

같은 꼴이 될 게 뻔했던 것이다. 코가 잘려나간 얼굴이 두려운 것은 아니었다. 한 가지 의구심이 리고베르토씨를 당황하게 만들었다. 루크레시아는 귀가 떨어져나가고 코가 잘려나간 남편도 계속 사랑해줄까? 혹시 저버리지는 않을까?

리고베르토씨는 노트에 쓰인 글귀를 읽었다.

어찌 될 것인가?
내 꿈속에서,
내 잠든 사이에 벌어진 일을
목격하게 된다면.

세기스문도는 잠에서 깨어나자 이렇게 읊었다. 아편에 취해, 수면제에 취해, 사리풀에 취해 꾼 꿈이었다. 바실리오 왕과 클로탈도 노인은 세기스문도를 용서했다. 그들은 광대놀이를 이용해 세기스문도를 갇혀 있던 탑에서 궁정으로 데려왔다. 잠시 동안 나라를 통치하도록 해보려는 것이었다. 그들은 이것 역시 꿈이라고 믿게 만들었다. '자네가 잠든 사이에 꿈속에서 벌어졌던 일은 말이야, 불쌍한 왕자, 자네에게 약을 먹여 잠재운 후에 자넬 죽인 것이었네.' 리고베르토씨는 생각했다. '잠시 동안 자넬 본래의 위치로 되돌려 놓았지. 그게 꿈이라고 믿게 만들면서. 그래 자넨 자유를 얻게 되었지. 꿈속에서 마음껏 자유를 누리듯 말일세. 그래 자넨 내키는 대로 할 수 있었지. 발코니에서 한 남자를 밀어 떨어뜨렸고, 클로탈도 노인네와 바실리오 왕조차 거의 죽일 뻔했지. 그래서 그들은 구실거리 — 자넨 난폭했고, 자넨 성질이 더러웠고, 자넨 천박했지 — 를 갖게 되었지. 그래 자넬 다시 차꼬에 채워 쓸쓸한 감옥으로 되돌려보냈지.' 그럼에도 리고베르토씨는 세기스문도가 부러웠다. 리고베르토씨 역시 점성술과 수비학의 멍에를 쓴 가련한 왕자와 마찬가지였다. 감옥에 갇혀 쓸쓸하게 죽어가지 않기 위해서는 꿈을 꾸어야 했다. 자신의 그런 처지가 노트에 적혀 있었다. '살아 있는 해골'이요 '숨쉬는 주검'이었다. 그러나, 왕자와 다른 점이 있다면, 그 자신을 자포자기와 고독에서 구해줄 클로탈도 노인네나 바실리오 왕 같은 사람이 하나도 없었다는 것이다. 아편과 수면제와 사리풀로 잠재운 후, 루크레시아의 품안에서 눈뜨게 만들어줄 그런 사람이 말이다. '루크레시아, 내 사랑 루크레시아.' 울고 있는 자신의 모습에 한숨이 나왔다. 요즘 들어 정말 울보가 되고 말았다.

에스트레야도 눈물을 떨구고 있었다. 그러나 그 눈물은 기쁨과 행복의 눈물이었다. 마지막 전율이 스치고 지나갔다. 리고베르토씨는 온몸의 신경다발이 동시에 요동치는 것을 느꼈다. 그 순간, 에스트레야는 입을 벌려 코를 놓아주고, 파란색 시트가 깔린 침대 위로 벌러덩 넘어졌다. 행복에 겨운 비명소리가 터져 나왔다. "끝내주네, 감사해요 성모님." 감격에 겨워 십자가를 그었다. 신성모독을 범하는 것 같은 모습은 전혀 아니었다.

"너로선 끝내줬겠지, 그럼. 난 귀 코가 떨어져나갈 뻔했단 말야, 이 발칙한 아가씨야." 리고베르토씨는 투덜거렸다.

확실했다. 에스트레야가 주물러댄 자신의 얼굴 모습이 저 아르침볼도가 그려낸 식물 인간, 코에 혹투성이 당근이 달린 그 인물의 얼굴과 같은 모습일 것이 분명했다. 수치심이 차오르기 시작했다. 리고베르토씨는 부풀대로 부푼 코를 손으로 문지르며 손가락 사이로 로사우라-루크레시아를 힐끗 쳐다보았다. 로사우라-루크레시아는 리고베르토씨에 대해서는 일말의 동정심도 염려도 없이 혼혈 아가씨(침대에 누워 늘어지게 하품을 토해내는)만 골똘히 바라보고 있었다. 그 표정에 만족스러운 미소가 떠돌고 있었다.

"에스트레야, 넌 남자들하고 이러는 게 좋니?" 로사우라—루크레시아가 물었다.

혼혈 아가씨가 고개를 끄덕였다.

"내가 좋아하는 건 이것뿐이야." 대답했다. 헐떡거리고 있었다. 식물성 입 냄새가 진하게 풍겼다. "그러니까, 사람들이 별로 관심을 보이지 않는 곳이 좋단 말이지. 대개는 참고 잘 나타내지 않는 편이야. 말들이 많을 것 같아서. 하지만, 오늘밤은 참을 수 없었어. 언니 남자가 가진 귀나 코는 생전 처음 보거든. 당신들은 믿음을 줘서 말이야, 언니."

혼혈 아가씨는 루크레시아를 머리에서 발끝까지 훑어보았다. 안목이 있는 눈초리였다. 루크레시아를 인정하는 것 같았다. 아가씨는 한 손을 뻗어 로사우라—루크레시아의 왼쪽 젖꼭지 — 리고베르토씨는 자기 부인의 작게 오그라든 봉오리가 서서히 솟아나는 모습이 보이는 것 같았다 — 에 검지손가락을 갖다대며 살짝 웃었다. 아가씨가 말했다.

"카바레에서 춤출 때 언니가 여자라는 것을 알아챘어. 언니 젖꼭지를 느낄 수 있었거든. 그리고, 언니가 꼬시는 데 서툴다는 것을 눈치챘지. 언니가 날 꼬신 게 아니라 내가 언니를 꼬신 거란 말이지."

"잘도 속여넘겼네. 난 네가 속아넘어갔다고 여겼는데." 루크레시아 부인이 축하해주었다.

리고베르토씨는 여전히 빨리고 물린 코와 부풀어 오른 귀를 쓰다듬고 있었다. 리고베르토씨는 새삼 부인이 대단해보여 울컥했다. 어쩌면 저렇게나 능수능란할 수 있단 말인가! 루크레시아가 이런 일 —

남장을 하고, 어느 외국의 싸구려 카바레에 가고, 창녀와 함께 빌어먹을 호텔에 방을 잡고 하는 따위 — 을 하는 것은 생전 처음이었다. 그럼에도 불구하고, 불편해하는 구석이랄지, 당황해하는 기색이랄지, 피곤해하는 낌새는 전혀 찾아볼 수 없었다. 루크레시아는 혼혈 아가씨와 코맹맹이 소리로 천연덕스럽게 너나들이를 하고 있었다. 마치 동료이기나 한 것처럼, 배경도 직업도 같은 것처럼 말이다. 두 여자는 조바심치는 하루일과 중 잠깐 쉬는 틈을 이용해 서로의 경험을 나누는 절친한 동료처럼 보였다. 얼마나 아름다운 모습인가! 얼마나 보고 싶었던 모습인가! 파란색 침대보가 덮인 형편없는 침대, 기름기가 질질 흐르는 어둑한 빛, 그런 가운데 에스트레야와 함께 누워 있는 벌거벗은 부인의 모습을 음미하기 위해 리고베르토씨는 눈을 감았다. 부인은 왼손 위에 얼굴을 올려놓고 비스듬히 누워 있었다. 자신의 몸을 있는 그대로 내던져 버린 듯한, 황홀한 자태였다. 초라한 빛 속에서 피부는 더욱 밝아 보였고, 짧은 머리칼은 더욱 짙어 보였고, 사타구니의 덤불숲은 더욱 푸르게 보였다. 리고베르토씨는 부인의 허벅지선과 등허리선을 부드럽게 휘돌아들어 엉덩이선과 가슴선과 어깨선을 기어올랐다. 리고베르토씨는 아릿아릿한 귀도, 깨물린 코도, 에스트레야도, 방을 잡아둔 빌어먹을 호텔도, 멕시코시티도 서서히 잊어가고 있었다. 루크레시아의 몸뚱이가 리고베르토씨의 의식을 점령해 들어오기 시작했다. 그 외의 모든 이미지, 생각, 염려는 전부 지워져가고 있었다.

  로사우라-루크레시아도 에스트레야도 리고베르토씨를 의식하지 못하는 것 같았다. 아니 어쩌면 그를 무시해버렸는지도 모른다. 리고베르토씨는 기계적으로 넥타이, 재킷, 셔츠, 구두, 양말, 바지, 팬티를 하나씩 떼어내고 있었다. 리고베르토씨는 곰팡이 끼고 떨어져 나간 리놀륨 바닥으로 몸을 던졌다. 리고베르토씨는 침대 발치에 무릎꿇고 앉아 부인의 다리를 두 손으로 어루만지며 조심스럽게 입을 맞추었다. 하지만 그때조차 두 여자는 그를 거들떠보지도 않았다. 두 여자는 수다를 떨며 서로에게만 열중해 있을 뿐 리고베르토씨는 안중에도 없었다. 마치 보지도 못한 듯, 마치 그가 헛것이기라도 한 듯.

'그래, 내가 헛것이지.' 생각했다. 눈을 떴다. 흥분감은 여전했다. 리고베르토씨의 물건은 여전히 가랑이 사이에서 요동치고 있었다. 그러나 그다지 강하게는 아니었다. 신자 하나 없는 작은 교회의, 세월이 좀먹고 권태에 시든 낡은 교회 종에 매달린 녹슨 추와 같이 기쁨도 소망도 없이 그저 꺼덕거리고만 있었다.

그때 기억나는 것이 있었다. 속에서 쓴물이 올라왔다 — 사실 입맛이 더러웠다. 칼데론 데 라 바르카 작품의 마지막 장면, 왕자는 권력의 법칙과 부도덕한 존재 이유에 비굴하게도 굴복해버렸다. 세기스문도 왕자는 바실리오 왕에 대항해 반란을 획책한 군인에게 종신형을 선고했다. 그 배은망덕하고 성질 더러운 새 왕은 바로 그 반란 덕에 폴로니아 왕국의 권좌에 오른 주제에, 바로 그 군인을 자신이 고통받았던 그 탑에 가두어 평생 썩어문드러지게 만들었던 것이다. 판결 내용은 이런 것이었다. 노트에 그 기막힌 사연이 적혀 있었다. '과거에 반란을 획책한 놈은/ 세상에 존재할 이유가 없다.'

'소름끼치는 사상, 혐오스러운 도덕.' 리고베르토씨는 생각했다. 아름다운 여인도 잠시 잊혀졌다. 그러나 그 벌거벗은 몸뚱이를 기계적으로 여전히 지분거리고는 있었다. '왕자는 바실리오와 클로탈도를 용서한다. 자신을 억압하고 고문했던 사람들을 용서한다. 그러나 그 용감한 이름 모를 군인을, 부정한 왕에 대항하도록 군대를 선동한 그 군인을, 자신을 동굴에서 구출하여 권좌에 앉힌 그 군인을 처벌한

〈우정〉, 1913,.

다. 그 이유는 그 무엇보다, 기존의 권위에 대한 복종심을 유지하고 왕권에 도전한 반란의 원리와 사상을 징벌해야 하기 때문이다. 구역질이 난다.'

자신의 꿈을 키우고 자신의 욕망을 가꾸기 위해, 자유를 억압하는 비인간적인 교리로 가득 찬 이따위 유해한 작품이 필요했단 말인가? 그날 밤, 자신의 꿈이 구체적으로 그리고 절대적으로 실현되었을 때에는, 그 어떤 분명한 이유가 반드시 있었을 것이다. 리고베르토씨는 그 이유를 밝히기 위해 다시 노트를 뒤적여보았다.

클로탈도 노인은 피스톨을 '철로 된 독사'라고 불렀다. 남장을 한 로사우라는 이렇게 자문했다. '낮이 저물기 전 희미한 여명/ 환상이 그려낸 속임수에/ 시선이 농락당하지 않는다면.' 리고베르토씨는 바다 쪽을 바라다보았다. 저 멀리, 수평선 위로, 희미한 여명이 새로운 날을 알리고 있었다. 아침마다 자신의 자그맣고 어둑한 환상의 세계, 그 행복(행복이라고? 아니야. 좀 덜 불행한 공간일 뿐이야)의 공간을 여지없이 깨부수는 그 빛. 그러면 그는 매주 5일 간의 권태로운 감옥생활(샤워, 아침식사, 사무실, 점심식사, 사무실, 저녁식사)을 시작한다. 그 감옥생활에서는 궁리질을 다듬을 틈조차 거의 없었다. 책갈피가 끼워진 부분, 몇 편의 짧막한 시구가 적혀 있었고 그 말미에 '루크레시아'라고 쓰여 있었다. '디아나의 값비싼 날개옷과/ 팔라스(미네르바)의 갑옷이 한데 어우러진……' 여자 사냥꾼과 여전사가 사랑스러운 루크레시아 안에 뒤섞여 있었다. 당연한 일이지. 그러나, 리고베르토씨가 세기스문도 왕자의 이야기에서 찾고자 했던 것은, 자신의 무의식 깊숙이 잠복해 있던 것은, 그날 밤 환상을 통해 실현시키고자 했던 것은 분명 이게 아니었다. 그럼 도대체 뭐란 말인가?

'그 모든 것을 하나의 꿈속에/ 담아낼 수는 없는 일.' 왕자는 탄복했었다. '자넨 바볼세.' 리고베르토씨는 비웃었다. '인생 전부라도 단 한 편의 꿈속에 다 담을 수 있단 말이거든.' 감동적인 장면이기는 했다. 세기스문도는 약물에 취한 채 감옥에서 궁정으로 옮겨졌다. 사람들이 물었다. 세상으로 돌아오니 무엇이 가장 감격스러운가? 세기스문도는 대답했다. '놀라운 건 하나 없다/ 모든 것을 알고 있었네/ 굳이 감탄해야 할 게 있다면/ 세상에 있는 것 중에/ 여인의 아름다움 뿐이라.' '하긴, 자넨 루크레시아를 한 번도 보지 못했을 테니.' 리고베르토씨는 루크레시아를 보고 있었다. 그 초자연적으로 아름다운 몸이 파란색 시트 위에 누워 있었다. 사랑하는 남편의 입술이 그녀의 겨드랑이를 핥고 있었고, 그녀는 간지러운 듯 감미로운 신음소리를 내뱉고 있었다. 아름다운 에스트레야는 자리에서 일어나 자신이 차지하고 있던 로사우라―루크레시아의 옆자리를 리고베르토씨에게 양보하고, 자신이 리고베르토씨의 귀와 코를 희롱하는 동안 리고베르토씨가 앉아 있던 구석자리로 가서 앉았다. 에스트레야는 다소곳이 앉아 두 사람을 방해하지 않았다. 얌전히 골똘히 두 사람을 바라만 보고 있었다. 그 사이 두 사람은 서로 더듬고 서로 뒤엉켜들어 사랑을 나누기 시작했다.

인생이란 무엇인가? 하나의 광기.
인생이란 무엇인가? 하나의 환상,
하나의 그림자, 하나의 허구,
커다란 행복이라도 보잘 것 없는 것.
인생이란 모두 꿈인 것을,
꿈은 그대로 꿈인 것을.

'거짓말.' 리고베르토씨는 책상을 내리치며 소리쳤다. 인생이란 하나의 꿈이 아니었다. 꿈이란 허약한 거짓이었고 허망한 눈속임이었다. 실패로부터 고독으로부터 벗어나기 위한 임시방편일 뿐이었다. 먹고 만지고 마실 수 있는 진정한 삶, 음모나 욕망이나 환상으로 달래는 그런 거짓된 삶과 비교해 훨씬 지고지순하고 충만한 그런 진정한 삶의 아름다움과 본질을 고통 속에서 음미하도록 만드는 것이었다. 이제 고통도 지겨웠다. 벌써 날이 밝아 있었다. 새벽빛에 잿빛 벼랑이, 납빛 바다가, 처진 구름이, 깨진 층계가, 금간 도로가 모습을 드러내고 있었다. 리고베르토씨는 그 마지막 순간을 놓치지 않기 위해, 그 불가능한 절정의 순간을 찾아, 루크레시아-로사우라의 벌거벗은 몸뚱이에 절망적으로 매달렸다. 기괴한 예감이 들었다. 어느 순간, 그 절정의 순간, 혼혈 아가씨의 손이 느닷없이 귀를 잡아챌 것만 같았다.

살모사와 장어

지금 당신을 생각하고 있소. 프라이 루이스 데 레온의 『완벽한 부인』이라는 책을 읽었소. 이제 알 것 같소. 이 신부가 주장하는 결혼관 말이오. 이 점잖은 시인은 이렇게 주장하오. 부부란 잠자리는 함께 하되 욕구를 참으며 성 아우구스티누스의 규율을 지켜야 한다고 하오. 좋은 글이요. 또 원래 의도하지 않았던 재미있는 부분도 간혹 있는 책이오. 이 책을 읽다보니 성 바실리우스라는 사람의 말을 인용한 문구를 하나 발견하게 되었소. 한번 알아맞혀보시오. 이상적인 여자, 모범적인 아내, 누구나 탐내는 애인의 팔이 과연 어째야 하는지 말이오.

  뱀 중에서 가장 사나운 살모사는 바다장어와 짝을 이루기 위해 열심이다. 살모사는 자신의 존재를 알리기라도 하듯 신호를 보낸다. 그래서 바다장어가 바다에서부터 올라오면 장어를 칭칭 감고 짝짓기를 한다. 장어 역시 그 사나운 독사의 품으로 겁없이 파고든다. 이게 무슨 말인가? 무슨 의미인가? 남편이 아무리 냉정하고 사납다하더라도 부인은 남편의 말에 순종해야 한다는 뜻이다. 부부 간의 평화를 해칠 수 있는 일은 해서는 안 된다는 뜻이다. 몰인정한 남자라고? 그래도 남편이 아닌가! 술주정뱅이라고? 그래도 결혼이라는 매듭으로 한 몸이 되지 않았느냐! 냉정하다고? 참을 수 없다고? 그래도 한 지체가 아니냐! 가장 중요한 지체가 아니냐! 남편도 아내의 말에 귀를 기울어야 한다. 살모사도 짝짓기를 하는 동안에는 장어에게 독을 쏘지 않는다. 그러니 여러분도 신성한 결혼을 유지시키기 위해 악독한 본질을 없애야 하지 않겠는가! 여기까지는 바실리우스의 글에서 따온 것이다.

프라이 루이스 데 레온, 『완벽한 부인』 3장

  내 진정 사랑하는 장어 여인이여, 이 살모사를 당신의 몸으로 칭칭 감아주시오.

에필로그: 행복한 가족

"어쨌든 피크닉도 그리 나쁘지만은 않았어." 리고베르토씨가 환한 미소를 지으며 말했다. "적어도 한 가지는 배운 게 있잖아. 집보다 나은 곳은 없다는 것 말이야. 아무튼, 들판보다는 집이 한결 낫다는 얘기지."

루크레시아 부인과 폰치토가 그 말에 웃음을 터뜨렸다. 심지어 후스티니아나까지 그랬다. 후스티니아나는 치킨 샌드위치와 아보카도·계란·토마토로 만든 샌드위치를 내왔다. 피크닉을 망치는 바람에 먹다 남긴 점심이었다. 후스티니아나도 웃음을 터뜨렸.

"이제야 긍정적으로 생각한다는 것이 뭔지를 알 것 같아요, 여보." 루크레시아 부인이 남편의 말에 맞장구를 쳤다. "역경이 닥쳐와도 희망을 찾아야 한다는 말도 이해할 것 같아요."

"날이 궂어도 얼굴을 펴야 한다는 거죠." 폰치토가 마무리를 했다. "우리 아빠 최고!"

"그러니까, 오늘은 그 누구도 그 무엇도 내 행복을 망칠 수 없어." 리고베르토씨가 샌드위치를 쳐다보며 고개를 주억거렸다. "실패로

끝난 피크닉 얘기가 아냐. 원자탄이 터진다 해도 난 눈 하나 깜짝 안 할 거야. 좋았어, 건배."

리고베르토씨는 시원한 맥주를 한 모금 마셨다. 완연히 만족한 듯 보였다. 리고베르토씨는 치킨 샌드위치도 한입 물었다. 차클라카요의 태양에 이마가 탔다. 얼굴과 팔도 햇볕에 검붉게 그을렸다. 아주 흡족해하는 것 같았다. 리고베르토씨는 예기치 않았던 점심을 맛있게 먹었다. 전날 밤, 리고베르토씨에게 생각이 떠올랐다. 이번 주일에 차클라카요로 피크닉을 가자, 리마의 눅눅한 매연을 벗어나 자연 속에서, 강가에서, 가족과 함께 오붓하게 즐겨보자. 루크레시아 부인은 남편의 제안을 의아하게 생각했다. 시골은 언제나 리고베르토에게 지독한 혐오를 일으켰기 때문이다. 그러나 부인은 남편의 제안을 기꺼이 받아들였다. 두번째 신혼여행을 준비하는 것일까? 뭔가 참신한 것을 준비해두었겠지. 가족은 그날 아침 정시 — 오전 9시 — 에 떠났다. 마실 것도 넉넉히 준비했고, 점심도 식모가 완벽하게 준비해주었다. 리고베르토씨가 후식으로 즐기는 젤리를 넣은 크레페까지 준비되어 있었다.

첫번째 불행은 도시를 통과할 때 일어났다. 길이 꽉 막혀 좀처럼 나아갈 수가 없었다. 마구 뒤엉킨 승용차, 버스, 온갖 종류의 탈 것 사이를 겨우겨우 빠져나갔다 싶으면, 병목현상으로 말미암아 한참 동안을 꼼짝 못하기도 했다. 시커먼 배기 가스를 뒤집어썼고 가솔린 타는 냄새로 속이 울렁거렸다. 정오가 훨씬 지난 뒤에야 차클라카요에 도착할 수 있었다. 모두 지친 상태였다. 모두 얼굴이 시뻘겋게 달아올라 있었다.

강가에서 적당한 자리를 찾는 일도 생각보다 훨씬 힘들었다. 리막 강 — 가까이에서 보니 리마에서 볼 때와 전혀 딴판이었다. 수량이 풍부한 넓은 강이었다. 진짜 강다운 강이었다. 자갈과 바위에 부딪히며 흐르는 강물이 시원한 물거품을 일으키고 있는 줄 알았다 — 으로 이어지는 지름길을 발견하기까지 얼마나 헤맸는지 몰랐다. 한참을 헤매다보면 다시 그 자리였다. 마침내 마음씨 착한 주민의 도움으로 샛길을 발견해 강가에 도달할 수 있었다. 그러나 상황은 나아지기는커녕 오히려 악화되고 말았다. 리막 강변은 마을 주민들의 쓰레기 장 역할을 하고 있었다(똥오줌도 싸갈기는 모양이었다). 온갖 종류의 쓰레기들 — 종이·깡통·빈병을 필두로 해서 음식찌꺼기·배설물·짐승 시체까지 — 이 지천으로 널려 있었다. 기가 막히는 광경이었다. 게다가 참을 수 없는 악취까지 진동하고 있었다. 한술 더 떠 파리 떼가 구름처럼 몰려드는 바람에 손으로 입을 막아야만 했다. 리고베르토씨가 예상했던 목가적인 나들이에 들어맞는 것은 전혀 없어 보였다. 그럼에도 리고베르토씨는 불굴의 인내심과 십자군과 같은 희망으로 무장하여 부인과 자식을 놀라게 했다. 리고베르토씨는 이러한 역경에 굴복해서는 안 된다고 가족을 설득했다. 그들은 계속해서 적당한 장소를 물색해나갔다.

　한참 만에 적당한 장소 — 다시 말해 숨이 막힐 듯한 악취와 쓰레기가 없는 장소 — 를 찾은 것 같았다. 그러나 그 장소는 이미 수많은 가족들이 차지하고 있었다. 비치파라솔 아래 모여 붉으죽죽한 소스에 비빈 국수를 먹으며, 라디오나 휴대용 카세트를 있는 대로 크게 틀어놓고 열대지방의 음악을 듣는 가족도 있었다. 그 후의 불행은 전적으로 리고베르토씨의 책임이었다. 아무리 자기 욕구에 충실했다고 해도 잘못은 잘못이었다. 자기들만 오붓하게 즐길 수 있는 장소가 필요했다. 국수를 먹고 있는 사람들과는 거리를 두고 싶었다. 도시를 잠시 벗어나면서까지 그 도회지의 산물, 다시 말해 그 야단법석을 달고 다니는 사람들을 도저히 참을 수 없었던 것이다. 리고베르토씨는 해결책을 찾을 수 있을 것 같았다. 리고베르토씨가 보이스카우트를 흉내 내며 나머지 가족에게 제안했다. 신발을 벗고, 바짓단을 걷어올리고 강으로 조금 들어가 보자, 저기 자갈과 잡초더미가 있는 좁은 모래사장이 하나 있다. 그곳에는 기적적으로 주말 나들이객이 한 사람도 없었다. 그래서 세 사람은 그렇게 했다. 아니 정확히 말해 그렇게 하려고 했다. 세 사람은 식모가 시골 나들이를 위해 준비해준 음식과 마실 것이 든 바구니를 챙겨들고 물 속으로 들어갔다. 그러나 한적한 섬을 바로 눈앞에 두고 리고베르토씨가 맥없이 미끄러지고 말았다. 리고베르토씨는 시원한 리막 강물 속으로 철퍼덕 주저앉았다. 강물은 무더운 날씨도 아랑곳하지 않고, 땀을 뻘뻘 흘리는 뚱뚱한 남자도 아랑곳하지 않고 그저 흘러내렸다. 게다가 설상가상이랄지, 점입가경이랄지 피크닉 바구니가 뒤집어지고 말았다. 바구니와 내용물이 강물에 휩쓸려 이리저리 흔들리며 리마로, 태평양으로 흘러내렸다. 매운 세비체 요리가, 오리 백숙이, 젤리가 든 크레페가 둥둥 떠다녔다. 값비싼 식탁보가, 루크레시아 부인이 이번 피크닉을 위해 특별히 마련한 붉은색 흰색 네모 무늬 냅킨도 둥둥 떠다녔다.

"웃어, 그냥 웃어. 참지 말고 그냥 웃어. 화내지 않을 거니까." 리고베르토씨가 부인과 자식에게 말했다. 부인과 자식은 리고베르토를 일으켜 세웠다. 두 사람은 얼굴을 찡그려가며 터져 나오려는 웃음을 꾹 참고 있었다. 강변에 있던 사람들도 머리끝에서 발끝까지 물을 뒤집어쓴 리고베르토씨를 보고 웃음을 터뜨렸다.

리고베르토씨는 호기 있게(생전 처음이 아니었을까?) 계속 남아 있겠다고 고집을 피웠다. 햇볕으로 금새 몸이 마를 거라고 주장했다. 그러나 루크레시아 부인이 결단을 내렸다. 이런 식으로 있다가는 폐

렴에 걸릴지도 모르니 즉시 리마로 돌아가자고 했다. 세 사람은 리마로 돌아왔다. 절망까지는 가지 않았지만 참담한 심정이었다. 부인과 자식은 가엾은 리고베르토씨를 웃음으로 달랬다. 리고베르토씨는 바지를 벗어던지고 팬티 바람으로 차를 몰았다. 오후 다섯시 경에 바란코의 집에 도착했다. 리고베르토씨가 샤워를 하고 옷을 갈아입는 동안, 루크레시아 부인은 주말 외출에서 방금 돌아온 후스티니아나 ― 집사와 식모는 저녁에나 돌아올 것이다 ― 와 함께 치킨 샌드위치와 아보카도·계란·토마토로 만든 샌드위치로 늦은 점심, 그 사연 많은 점심을 준비했다.

"아빠, 아빠는 새엄마와 다시 합친 뒤부터 착해졌어."

리고베르토씨는 샌드위치를 먹다 말고 물었다.

"진심으로 하는 말이냐?"

"진심이야." 아이가 루크레시아 부인을 돌아보며 대답했다. "그렇지, 새엄마? 이틀 전부터 뭐든 거절도 않고 불평도 안 해. 기분이 좋은가봐. 항상 좋은 얘기만 하잖아. 이런 게 착하다는 거 아냐?"

"다시 합친지 겨우 이틀이야." 루크레시아 부인이 웃었다. 그러나 진지한 표정으로 남편을 지그시 바라보며 덧붙였다. "사실, 아빠는 항상 착한 사람이었어. 네가 좀 늦게 알아차린 거지, 폰치토."

"착하다는 말에 좋아해야 할지 말아야 할지 모르겠네." 리고베르토씨가 마침내 신경질적으로 맞받아 쳤다. "내가 아는 착한 사람들은 모두 좀 멍청한 놈들인데 말야. 상상력이나 욕심이 없으면 착한 줄 안다니까. 난 지금보다 더 멍청하게 되긴 싫단 말이지. 그랬다간 참을 수 없을 것 같단 말이지."

"그럴 위험은 없어요." 루크레시아 부인은 얼굴을 남편 쪽으로 내밀고 이마에 입을 맞추었다. "당신이 세상 전부야, 이것만 빼고."

부인은 매우 아름다웠다. 차클라카요의 태양에 그을린 양볼, 훤히 드러난 어깨와 팔, 하늘거리는 꽃무늬 옥양목 원피스, 신선하고 상쾌한 모습이었다. '정말 아름답군. 다시 젊어졌어.' 리고베르토씨는 생각했다. 리고베르토씨는 부인의 농익은 목덜미와 귀엽게 말린 귓불을 흐뭇하게 바라보았다. 귀밑머리가 한 가닥 늘어져 있었다. 실내화와 같은 색인 노란색 끈으로 묶인 머리채가 목덜미 뒤에서 찰랑거렸다. 부인은 11년 전 처음 만났던 날보다 한층 젊어 보였고 한층 매력 있어 보였다. 흐르는 세월도 어쩌지 못한 저 건강하고 아름다운 육체의 비결은 어디에 있단 말인가? '눈이다.' 리고베르토씨는 생각했다. 눈동자 색이 변해 있었다. 연한 갈색 눈동자가 진초록 눈동자로, 부드러운 검은색 눈동자로 바뀌어 있었다. 지금 그 눈은 길고 짙은 속눈썹 아래에서 한결 밝게 보였고, 한층 초롱초롱해 보였다. 마치 불꽃이 튀는 것 같았다. 부인은 남편이 쳐다보고 있다는 사실도 의식하지 못한 채 아보카도·계란·토마토로 만든 샌드위치를 두 개째 맛있게 먹으며 시원한 맥주를 홀짝거렸다. 입술에 맥주 거품이 남아 있었다. 자신을 사로잡는 이 느낌이 바로 행복이라는 것일까? 루크레시아에 대한 이 경탄과 감사와 욕구가 바로 행복이라는 것일까? 그렇다. 리고베르토씨는 어서 시간이 화살같이 흘러 밤이 되기를 간절히 기원했다. 다시 한 번 둘만 있게 될 것이다, 마침내, 이곳에서, 사랑스런 여인을, 그 살과 뼈를 품에 안게 될 것이다.

"내가 가끔 나와 에곤 실레가 닮지 않았다고 느끼는 한 가지는 말야, 에곤 실레는 시골을 엄청 좋아했는데 난 전혀 아니라는 거야." 폰치토가 말했다. 아이는 조금 전부터 한 가지 생각에 빠져 있었다. 이제 그 생각이 밖으로 튀어나온 것이다. "이런 점에서는 난 아빠를 닮았어. 나무나 소 같은 것은 전혀 시덥지 않거든."

"그래서 피크닉이 엉망이 된 거야." 리고베르토씨가 진지하게 말했다. "대자연이 원수들에게 복수를 감행한 거지. 에곤 실레 얘기는 뭐냐?"

"나와 에곤 실레가 닮지 않은 것이 하나 있는데, 바로 시골이라는 거야. 에곤 실레는 엄청 좋아했는데 난 아니거든." 폰치토가 설명했다. "에곤 실레는 자연을 너무 좋아한 바람에 톡톡히 값을 치러야 했어. 자연 때문에 감옥에 갇혀 한 달 동안이나 감옥살이를 했으니까. 감옥에서 거의 미칠 뻔했다니까. 빈에만 있었다면 그런 일은 없었을 텐데."

"에곤 실레에 대해 어떻게 그렇게 자세히 알고 있는 거냐, 폰치토?" 리고베르토씨가 깜짝 놀라 물었다.

"얼마나 속속들이 아는지 상상도 못 할 거예요." 루크레시아 부인이 끼어들었다. "그 사람이 28년을 사는 동안 무슨 일을 했는지, 무얼 썼는지, 무슨 일을 겪었는지 다 외우고 있어요. 그림도 스케치도 판화도 다 외우고 있어요. 제목이나 날짜까지도요. 심지어 자신을 에곤 실레의 환생으로까지 여긴다니까요. 난 정말이지 걱정스러워요."

리고베르토씨는 웃지 않았다. 부인의 말을 잘 고려해보겠다는 듯이 고개를 주억거렸다. 그러나 실제로는 놀라움을 감추고 있었다. 느닷없이 튀어나온 구더기 한 마리가 머릿속을 파헤치고 다니기 시작했다. 모든 악의 근원인 저 종잡을 수 없는 궁금증. 폰치토가 에곤 실레에 대해 모르는 것이 없다는 사실을 루크레시아는 어떻게 알 수 있었단 말인가? 리고베르토씨는 생각했다. '실레라니! 오스카 코코슈카가 표현주의의 이단이라고 지적했던 인물이 아닌가! 그런 인물이었다. 바로 도색화가였다.' 에곤 실레를 향한 증오심이 끓어올랐다. 창자가 뒤틀리는 것 같았다. 신물이 넘어왔다. 스페인 독감으로 죽었

〈꽃밭〉, 1910.

다고? 쌤통이었다. 폰치토가 저 오스트리아-헝가리 제국 말기에 태어난 저 시답잖은 그림쟁이, 제때에 잘도 뒈져버린 저 같잖은 놈을 닮았다고 생각한다는 사실을 루크레시아는 어떻게 알게 되었단 말인가? 더더욱 기가 막혔던 것은 스스로 자기 함정을 파고 있다는 사실도 모른 채 루크레시아가 계속해서 지껄이며 자신을 괴롭게 한다는 것이었다.

"이 이야기를 꺼내게 된 게 다행이에요, 리고베르토. 얼마 전부터 이 얘기를 당신한테 하고 싶었어요. 편지를 쓸까 하는 생각도 해보았어요. 아이가 그 화가에 너무 빠져 있어 걱정이 이만저만이 아니었어요. 그래, 폰치토. 우리 셋이서 이 문제를 얘기해보자. 네 아빠보다 더 좋은 충고를 해줄 사람이 누구겠니? 나도 여러 번 얘기했잖니. 에곤 실레를 좋아한다는 것 자체가 나쁘다는 얘기가 아냐. 하지만 넌 너무 지나치잖니. 우리 셋이서 의견을 모아봤으면 하는데, 너도 괜찮지?"

"아빠 기분이 좋지 않은 것 같은데, 새엄마." 폰치토가 순진하게 말했다. 리고베르토씨의 복장에 불을 지르는 것 같았다.

"어머나 세상에, 저 얼굴 창백해진 것 좀 봐. 그 봐요. 내가 그랬잖아요. 강물에 빠져 병이 난 거라고요."

"아무것도 아냐, 별일 아냐." 리고베르토씨는 더듬거리며 부인을 안심시켰다. "한 입 베어먹다가 목에 걸려서 그래. 뼈라도 걸렸나봐. 됐어. 이제 넘어갔어. 이젠 괜찮아. 염려 마."

"그래도 몸을 떨고 있으면서." 루크레시아 부인이 놀라 남편의 이마를 짚어보았다. "감기에 걸린 게 분명해요. 뜨거운 마테 차와 아스피린 두 알을 먹어야겠어요. 준비해올게요. 아니, 가만있어요. 그냥 침대로 가기나 해요."

'침대'라는 말에 리고베르토씨는 정신을 바짝 차렸다. 방금 전까지 생생했던 행복과 의욕이 어느 순간 추저분한 생각으로 곤두박질쳤다. 루크레시아 부인이 부엌 쪽으로 종종걸음치는 모습이 보였다. 폰치토가 순진한 눈빛으로 자신을 쳐다보고 있었다. 불편했다. 리고베르토씨는 침묵을 깨기 위해 입을 열었다.

"실레는 시골에 갔다고 해서 감옥에 갇혔단 말이냐?"

"시골에 가서 그런 게 아냐. 말도 안 돼." 자식놈이 활짝 웃었다. "풍기문란과 미성년자 추행 혐의로 고발당한 거야. 노이렝바흐라는 작은 마을에서 있었던 일이야. 빈에만 남아 있었어도 그런 일은 없었을 텐데."

"아, 그래? 얘기해봐." 리고베르토씨는 아이를 재촉했다. 시간을 벌겠다는 생각뿐 다른 의도는 없었다. 햇빛 찬란한 영광스러운 이틀은 이미 과거 일이었다. 지금의 심정은 천둥 번개 치는 소나기를 고스란히 맞고 있는 것 같았다. 리고베르토씨는 예전에 써먹었던 방법을 동원했다. 신화 속 인물들을 하나하나 떠올리며 마음을 진정시켰다. 키클롭스, 사이렌, 사람을 먹는 레트리곤 종족, 연꽃 열매를 먹고 살았다는 로투스 이터 종족, 오디세우스의 부하들을 돼지로 만들어버린 마녀 키르케, 칼립소. 거기서 막혔다.

1912년 봄에 있었던 일이다. 정확히 4월이었다. 아이가 신이 나서 떠들어대고 있었다. 에곤과 에곤의 애인 발리(발리는 별명이었고 실제 이름은 발레리아 노이칠이었다)는 그 발음하기 힘든 마을, 즉 노이렝바흐 마을 외곽 들판에 외딴 집을 한 채 빌려 살고 있었다. 에곤은 날씨가 좋으면 집밖으로 나가 그림을 그리곤 했다. 어느 날 오후, 계집아이 하나가 에곤에게 다가와 말을 걸었다. 두 사람은 얘기만 나누었을 뿐 다른 일은 없었다. 계집아이는 여러 번 에곤을 찾아왔다. 폭풍이 몰아치던 어느 날 밤, 계집아이가 흠뻑 젖은 채 에곤과 발리 앞에 나타났다. 그리고 집에서 도망쳐 나왔다고 말했다. 두 사람은 계집아이를 달랬다. 잘못한 거야, 집으로 돌아가. 그러나 계집아이는 아니라고, 아니라고 도리질쳤다. 적어도 오늘밤만은 같이 있게 해주세요. 두 사람은 허락했다. 계집아이는 발리와 함께 잤다. 에곤 실레는 다른 방에서 잤다. 다음 날……. 이 대목을 얘기할 때 루크레시아 부인이 돌아왔다. 부인은 김이 모락모락 피어오르는 약 그릇과 아스피린 두 알을 가져왔다. 부인이 폰치토의 말을 가로챘다. 리고베르토씨는 그때까지 아이의 말을 건성으로 흘려듣고 있었다.

"자 따뜻할 때 다 마셔요." 루크레시아 부인이 남편에게 애교를 떨었다. "아스피린 두 알도 함께. 그런 다음 침대로 가요. 내가 재워줄게요. 나한테 감기 옮기면 안돼요, 아저씨."

리고베르토씨 — 커다란 콧구멍으로 풀잎 향이 밀려들었다 — 는 느낄 수 있었다. 부인의 입술이 머리숱이 적은 머리에 잠시 와 닿는 것 같았다.

"아빠한테 에곤 실레가 감옥에 갇힌 얘기를 해주고 있었어, 새엄마." 폰치토가 말했다. "새엄마는 너무 많이 들은 얘기라서 다시 들으면 짜증 날 꺼야."

"아냐, 안 그래. 무슨 소리니. 그냥 계속해." 루크레시아 부인이 아이를 재촉했다. "하긴 뭐, 줄줄이 외고 있을 정도이긴 해."

"새엄마한테 언제 이 얘기를 해준 거냐?" 리고베르토씨는 마테 차를 마시는 중에 말을 내뱉고 말았다. "집에 온지도 겨우 이틀이고 내가 밤낮 붙어 있었는데."

"올리바르 공원에 있는 집을 찾아다닐 때 얘기해 준거지." 아이는 여느 때와 같이 천진난만한 표정으로 말했다. "새엄마가 아빠한테

〈발레리에 노이칠의 초상〉, 1912.

아직 얘기 안 했나?"

리고베르토씨는 식당 안 공기가 얼어붙는 것 같았다. 부인에게 말을 걸지 않기 위해, 부인을 쳐다보지 않기 위해 뜨거운 차를 한 모금 냉큼 들이키는 바람에 입천장과 식도를 데고 말았다. 내장에 불이 난 것 같았다.

"얘기할 틈이 없었어." 루크레시아 부인이 더듬거리는 소리가 들렸다. 리고베르토씨는 부인을 쳐다보았다. "어쩜, 어쩜." 부인의 얼굴이 창백했다. "기회가 되면 얘기할 참이었어. 애가 찾아온 것이 잘못인가 뭐?"

"잘못은 뭔 놈의 잘못." 리고베르토씨가 그 달콤한 향을 풍기는 지독하게 뜨거운 차를 한 모금 마시며 말했다. "새엄마를 찾아가 내 소식을 전한 거라면 썩 잘한 일이겠지. 그건 그렇고, 실레와 애인 얘기는 어떻게 된 거야? 얘기를 반밖에 안 했잖아. 어떻게 끝나는지 듣고 싶어."

"계속 해도 돼?" 폰치토가 좋아했다.

리고베르토씨는 목구멍에서 불길이 이는 것 같았다. 리고베르토씨는 짐작할 수 있었다. 옆에서 입을 꾹 다물고 돌처럼 굳어 있는 부인 역시 심장이 터질 지경일 것이다. 자신과 똑같은 심정일 것이다.

좋아, 그럼 말이지······. 다음 날, 에곤과 발리는 계집아이와 함께 기차를 타고 빈으로 돌아와 계집아이의 할머니 집에 계집아이를 맡겼다. 계집아이는 할머니와 함께 있겠다고 두 사람에게 약속했다. 그러나 계집아이는 이내 말을 바꾸었다. 계집아이는 발리와 함께 호텔에서 밤을 보냈다. 다음 날 아침, 에곤과 발리는 계집아이와 함께 노이렝바흐 마을로 돌아왔다. 계집아이는 노이렝바흐에 와서도 두 사람과 함께 이틀을 더 지냈다. 삼일 째 되던 날, 계집아이의 아버지가 나타났다. 그때 에곤은 집 밖에서 그림을 그리고 있었다. 계집아이의 아버지가 에곤에게 다가왔다. 계집아이의 아버지는 화를 버럭버럭 내며 경찰에 신고했다고, 미성년자인 자신의 딸을 추행한 혐의로 고발했다고 알렸다. 에곤 실레는 계집아이의 아버지를 진정시키려고 애를 썼다. 아무 일도 없었다고 해명했다. 집 안에 있다가 아버지를 발견한 계집아이는 가위를 들고 손목을 자르려 했다. 그러나 발리와 에곤과 아버지가 계집아이를 붙들었다. 계집아이와 아버지는 한참 동안 얘기를 나눈 끝에 서로 화해했다. 그리고 함께 떠났다. 에곤과 발리는 모든 일이 해결되었다고 생각했다. 그러나 그게 아니었다. 며칠 뒤, 경찰이 와서 에곤을 체포했다.

　리고베르토씨와 루크레시아 부인은 아이의 얘기를 듣고 있었던가? 겉으로 보기에는 그런 것 같았다. 리고베르토씨도 루크레시아 부인도 꼼짝 않고 있었다. 몸을 움직이는 것뿐만 아니라 숨을 쉬는 것도 잊고 있는 듯 했다. 두 사람은 아이의 이야기를 듣는 동안 아이를 뚫어지게 바라보고 있었다. 아이는 노련한 이야기꾼처럼 끊을 때는 끊고, 강조할 때는 강조해가며, 술술 얘기를 풀어가고 있었다. 두 사람 모두 눈도 깜박이지 않았다. 그러나, 저 창백한 낯빛은 왜인가? 그러나, 저 무엇에 홀린 듯한 눈빛은 왜인가? 저 옛날 고리짝 화가의 케케묵은 이야기에 감동이라도 받았단 말인가? 리고베르토씨는 폰치토의 번뜩이는 커다란 눈 속에서 이런 질문을 읽을 수 있을 것 같았다. 폰치토의 번뜩이는 두 눈이 두 사람을 하나하나 지켜보고 있었다. 마치 무슨 대답이라도 기다리는 것 같았다. 두 사람을 비웃는 것일까? 아니면 나를 비웃는 것일까? 리고베르토씨는 자식놈의 밝고 투명한 눈을 똑바로 쳐다보았다. 무슨 꿍꿍이속이 있는 건 아닐까, 저 찡긋거리는 눈, 저 반짝반짝 빛나는 눈, 저 속에 무슨 꼼수가, 무슨 책략이,

무슨 속임수가 숨어 있는 건 아닐까? 그러나 아무것도 찾을 수 없었다. 그저 순진한 아이의 건강하고 밝고 깨끗한 시선일 뿐이었다.

"아빠, 계속해? 더 듣기 싫어?"

리고베르토씨는 고개를 가로 저었다. 너무 힘들었다. 목구멍이 사포처럼 깔깔했다. 겨우 말이 나왔다. "그래, 감옥에서는 어땠는데?"

에곤은 풍기문란과 미성년자 추행 혐의로 24일간 철창에 갇혔다. 계집아이와 관련된 일이 미성년자 추행 혐의였고, 경찰이 에곤의 집에서 발견한 누드화가 풍기문란에 해당되는 것이었다. 계집아이를 건드리지 않았다는 사실은 증명할 수 있어 추행 혐의는 벗을 수 있었다. 그러나 풍기문란 혐의는 벗을 수 없었다. 판사는 이렇게 판결했다. 미성년자 계집아이들과 사내아이들이 에곤의 집을 찾아다녔기 때문에 누드화를 그릴 수 있었을 것이다. 따라서 실레는 벌을 받아 마땅하다. 어떤 벌을 내릴 것인가? 그 추잡한 그림들을 모조리 불질러버리는 것이다.

에곤 실레는 감옥에서 말할 수 없는 고통을 겪었다. 에곤은 감옥살이를 하면서 자화상을 그렸다. 빼빼 마른 몸, 텁수룩한 수염, 쑥 들어간 눈, 말 그대로 해골바가지였다. 에곤은 지니고 있던 신문에 글도 남겼다. ("잠깐만, 잠깐만, 무슨 글인지 기억해낼 수 있어.") '나는 천성적으로 자유를 갈구한다. 이 세상 누구보다 더 자유를 갈구한다. 그런 내가 민중을 도외시한 법망에 걸려 지금 잡혀 있다.' 에곤 실레는 감옥에서 13점의 수채화를 그렸다. 에곤 실레는 그림이라도 그릴 수 있었기 때문에 미치지 않을 수 있었고 자살의 유혹도 이겨낼 수 있었다. 엉성한 침대, 문, 창문, 발리가 날마다 사식으로 넣어준 반짝이는 사과 한 알이 그림의 소재였다. 발리는 매일 아침 감옥 주변을 맴돌았다. 그러면 에곤은 감옥 쇠창살 너머로나마 발리의 모습을 볼 수

〈꽈리나무와 함께 그린 자화상〉, 1912.

있었다. 발리는 에곤을 너무너무 사랑했다. 발리는 에곤과 꿈같은 시절을 보냈다. 그래서 그 참담한 한 달 동안 에곤을 위해 온갖 정성을 쏟았다. 반면에 에곤은 발리를 그렇게까지는 사랑하지 않았을 것이다. 발리를 그렸다. 그렇다. 발리를 모델로 삼았다. 그랬다. 그러나 모델은 그녀만이 아니었다. 모델은 많았다. 특히 길거리에서 주워 스튜디오로 데려온 계집아이들, 옷을 반나마 벗겨, 온갖 포즈를 취하게 하고, 사다리를 기어올라가 그림을 그렸던 그 계집아이들. 에곤은 계집아이들과 사내아이들에게 집착했다. 그 아이들을 위해서라면 목숨까지 내놓았을 것이다. 아이들은 에곤에게 모델 이상의 의미였을 것이다. 말 그대로 좋은 의미에서든 나쁜 의도에서든, 에곤은 정말로 아이들을 좋아했다. 전기작가들은 다 이렇게 증언했다. 에곤은 예술가임과 동시에 성도착증 환자였다. 에곤은 사내아이들과 계집아이들만 유독 좋아했던 것이다……

"좋아, 됐어. 사실 몸이 좀 으스스한데." 리고베르토씨가 폰치토의 말을 가로막았다. 리고베르토씨는 느닷없이 자리를 박차고 일어났다. 그 바람에 무릎 위에 올려놓았던 냅킨이 바닥으로 굴러 떨어졌다. "루크레시아, 당신 말을 듣는 게 낫겠어. 가서 누워야겠어. 나한테서 감기 옮지 않도록 조심해."

리고베르토씨는 부인은 쳐다보지도 않고 아이를 향해서만 말했다. 아이는 리고베르토씨가 일어나는 것을 보고 입을 다물고 겁먹은 표정을 지었다. 손으로 얼굴을 막으려는 듯 했다. 리고베르토씨는 루크레시아 곁을 지나 계단으로 향할 때조차 그녀를 쳐다보지 않았지만, 아직까지 루크레시아의 안색이 창백한지 알고 싶어 미칠 지경이었다. 아니, 분노·경악·불안·초조로 가슴이 터질 것 같았다. 생각했다. 아이의 말과 행동이 뭔가 꿍꿍이속이 있어 그런 것인지, 아니면 지금의 행복을 시기하여 음모·책략·파괴·불행이 우연찮게 한꺼번에 몰려든 것인지 알 수 없었다. 리고베르토씨는 자신이 다 늙어빠진 노인네처럼 발을 질질 끌고 있다는 사실을 알아차리고 몸을 곧게 폈다. 리고베르토씨는 경쾌한 걸음으로 계단을 올랐다. 그래도 아직까지는 몸이 곧고 혈기왕성한 사내라는 것을 과시하려는 것(대체 누구에게?) 같았다.

리고베르토씨는 구두만 벗고 침대에 드러누워 눈을 감았다. 몸에서 신열이 났다. 눈꺼풀 아래 어둠 속을 푸른 점들이 떠다녔다. 그날 오전, 그 지랄 같은 피크닉 때 들었던 말벌들의 윙윙대는 소리가 요란하게 사정없이 귓전을 파고드는 것 같았다. 잠시 후, 강한 수면제 덕으로 잠이 들었다. 아니 기절한 건 아니었을까? 꿈을 꾸었다. 그는 갑상선종을 앓고 있었다. 폰치토가 늙은이 같은 목소리와 전문가다운 자세로 그에게 경고했다. '조심해, 아빠! 이건 침투력이 강한 바이러스야. 이게 불알까지 내려가게 되면 불알이 테니스공처럼 커진단 말야. 그럼 불알을 몽창 발라내야 된단 말야. 썩은 어금니처럼 말이야.' 리고베르토씨는 헐떡거리며 잠에서 깨어났다. 온몸이 땀으로 흥건히 젖어 있었다 — 루크레시아 부인이 이불을 덮어주었다. 정신을 차리고 보니 벌써 한밤중이었다. 어두웠다. 하늘에는 별도 없었다. 안개가 끼어 미라플로레스 방파제 불빛도 보이지 않았다. 욕실 문이 열렸다. 한 줄기 빛이 어두운 방안으로 스며들었다. 루크레시아 부인이 나타났다. 실내복을 입고 있었다. 잠자리에 들 모양이었다.

"그놈, 괴물 아냐?" 리고베르토씨가 루크레시아 부인에게 물었다. 마음이 쓰렸다. "지놈이 무슨 짓을 하는지, 무슨 말을 하는지 뻔히 알고 있잖아? 결과를 미리 재가며 그런 짓을 하는 거잖아? 아니, 그렇지 않을 수도 있지 않을까? 그냥 단순히, 개구쟁이라서, 자신의 행동이 어떤 결과를 가져올지도 모르고 그냥 그러는 것은 아닐까?"

부인이 침대 발치로 무너져 내렸다.

"나도 날마다, 하루에도 몇 번씩, 그런 생각을 해봐요." 부인은 맥을 놓고 한숨을 내쉬었다. "아이는 아마 모르고 그럴 거예요. 이젠 좀 괜찮아요? 당신 두 시간 이상 잤어요. 뜨거운 레몬차를 준비해 뒀어요. 보온병에 있는데, 한 잔 드려요? 그건 그거고요, 여보. 폰치토가 올리바르 공원에 있는 집으로 날 찾아왔었다는 사실을 숨길 생각은 전혀 없었어요. 지난 이틀 동안 너무 정신이 없어 깜박했던 거예요."

"물론 그랬겠지." 리고베르토씨는 손사래를 치며 서둘러 부인의 말을 막았다. "이 얘기는 더이상 하지 맙시다, 제발."

리고베르토씨는 중얼거리며 침대에서 일어났다. '정신없이 자보기는 평생 처음이로군.' 옷장으로 갔다. 옷을 벗었다. 실내복과 슬리퍼 차림으로 욕실로 들어갔다. 잠자리에 들기 전에 간단하게 목욕을 할 생각이었다. 기분이 울적했다. 어지러웠다. 머리가 띵한 것이 독감에 걸린 것 같았다. 욕조에 미지근한 물을 받기 시작했다. 소금을 반 컵 가량 부었다. 욕조에 물이 차는 동안 치아용 실로 이를 닦고 칫솔질을 했다. 그리고 작은 핀셋으로 귓가에 새로 난 털을 뽑았다. 얼마 만에 가져보는 시간인가? 일주일에 하루씩을 잡아 목욕 후에 신체 기관을 하나하나 손보는 것이 습관이었다. 루크레시아와 헤어진 이후로는 처음이었다. 한 1년 정도, 그 정도겠지. 그래, 다시 계획을 짜서 요일별로 몸을 돌보아야지. 월요일에는 귀, 화요일에는 코, 수요일에는 다리, 목요일에는 손, 금요일에는 입과 치아, 등등. 욕조에 몸을 담갔다. 기분이 좀 풀리는 것 같았다. 상상해보았다. 루크레시아는 벌써 시트 밑으로 들어갔을까? 어떤 속옷을 입고 있을까? 발가벗고 있는 건 아닐까? 그러나 그런 중에서도 불길한 형상이 때때로 머릿속을 파고들었다. 산 이시드로 올리바르 공원에 있는 집, 문가에 서서 가녀린 손가락으로 벨을 누르고 있는 어린아이의 모습. 아이에 대해서는 당장 결단을 내려야 할 것 같았다. 하지만, 어떤 결단을 내려야 한단 말인가? 어떤 결단을 내리더라도 그 모두 부적절할 것 같았고 불가능해 보였다. 욕조에서 나와 몸을 닦았다. 런던 플로리스 상점에서 파는 화장수로 몸을 문질렀다. 로이드에 다닐 때 사귄 동창이 런던에서 비누·면도크림·탈취제·탤컴파우더·향수 따위를 정기적으로 보내주었다. 리고베르토씨는 깨끗한 실크 파자마로 갈아입고 실내복은 옷장에 걸었다.

　루크레시아 부인은 이미 침대에 누워 있었다. 머리맡 전등 외에 방 안의 모든 불이 꺼져 있었다. 밖에서는 파도가 바랑코 절벽으로 거세게 몰아치고 있었고, 바람이 요란하게 울부짖고 있었다. 시트를 걷고 부인 곁으로 미끄러져 들어갈 때 심장이 요동치는 것을 느낄 수 있었다. 부드럽고 신선한 풀내음이, 이슬에 젖은 꽃잎 냄새가, 봄의 향기가 콧구멍을 파고들어 뇌를 자극했다. 곧 터져버릴 것 같은 팽팽한 긴장감, 왼쪽 발 바로 아래 아내의 허벅지가 놓여 있었다. 희미한 반사광, 아내는 실크 슈미즈를 걸치고 있었다. 어깨에 걸쳐진 가느다란 어깨 끈, 레이스를 두른 앞자락, 그 사이로 아내의 젖무덤이 살짝 드러났다. 숨결이 거칠어졌다. 자세를 바꿨다. 맹렬한, 터질 것 같은 욕구가 온몸을 사로잡았다. 그 욕구가 온몸의 구멍을 통해 스멀스멀 기어 나왔다. 아내의 체취에 취해 정신이 아뜩해왔다.

　그 순간, 루크레시아가 알아차린 듯 손을 뻗었다. 루크레시아가 불을 껐다. 루크레시아는 그 동작 그대로 남편을 향해 돌아누워 남편을 안았다. 리고베르토씨는 루크레시아 부인의 몸이 닿자 신음을 토해냈다. 리고베르토씨는 허겁지겁 아내의 몸을 거세게 껴안았다. 아내도 두 팔과 두 다리로 남편의 몸을 휘감았다. 리고베르토씨는 아내의 목덜미와 머리칼에 입을 맞추며 사랑의 밀어를 속삭였다. 그러나, 파자마를 벗어 던지고, 아내의 슈미즈를 벗기려는 순간, 루크레시아 부인이 남편의 귀에 무언가 속삭였다. 리고베르토씨는 대번에 얼어붙었다. 얼음물을 뒤집어쓴 느낌이었다.

"6개월 전에 날 보러 왔어요. 어느 날 오후, 느닷없이 올리바르 공원의 집에 나타났던 거예요. 그때부터 빠짐없이 날 찾아왔어요. 학교가 끝나면 미술학원을 빼먹고 말예요. 일주일에 서너 번은 찾아왔어요. 나랑 차를 마시며 한두 시간 정도 있다 갔어요. 어제나 그제 얘기할 수도 있었는데, 왜 안 했는지 모르겠어요. 얘기하려고 했는데 말예요. 진짜 얘기하려고 했어요."

"제발, 루크레시아." 리고베르토씨가 사정했다. "더이상 얘기하지 마. 제발 부탁이야. 사랑해."

"지금 얘기하고 싶어요. 지금, 지금."

부인이 남편에게 감겨들었다. 남편의 입이 부인의 입을 찾았다. 부인은 입을 벌려 남편의 입술을 굶주린 듯 핥았다. 부인은 남편의 파자마를 벗겨 내렸고, 남편은 부인의 슈미즈를 끌어내렸다. 남편이 손으로 부인의 몸을 더듬으며, 입술로 머리카락·귀·뺨·목덜미를 애무하는 동안 부인은 계속 중얼거렸다.

"그 아이와 자지는 않았어요."

"아무것도 알고 싶지 않아, 여보. 지금 이런 얘기를 꼭 해야 하나?"

"그래요, 지금. 그 아이와 자진 않았지만, 잠깐만. 그건 내가 몸을 사려서가 아니라, 그 아이 잘못 때문이에요. 내게 요구했다면, 눈치만 슬쩍 비쳤어도, 그 아이와 같이 잤을 거예요. 얼마나 하고 싶었는데요, 리고베르토. 나는 그 애가 다녀간 뒤에는 앓아누웠어요. 그냥 보낸 게 아쉬워서요. 날 미워하지 않을 거죠? 당신에게 사실대로 말해야겠어요."

"결코 당신을 미워하지 않을 거요. 당신을 사랑해, 여보, 당신은 내 여자야."

그러나 부인은 새로운 고백을 늘어놓았다. 남편은 멈칫했다.

"사실은 말이죠, 그 아이가 이 집에서 나가지 않는다면, 그 아이가 우리와 계속 같이 산다면, 그런 일이 벌어질 것 같아요. 미안해요, 리고베르토. 당신도 알고 있어야 해요. 난 그 아이 앞에서는 어쩔 수가 없어요. 그런 일이 벌어지면 안 돼요. 지난번처럼 당신에게 고통을 안겨줄 순 없어요. 당신이 고통스러워했다는 거 알아요, 여보. 하지만 당신을 속일 수는 없어요. 그 아이에겐 뿌리칠 수 없는 뭔가가 있어요. 모르겠어요. 그 아이가 다시 원해오면 그렇게 할 수밖에 없어요. 나 자신을 막을 수 없을 것 같아요. 그런 일이 다시 벌어지면 우리 사이도 영영 끝이겠지만. 미안해요, 여보. 미안해요. 하지만 사실인걸요, 리고베르토. 진짜란 말예요."

부인이 울음을 터뜨렸다. 흥분이 싹 가셨다. 남편은 부인을 안았다. 맥이 풀렸다.

"당신이 한 말, 다 알고 있어." 남편은 부인을 어루만지며 중얼거렸다. "나보고 뭘 어쩌란 거야? 내 자식놈인데. 내가 놈을 어디로 보내겠어? 누구한테? 아직 어린애야. 내가 그 문제로 고민해보지 않은 것 같아? 좀더 크면 물론 내보내야지. 적어도 학교는 졸업해야지. 화가가 되고 싶다고 하잖았어? 바로 그거야. 미술 공부를 하러 떠나겠지. 미국으로나 유럽으로. 빈으로 갈 수도 있고. 표현주의에 미쳐있다고 하잖아? 실레가 공부했던 학교, 실레가 살다 죽은 도시로 가겠지. 하지만, 저 어린것을 어떻게 당장 집에서 내쫓을 수 있겠어?"

루크레시아 부인은 남편에게 엉겨들었다. 두 사람의 다리가 얽혀들었다. 부인은 발을 남편의 발 위에 올려놓았다.

"집에서 내쫓으란 얘기가 아녜요." 부인이 한숨을 내쉬었다. "아직 어린아이라는 걸 나도 잘 알고 있어요. 자신이 얼마나 위험한 존재인지, 자신이 어떤 불행을 몰고 올지, 그 아이가 아는지 모르는지 전혀 짐작도 못하겠어요. 그 아름다운 몸으로, 그 영특한 머리로 말예요. 진짜 무서운 아이예요. 바로 그렇잖아요, 사실이잖아요, 그래서 하는 말이에요. 그 아이와 함께 있으면 사는 게 너무 위태위태해요. 그런 일이 다시는 벌어지지 않게 하려면, 날 감시해야 할 거예요. 날 가둬놓고 꼼짝 못하게 해주세요. 난 다른 사람과는 자고 싶지 않아요. 오로지 당신하고만 자고 싶어요, 여보. 그만큼 당신을 사랑해요, 리고베르토. 당신이 얼마나 필요했는지, 당신을 얼마나 그리워했는지, 당신은 모를 거예요."

"알아요, 여보 알고 있어요."

리고베르토씨는 부인의 몸을 돌려 똑바로 눕게 만들었다. 그리고 부인의 몸을 올라탔다. 루크레시아 부인도 자극을 받은 것 같았다. 볼에 흐르던 눈물도 말랐다. 몸이 뜨거워지면서 숨결이 거칠어졌다. 부인은 리고베르토씨가 올라타자 가랑이를 벌렸다. 리고베르토씨는 파고들었다. 리고베르토씨는 눈을 감은 채 부인의 입술을 빨았다. 깊고도 긴 입맞춤. 리고베르토씨는 오직 그 일에 몰두했다. 행복감이 밀려들었다. 완전히 합치된 두 개의 몸뚱이. 두 개의 몸뚱이가 머리끝에서 발끝까지 하나로 포개졌다. 두 몸뚱이의 땀방울이 섞여들었다. 차분하게 물결치듯 요동치는 두 개의 몸뚱이. 그 희열이 한없이 이어졌다.

"사실 말이지만, 당신은 지난 1년 동안 수많은 놈들과 잠자리를 같이 했어." 남편이 말했다.

"아, 그래요?" 부인이 갸르릉거렸다. 비밀스런 분비물이 속에서 흘러나오는 것 같았다. "얼마나? 누구? 어디서?"

"고양이들과 함께 그 짓을 하게 한 동물 애호가 친구." '역겨워, 역겨워.' 부인이 가볍게 몸을 뒤틀었다. "어릴 때 애인, 당신을 파리로 베네치아로 데리고 다닌 학자 놈, 그리고 노래를 한다는 그……."

"자세히 말해봐요." 루크레시아 부인이 숨을 헐떡였다. "모두, 사소한 것까지 다. 내가 무슨 짓을 했는지, 내가 뭘 먹었는지, 그 사람들이 내게 무슨 짓을 했는지."

"피토 세보야 그 쪼다리 놈도 당신을 먹을 뻔했지. 후스티니아나까지. 당신이 후스티니아나를 용케 구해내서, 여기 이 침대에서 후스티니아나와 한판 벌이긴 했지만."

"후스티니아나와요? 여기 이 침대에서?" 루크레시아 부인이 웃음을 터뜨렸다. "후스티니아나와 그런 적이 있긴 해요. 다 폰치토 잘못이에요. 올리바르 공원 집에서, 어느 날 오후에, 후스티니아나와 한 번 했어요. 내가 당신을 속인 것은 그 때뿐이었어요, 리고베르토. 하지만 머릿속으로는 수백 번도 더 속였을 거예요. 당신이 날 속인 것만큼요."

"나는 생각으로라도 당신을 속인 적이 없어. 그래, 말해봐, 말해." 남편은 몸동작에 속도를 더했다.

"난 나중에 얘기할게요. 당신이 먼저 말해요. 그래 내가 누구랑 잤어요? 어떻게? 어디서?"

"생각해보았지. 쌍둥이 형제, 해적 형제 놈과 난장판을 벌였겠지. 거세당한 모터사이클 선수도 있겠지. 당신은 버지니아의 법대 교수로 있으면서 순진한 법학자를 유혹했어. 당신은 또 알제리 대사 부인과도 사랑을 나누었어, 그것도 사우나탕에서. 당신의 종아리는 18세기 프랑스 성도착자를 미치게 만들었지. 우리가 다시 합치기 전날 밤, 우린 멕시코의 어느 매음굴에 있었어. 잡종 계집년이 내 한쪽 귀를 물어뜯었어."

"웃기지 말아요, 바보. 지금이야." 루크레시아 부인이 몸을 뒤틀었다. "죽일 거야, 죽이겠어, 계속, 계속."

"나도 지금 갈 것 같아. 자 같이, 사랑해."

잠시 후, 남편은 똑바로 누워있었다. 부인은 남편 옆에 누워 남편의 어깨에 머리를 기대고 남편과 얘기를 나누었다. 밖에서는 바람 소리와 함께 발정난 고양이가 날카롭게 울부짖는 소리가 밤의 장막을 찢고 있었다. 자동차 경적 소리와 모터 소리도 간간이 들려왔다.

"난 세상에서 가장 행복한 남자야." 리고베르토씨가 말했다.

부인이 부드럽게 남편의 몸에 몸을 비벼댔다.

"오래 갈까요? 이 행복을 오래도록 유지시킬 수 있을까요?"

"오래 갈 수 없지." 남편이 차분하게 대답했다. "모든 행복은 순간적인 거야. 한 순간 반짝할 뿐이야. 하지만 우린 때때로 그 행복을 되살려내야 해. 꺼지게 내버려둬선 안 돼. 불씨에 계속 바람을 불어넣어야지."

"지금 당장 불씨를 되살리겠어요." 루크레시아 부인이 소리쳤다. "내 폐를 풀무로 사용할 거예요. 불이 꺼질 듯싶으면 힘차게 불어넣겠어요. 그래서 불꽃을 되살릴 거예요. 푸우우우우우! 푸우우우우우!"

두 사람은 서로를 껴안은 채 가만히 있었다. 부인은 움직이지 않았다. 리고베르토씨는 부인이 잠들었다고 생각했다. 그러나 부인은 눈을 뜨고 있었다.

"언젠가는 다시 합칠 거라고 항상 생각했어." 남편이 부인의 귀에 속삭였다. "다시 합치고 싶었지. 몇 달 전부터 방법을 찾아봤어. 그런데, 어디서부터 시작해야 할지 몰랐지. 그럴 때쯤 당신의 편지가 오기 시작했어. 당신은 내 사랑을 읽고 있었던 거야. 당신이 나보다 나아."

부인의 몸이 순간 경직되었다. 그러나 이내 풀렸다.

"멋진 아이디어였어. 편지 말이야." 남편이 말했다. "그래, 익명의 편지였지. 발칙하면서도 기막힌 작전이었어. 당신 참 대담해. 내게 편지를 쓸 구실을 마련하기 위해 내가 익명의 편지를 보냈다고 꾸며낸 것 아니냔 말야. 당신은 언제 봐도 놀라워, 루크레시아. 난 당신을 다 안다고 생각했는데, 그게 아니야. 당신이 그 자그마한 머리로 이런 발칙한 생각을 해낼 줄은 상상도 못했어. 정말 끝내주는 결과를 가져오지 않았어? 내겐 천만다행한 일이야."

다시 길고 긴 침묵이 이어졌다. 리고베르토씨는 부인의 맥박을 재고 있었다. 자신의 맥박과 엇나가는 부인의 맥박. 그러나 가끔씩 박자가 맞기도 했다.

"같이 여행이나 떠났으면 하는데." 잠시 후, 남편이 입을 열었다. 잠이 밀려드는 것 같았다. "아주 먼 곳으로, 이곳과는 완전히 다른 곳으로. 우리가 아는 사람도 없고, 우릴 아는 사람도 없는 곳으로. 아이슬란드쯤이 어떨까? 연말이면 가능할 것 같은데. 일주일이나 열흘 정도 시간을 낼 수 있을 거야. 어때, 괜찮아?"

"난 빈으로 갔으면 싶은데요." 부인이 말했다. 혀가 꼬인 듯 했다. 졸려서 그런가? 아니면 한바탕 일을 치른 후라 피곤해서 그런가? "에곤 실레의 작품을 직접 보고 싶어요. 에곤 실레가 작업했던 장소를 둘러보고 싶어요. 요 몇 달 새 들은 말이라곤 그 사람의 생애·그림·스케치 얘기뿐이었어요. 이젠 너무너무 궁금해졌어요. 폰치토가 그 화가한테 그렇게 미쳐있는 게 이상하지 않아요? 내가 알기로 당신은 실레를 그렇게 좋아하지 않았잖아요. 그런데 폰치토는 어떻게 실레한테 빠지게 됐을까요?"

남편은 어깨를 으쓱했다. 폰치토가 실레한테 그렇게나 빠지게 된 동기를 전혀 짐작할 수 없었다.

"좋아, 12월에 빈으로 갑시다." 남편이 말했다. "실레의 그림도 보고 모차르트의 음악도 들읍시다. 그래 맞아. 난 실레를 좋아하지 않았어. 그런데 이제부터는 좋아질 것 같아. 당신이 좋아하는 거라면 나도 좋아해야지. 어떤 동기로 폰치토가 실레에 미치게 된 건지는 모르겠어. 잠든 거야? 얘기나 계속 나누었으면 싶은데. 그럼, 잘 자요, 여보."

부인이 "안녕히 주무세요"라고 중얼거렸다. 부인은 몸을 돌려 등을 남편의 가슴에 붙였다. 남편도 몸을 조금 돌려 다리를 구부렸다. 부인이 남편 무릎에 올라앉은 듯한 자세였다. 두 사람은 헤어지기 전까지 10년 동안을 이런 자세로 잠을 잤다. 그리고 그저께 밤부터 이런 자세를 다시 회복할 수 있었다. 리고베르토씨는 한 손을 루크레시아 부인의 팔뚝 위로 돌려 부인의 젖가슴 위에 올려놓고 다른 손으로 부인의 허리를 휘감았다.

싸움을 하던, 혹은 사랑을 나누던 고양이들도 잠잠해졌다. 자동차 소리도 한참 전부터 뚝 끊어진 상태였다. 두 사람은 완전히 몸을 포개고 있었다. 따뜻했다. 리고베르토씨는 온몸이 노곤해왔다. 잔잔한 물결 속으로 잠겨드는 기분이었다. 아니, 저 멀리서 깜박이는 별을 향해 무한공간을 질주해가는 느낌이었다. 이 충만감을, 이 안정감을,

이 평화로움을, 아무런 방해 없이 며칠이나 몇 시간이나 지켜낼 수 있을까? 루크레시아 부인의 목소리가 들렸다. 남편의 속마음에 대답이라도 하는 듯싶었다.

"내가 보낸 익명의 편지를 몇 통이나 받았어요, 리고베르토?"

"열 통." 남편이 살짝 몸을 뒤채며 대답했다. "잠든 줄 알았소. 왜 묻는 건데?"

"나도 당신이 보낸 익명의 편지를 열 통 받았어요." 부인은 몸을 움직이지 않고 대답했다. "이런 걸 두고 공평한 사랑이라고 하는가 보죠."

이번에는 남편의 몸이 얼어붙었다.

"내가 보낸 편지가 열 통이라니? 나는 전혀 편지를 쓰지 않았는데, 단 한 통도. 익명이건 아니건 한 통도 보내지 않았어."

"나도 알아요." 부인이 한숨을 내쉬며 말했다. "당신만 모르고 있어요. 당신만 아무것도 모른 채 당하고 있는 거예요. 무슨 말인지 알겠어요? 나도 당신한테 익명의 편지를 쓰지 않았어요. 딱 한 통만 썼어요. 그런데도 그 편지가, 내가 쓴 유일한 편지가 당신한텐 가지 않은 거예요."

2초, 3초, 5초가 흘렀다. 입을 열 수도, 몸을 움직일 수도 없었다. 들려오는 소리라고는 파도소리뿐이었다. 그러나 리고베르토씨는 온 밤이 발정난 암수 고양이들로 가득 들어찬 것만 같았다.

"농담이지, 그렇지?" 겨우 중얼거렸다. 루크레시아 부인이 진정으로 하는 말임을 잘 알고 있었다.

부인은 대답하지 않았다. 부인 역시 한참 동안을 남편과 마찬가지로 꼼짝도 않고 있었다. 그 충만했던 행복도 졸지에, 단 한 순간에 끝이었다. 리고베르토씨는 잔인하고 혹독한 현실로 다시 팽개쳐졌다.

"당신도 나처럼 잠이 다 달아났겠지." 리고베르토씨는 겨우 입을 열 수 있었다. "남들이 잠을 자기 위해 양 새끼들을 하나씩 세듯, 이 문제를 해결해야 잠들 수 있을 것 같소. 지금 당장 알아봅시다. 만일 당신도 원한다면 말이요. 잊어버리고 싶다면 그냥 덮어두고 말던지. 익명의 편지에 대해서는 더이상 얘기하지 맙시다."

"우리가 그 편지를 결코 잊지 못할 것이라는 사실을 잘 알잖아요., 리고베르토." 부인이 말했다. 피곤한지 목소리가 처졌다. "어쨌든 무슨 수를 써서라도 끝장을 낼 거라면 지금 당장 시작하는 것이 낫겠어요."

"그럼, 가보지." 남편이 몸을 일으켜 세우며 말했다. "편지를 한번 읽어봅시다."

쌀쌀했다. 두 사람은 서재로 가기 전에 먼저 실내복을 걸쳤다. 루크레시아 부인은 감기에 걸렸을지도 모르는 남편을 위해 뜨거운 레모네이드가 든 보온병을 챙겨들었다. 두 사람은 편지를 읽기 전에 미지근해진 레모네이드를 잔에 따라 돌려 마셨다. 리고베르토씨는 편지를 최근에 산 노트에 감추어두고 있었다. 글자 한 자 적혀 있지 않은 새 노트였다. 루크레시아 부인은 손지갑에 편지를 보관하고 있었다. 편지는 검붉은색 리본으로 묶여 있었다. 두 사람은 각자의 편지봉투와 편지지를 확인했다. 같은 종류의 것이었다. 봉투와 편지지는 차이나타운 구멍가게에서 4레알씩에 파는 것이었다. 그러나 글씨체는 서로 달랐다. 그리고 루크레시아 부인이 직접 쓴 편지는 보이지 않았다.

"이건 내 글씨체야." 리고베르토씨가 중얼거렸다. 아이의 솜씨에 감탄할 도리밖에 없었다. 놀라운 일은 그것으로 끝이 아니었다. 첫번째 편지를 꼼꼼히 살펴보았다. 내용이야 어떻든 글씨체에 신경을 집중했다. "그렇지 뭐. 내 글씨체는 너무 평범해. 누구라도 흉내낼 수 있을 정도야."

"게다가 그림에 재능이 있는 애잖아요. 꼬마 화가라니까요." 루크레시아 부인이 말했다. 부인은 자신이 썼다는 익명의 편지를 뒤적거리고 있었다. "하지만 이건 내 글씨체가 아녜요. 그래서 내가 쓴 편지는 전해주지 않았던 거죠. 당신이 편지를 비교해보고 속임수를 알아차리면 안 되니까요."

"좀 비슷해 보이는데." 리고베르토씨가 부인의 말에 반박했다. 리고베르토씨는 돋보기로 편지를 들여다보고 있었다. 희귀한 우표를 발견한 우표수집가 같았다. "그래, 아무튼지 간에 둥그렇게 말아 쓴 것이 꼭 그린 것 같아. 수녀들이 운영하는 학교에서 공부한 여자 글씨체야. 소피아눔 여학교 정도 되겠는데."

"그럼 당신은 내 글씨체를 몰랐단 말이에요?"

"몰랐지, 몰랐어." 남편이 수긍했다. 벌써 세번째로 놀라는 것이었다. 그날 밤은 놀라운 일 투성이었다. "그걸 이제야 알겠네. 기억해보니 당신이 이전에 내게 편지한 적이 한 번도 없네 그래."

"이 편지들도 내가 쓴 게 아녜요."

두 사람은 한 30분 정도 줄곧 입을 다물고 있었다. 두 사람은 각자의 편지를 읽고 있었다. 아니, 두 사람은 각각 그 편지의 감추어진 이면을 들여다보고 있었다. 두 사람은 방석이 놓인 커다란 가죽 소파에 나란히 앉아 있었다. 키 큰 전기스탠드가 하나 불을 밝히고 있었다. 전기스탠드 갓에는 오스트레일리아 원주민 그림이 그려져 있었다. 둥그런 빛이 두 사람을 비추고 있었다. 두 사람은 가끔씩 미지근해진 레모네이드를 홀짝거렸다. 가끔씩 희미한 미소가 번갈아 가며 두 사람의 얼굴에 떠올랐다. 그러나 두 사람 모두 상대방에게 말을 걸지 않았다. 두 사람은 번갈아 가며 표정을 바꾸었다. 질린다는 듯, 화가 난다는 듯, 안타깝다는 듯, 눈물겹다는 듯, 봐줄 만하다는 듯, 애처롭다는 듯. 두 사람은 동시에 편지를 다 읽었다. 서로를 힐끔거렸다. 맥이 풀렸다. 두 사람 모두 당혹스러워 어찌할 바를 몰랐다. 무슨 말부터 해야 할까?

"놈은 이곳에 자주 틀어박히곤 했어." 마침내 리고베르토씨가 자기 책상과 책장을 가리키며 입을 열었다. "내 물건을 뒤져내 읽곤 했지. 내가 그렇게나 신성시하고 감추려들었던 내 노트까지 말야. 당신은 상상도 못 할 거야. 내가 썼다는 편지 말인데, 사실 내가 쓴 거야. 내가 편지로 쓴 것은 아니지만 말이야. 확신할 수 있어. 놈이 모든 문장을 내 노트에서 베껴 쓴 거야. 놈이 마구 뒤섞은 거지. 내 생각·인용문·농담·장난·이런저런 잡념을 마구 섞은 거란 말이야."

"그랬군요. 그래서 난 그 장난이, 그 명령이 당신이 내리는 것으로 알았죠." 루크레시아 부인이 말했다. "하지만, 이 편지들 말예요, 무슨 이유로 당신이 이 편지들을 내가 쓴 것으로 믿었는지 모르겠어요."

"당신이 어떻게 지내는지 알고 싶어 미칠 지경이었어. 당신에게서 무슨 표시라도 오지 않을까 노심초사했었다니까." 리고베르토씨가 변명했다. "물에 빠진 놈이 지푸라기라도 잡는 심정이었던 거야."

"그래도, 저런 꼴사나운 표현은, 저런 구역질나는 표현은, 코린 테야도의 책에서나 볼 수 있는 거 아녜요? 그렇지 않아요?"

"코린 테야도의 책에서 따온 거지." 리고베르코씨가 부인의 말에 덩달아 맞장구를 쳤다. "몇 주 전부터 그놈의 소설나부랭이가 집안에 나돌아다니기 시작했어. 나는 하녀나 식모가 읽는 책인 줄 알았어. 이제 누구껀지, 어디에 써먹은 건지 알 만해."

"내 이놈의 새끼를 죽여버리겠어." 루크레시아 부인이 악을 썼다. "코린 테야도라니! 내 맹세컨대 이놈의 새끼를 죽여버리고 말겠어."

"웃음이 나와?" 남편이 놀라 물었다. "이게 무슨 장난으로 보여? 놈을 칭찬하고 상이라도 주자는 거야?"

부인은 진짜 웃고 있었다. 부인은 거리낄 것 없이 한바탕 요란하게 웃어 젖혔다.

"진짜 뭐가 뭔지 모르겠어요, 리고베르토. 실상 웃을 일은 아니죠. 그럼 울까요? 화를 내요? 그래요, 그럼 화를 내죠. 그래야 한다면 말이죠. 내일 놈을 손봐요? 욕을 퍼붓고 두들겨 패요?"

리고베르토씨는 어깨를 으쓱했다. 리고베르토씨 역시 한바탕 웃고 싶었다. 기분이 더러웠다.

"벌을 준 적도 때린 적도 없어. 어떻게 해야 할지 모르겠네." 솔직히 고백했다. 좀 창피했다. "그래서 이 모양 이 꼴인가 보지. 정말이지 놈을 어떻게 해야 할지 모르겠어. 무슨 수를 써도 끝내 놈을 당해내지 못할 것 같아."

"하지만 이번에는 우리도 얼마간 이긴 거예요." 루크레시아 부인은 남편에게 기대 쓰러졌다. 부인은 팔로 남편의 목을 안았다. "우리 다시 합쳤잖아요, 그죠? 이 익명의 편지들이 없었다면, 당신은 결코 내게 전화를 걸어 티엔다 블랑카에서 차를 마시자고 하지 못했을 거예요. 그렇지 않아요? 이 익명의 편지가 없었다면, 나 역시 약속장소로 나가지 못했을 거예요. 분명 가지 못했을 거예요. 이 편지들이 길을 터준 거예요. 우린 불평하면 안돼요. 우릴 도와 다시 합치게 해준 거예요. 우리가 다시 합친 것을 후회하는 건 아니죠, 그렇죠?"

끝내 리고베르토씨 역시 웃고 말았다. 리고베르토씨는 코로 부인의 이마를 문질렀다. 눈두덩을 간질이는 부인의 머리카락이 다시 몸

453

뚱이에 불을 지피는 것 같았다.

"아니지. 결코 후회하지 않을 거야." 리고베르토씨가 말했다. "좋았어. 속깨나 끓였으니 이제 편안하게 눈이나 붙여보자고. 어쨌든 다 잘된 일이야. 내일 아침에 출근도 해야 해요, 여보."

부부는 팔짱을 낀 채 더듬더듬 침실로 돌아왔다. 부인은 마지막 순간까지 농담을 잊지 않았다.

"12월에, 폰치토도 빈으로 데려갈까요?"

진심이었을까? 농담이었을까? 리고베르토씨는 즉시 못된 생각을 떨쳐버리고 큰 소리로 외쳤다.

"아무튼지 간에, 우린 행복한 가족이야, 그렇지, 루크레시아?"

1996년 10월 19일, 런던

〈수록된 그림 목록〉

6쪽 <서 있는 소녀, 뒤에서 본 모습>, 1913, 부분, 종이에 수채와 연필, 47X31cm, 개인 소장

7쪽 <어린 조카와 함께 있는 실레의 아내>, 1915, 부분, 종이에 목탄과 수채, 48.2X31.7cm, 보스턴 미술관

35쪽 <세일러복을 입은 소년>, 1914, 종이에 구아슈, 수채, 크레용과 연필, 47.8X31.2cm, 개인 소장

39쪽 <서 있는 벌거벗은 검은 머리 소녀>, 1910, 종이에 수채와 연필, 54.3X30.7cm, 알베르티나 판화 미술관, 빈

69쪽 <롤라>, 1878, 앙리 게르벡스, 패브릭 유화, 173 x 220cm, 보르도 미술관, 프랑스

89쪽 <녹색 스타킹을 신은 누드>, 1912, 종이에 구아슈와 수채, 48.2X31.8cm, 개인 소장

97쪽 <두 소녀>, 1915, 종이에 구아슈와 연필, 32.8X49.7cm, 알베르티나 판화 미술관, 빈

125쪽 <포옹하는 두 소녀>, 1915, 종이에 구아슈, 수채와 연필, 48X32.7cm, 헝가리 국립미술관, 부다페스트

145쪽 <자화상>, 1910, 종이에 검은 크레용, 수채, 구아슈, 44.3X30.6cm, 루돌프 레오폴트 컬렉션, 빈

183쪽 <세 소녀>, 1911, 종이에 수채와 연필, 48X31.5cm, 개인 소장

187쪽 <붉은 성체>, 1911, 종이에 수채와 연필, 48.2X28.2cm, 개인 소장

190쪽 <작은 도시 V>, 1915, 캔버스에 유채, 109.7X140cm, 이스라엘 미술관, 예루살렘

193쪽 <네 그루의 나무>, 1917, 캔버스에 유채, 110.5X141cm, 빈 오스트리아 미술관

208쪽 <다나에>, 1907/08, 구스타프 클림트, 캔버스에 유채, 77X83cm, 개인 소장

225쪽 <조신하게 앉은 여자>, 1917, 종이에 검은 크레용, 수채와 구아슈,

45.7X29.5cm, 개인 소장
241쪽 <삼중 자화상>, 1911, 종이에 구아슈, 수채와 연필, 55X37cm, 개인 소장
267쪽 <롤라>, 1878, 부분, 앙리 게르벡스, 중복
279쪽 <고개 숙인 자화상>, 1912, 판지에 유채, 42.2X33.7cm, 루돌프 레오돌프 컬렉션, 빈
283쪽 <서 있는 소녀, 뒤에서 본 모습>, 1913, 종이에 수채와 연필, 47X31cm, 개인 소장
287쪽 <프리데리케 마리아 베어의 초상>, 1914, 캔버스에 유채, 190X120.5cm, 개인 소장
309쪽 <무릎을 꿇고 있는 세미누드>, 1917, 종이에 구아슈와 연필, 메트로폴리탄 미술관, 뉴욕
317쪽 <두 인물>, 1912, 종이에 구아슈와 연필, 48.3X30.5cm, 개인 소장
327쪽 <거울 앞에 있는 실레>, 1915, 요하네스 피셔, 흑백사진, 알베르티나 판화 미술관, 빈
331쪽 <거울 앞에 선 누드모델을 그리는 실레>, 1910, 종이에 연필, 55.2X35.3cm, 알베르티나 판화 미술관, 빈
381쪽 <자화상>, 1912, 종이에 구아슈, 수채와 연필, 46.5X31.5cm, 개인 소장
389쪽 <거울 앞에 선 누드모델을 그리는 실레>, 부분, 중복
417쪽 <우정>, 1913, 종이에 구아슈, 연필과 수채, 48.2X32cm, 개인 소장
429쪽 <꽃밭>, 1910, 종이에 구아슈, 금속페인트와 검정 크레용, 44.2X30.7cm, 개인 소장
433쪽 <발레리에 노이칠의 초상>, 1912, 판지에 유채 37.7X39.8cm, 루돌프 레오돌프 컬렉션, 빈
437쪽 <꽈리나무와 함께 그린 자화상>, 1912, 판지에 유채와 구아슈, 32.3X39.8cm, 루돌프 레오돌프 컬렉션, 빈